2009年

全国会计专业技术资格考试辅导用书

应试指导专家组　编写

经济法

历年考题详解及模拟测试

中级

剖析历年考题

把握命题规律

预测考点分布

化学工业出版社

·北京·

图书在版编目（CIP）数据

经济法 历年考题详解及模拟测试 中级/应试指导专家组编写.—北京：化学工业出版社，2008.12
2009年全国会计专业技术资格考试辅导用书
ISBN 978-7-122-04304-7

Ⅰ.经… Ⅱ.应… Ⅲ.经济法-中国-会计-资格考核-解题 Ⅳ.D922.29-44

中国版本图书馆CIP数据核字（2008）第192115号

责任编辑：左晨燕　　装帧设计：史利平
责任校对：顾淑云

出版发行：化学工业出版社（北京市东城区青年湖南街13号　邮政编码100011）
印　　装：北京市兴顺印刷厂
720mm×1000mm　1/16　印张13　字数265千字　2009年2月北京第1版第1次印刷

购书咨询：010-64518888（传真：010-64519686）　售后服务：010-64518899
网　　址：http://www.cip.com.cn
凡购买本书，如有缺损质量问题，本社销售中心负责调换。

定　　价：28.00元

前　言

全国会计专业技术资格考试是由财政部与人事部共同组织的一项专门针对会计人员的专业技术资格考试，是财务人员获取会计职称所必须通过的考试，因此也称为会计职称考试。近几年来我国对会计从业人员的需求量不断扩大，用人单位也越来越重视会计从业人员的素质。因此，近两年来随着CPA考试热的回落，会计职称考试越来越受到广大会计从业人员的认可，近几年参加会计专业技术资格考试的考生人数都达到了150万人左右。

会计专业技术资格考试涉及初级与中级两个级别。初级考试涉及《初级会计实务》与《经济法基础》两个科目，中级考试涉及《中级会计实务》、《经济法》、《财务管理》三个科目；初级考试实行一年通过全科考试的制度，中级考试实行两年内累积滚动通过的制度。

为了帮助考生了解考试的难度和题型分布情况，我们编写了这套丛书，内容主要包括三个部分：一是历年考试命题规律的总结；二是2004～2008年全国会计专业技术资格考试的试题及答案详解；三是为2009年考试精心准备的5套模拟试题及答案详解。

参加本套丛书编写的人员有（以姓氏汉语拼音为序）：郭春燕，贾海燕，江万昌，李辉，刘静，刘玲，刘小梅，刘欣，牛明宪，邵德春，申春海，申国兰，孙东华，王洪云，王绍宝，王文军，张丙辰，张胜刚，周美玉，周艳玲。最后由于天飞、周美玉进行审稿。

由于时间紧迫以及作者能力有限，书中不妥之处在所难免，恳请读者批评指正。

希望各位考生树立信心，通过自己的执着努力，顺利通过考试！

编　者

2008年11月

目　录

第一部分 历年考试命题规律

一、历年来中级《经济法》考试的特点

历年来中级《经济法》考试有如下一些特点：

第一，经济法科目点多面广，需要记忆和背诵的内容较多。经济法考试的特点之一是试题涵盖了考试大纲以及辅导教材所有章节的内容。特别是非法律专业考生，平时对法律的了解和接触不多，基本上是要求考生下苦功去背诵一些相关的法律条文。

第二，经济法的应用性比较强，案例分析题已经不仅仅出现在大的综合题中，有些选择和判断题也会以案例的形式出现，尤其是近年的考试往往是跨章节出题。这就不仅需要考生活学活用法律知识点，还需要横向复习，把各章节并联起来学习。

第三，经济法和税法知识点相结合，也是经济法科目考试中的一个特点。因此，经济法考试中也会出现一些计算分析题。考生在平时的复习中不仅要背诵知识点，还要多做练习提高答题和计算能力。

二、题型、题量及各题型分值

1. 题型

中级《经济法》考试的题型，从 2005 年重大调整后，近几年来题型、题量基本维持以往的单项选择题、多项选择题、判断题、简答题、综合题。预计 2009 年的考试题型也不会有太大变化。

2. 题量及分值

近几年来中级经济法考试的题量稳定在 56～59 题左右。客观题一般 50～55 题，主观题一般 4～6 题。其中 2004 年客观题 65 分，主观题 35 分。2005～2008 年客观题 75 分，主观题 25 分。

3. 2004～2008 年试题题型、题量分析表

年 度		主观题			客观题			合计
		单选	多选	判断	计算	简答	综合	
2004 年	题量	25 题	15 题	10 题	2 题	2 题	2 题	56 题
	分值	25 分	30 分	10 分	10 分	10 分	15 分	100 分
2005 年	题量	25 题	20 题	10 题		3 题	1 题	59 题
	分值	25 分	40 分	10 分		15 分	10 分	100 分

续表

年度		主观题			客观题			合计
		单选	多选	判断	计算	简答	综合	
2006年	题量	25题	20题	10题		3题	1题	59题
	分值	25分	40分	10分		15分	10分	100分
2007年	题量	25题	20题	10题		3题	1题	59题
	分值	25分	40分	10分		15分	10分	100分
2008年	题量	25题	20题	10题		3题	1题	59题
	分值	25分	40分	10分		15分	10分	100分

三、2009年复习应考建议

做任何事情都得讲究方法，应试也不例外。一套行之有效的学习方法，可以帮助应试人员准确理解题意，提高解题速度，增强灵活运用能力，从而为顺利通过会计专业技术资格考试提供方便。因此，通过对历年试题特点的分析，我们对2009年参加会计专业技术中级资格考试的考生给出以下几点复习建议。

1. 要制订合理的学习计划

制订一种好的学习计划，能使你集中精力有计划、有针对性地进行学习。无目的、无重点，通常很难获得高分。制订学习目标是重点学习、增强学习兴趣和自我测试的第一步。计划应尽可能具体一些。“我要在两周内将经济法第四章看完”，这不是一个好计划，因为它范围太大，太不具体；“我要在十天内将经济法中有关合同法的10个主要问题都一一弄清楚”，这是一个较好的目标，因为它有具体内容，针对性强。

2. 要下苦功夫吃透教材

这是考试制胜的唯一法宝。教材是根据教学大纲编写的，考试命题是以教材为依据的，在以前年度的考试中，相当一部分命题都可以直接从教材中找到答案，即使不能直接从教材中找到答案的命题，也是以教材为依据的，它们或者是相关知识点的融合，或者是若干单项经济法规的综合运用，或者是某一知识点暗含信息量的挖掘与延伸。无论命题属于哪一种形式，都要求应试人员必须熟透教材。

熟透教材可以分三步进行（通常是通过对教材进行多次研读来完成的）。

第一步，弄懂教材。所谓弄懂，就是通过通读教材扫除每一章节、每一具体内容的难点，在这一阶段的学习中，重点是各知识点的理解与掌握。但仅有这一步是不够的，因为各知识点还是分散的、零碎的，各知识点还没有对接，相互联系还没有把握。这就有必要进行第二步。

第二步，弄通教材。所谓弄通，就是通过再次反复通读教材，分析和把握各知识点的内在联系，从而提高灵活运用和综合解题的能力。但完成了第二步还是不够的，因为考试的题量大，知识面广，考试的内容往往渗透到教材的细枝末节，所以还需进一步深入学习教材。

第三步，弄透教材。所谓弄透教材就是通过更多次数地通读教材来巩固所学的知识，进一步琢磨和熟悉各知识点的联系，深入到教材的细枝末节，充分挖掘各知识点暗含的信息量，做到既能统领全局，又能深入细致，还会熟能生巧。做到了这个程度，就能顺利过关了。

3. 要精读应试辅导材料

第一，选择一本好的辅导材料。目前市场上的应试辅导材料琳琅满目，如果考生选择过多的学习资料，只能是浪费时间，不但达不到预期的效果，反而挤占了对教材的学习时间，最终落得舍本求末、事倍功半的结果。但将辅助材料拒之门外，又走向了另一个极端。因此考生在考前应该选择一本到两本较好的辅导材料。

第二，对于好的辅助材料要精读。质量较高的辅助材料，可以帮助应试人员加速攻克难点，有效分析各知识点的联系，合理把握教材的深度和广度，因此要精读，并针对自身的弱点有针对性的练习。

4. 平时要多做练习，考前要做模拟题

考试中综合题题量大，难度也大，如果平时不做练习，考试时很难从容应对。一般而言，较为科学的复习方式是理解与记忆教材占用总复习时间的70%，做练习题占用总复习时间的30%。在平时复习过程中，考生可以分章节练习，但在最后冲刺阶段一定要做整套的模拟试题，做题要严格把握时间，看着时间做，每次做题都当成一次考试，这样才能提高速度，使考生在考场上不至于因做题速度过慢而痛失分数。

另外，考生在最后一两周里应该做做近几年的真题。做过真题的考生不难发现，有很多重要知识点都是会重复出现的。因此，考前做做真题能够达到事半功倍的效果！

总之，好的学习方法可以有效地节省和巧妙地利用你的时间。根据历年考试试题总结以上几点建议，希望能助广大考生们一臂之力，顺利通过考试！

第二部分 历年考题和全真模拟题

2004年全国会计专业技术资格考试《经济法》试题

客观试题部分

一、单项选择题（下列每小题备选答案中，只有一个符合题意的正确答案。本类题共20分，每小题1分。多选、错选、不选均不得分。）

1. 某中外合资经营企业的投资总额为410万美元，在其注册资本中，中方认缴的出资额为105万美元。根据外商投资企业法律制度的规定，外方认缴的出资额至少为（　　）万美元。

A. 50　　　　B. 100

C. 110　　　　D. 105

2. 根据《公司法》的规定，股份有限公司申请其股票上市交易的，如果公司股本总额超过人民币4亿元的，则向社会公众发行股份的比例为（　　）。

A. 5%以上　　　　B. 10%以上

C. 15%以上　　　　D. 20%以上

3. 根据公司法律制度的规定，股份有限公司的财务会计报告应在召开股东大会年会的一定期间以前置备于公司，供股东查阅。该期间为（　　）。

A. 10日　　　　B. 15日

C. 20日　　　　D. 25日

4. 甲公司被乙公司申请破产，人民法院受理了甲公司的破产案件。以下相应的机关和当事人实施的行为中，不符合法律规定的是（　　）。

A. 法院批准甲公司为维持经营向乙公司支付货款10万元

B. 开户银行直接从甲公司账上扣划5万元抵还所欠本银行的贷款

C. 乙公司以欠甲公司的8万元债务抵销了甲公司欠乙公司的8万元债务

D. 清算组决定由甲公司继续履行与丙公司的合同

5. 根据破产法律制度的规定，人民法院应当自宣告企业破产之日起一定期限内成立清算组，接管破产企业。该期限为（　　）。

A. 5日内　　　　B. 7日内

C. 15日内　　D. 30日内

6. 根据《破产法》的规定，第一次债权人会议由人民法院召集，以后的债权人会议的召开必须符合法律规定。下列召开债权人会议的条件中，不符合法律规定的是（　）。

A. 人民法院认为必要时

B. 债权人会议主席认为必要时

C. 占无财产担保债权总额1/4以上的债权人要求时

D. 占无财产担保债权总额1/5以上的债权人要求时

7. 根据《票据法》的规定，下列有关汇票的表述中，正确的是（　）。

A. 汇票未记载收款人名称的，可由出票人授权补记

B. 汇票未记载付款日期的，为出票后10日付款

C. 汇票未记载出票日期的，汇票无效

D. 汇票未记载付款地的，以出票人的营业场所、住所或经常居住地为付款地

8. 根据《票据法》的规定，下列关于本票的表述中，不正确的是（　）。

A. 到期日是本票的绝对应记载事项

B. 本票的基本当事人只有出票人和收款人

C. 本票无须承兑

D. 本票是由出票人本人对持票人付款的票据

9. 根据《证券法》的规定，公司申请公司债券上市时必须符合法定条件，其中公司债券实际发行额应不少于（　）万元。

A. 1000　　B. 3000

C. 5000　　D. 6000

10. 张某是某石油公司的业务员，一直代理公司与某农机站的石油供应业务。后张某被石油公司开除，但石油公司并未将此情况通知农机站，张某仍以石油公司的名义与农机站签订了合同，该合同属于（　）。

A. 效力待定合同　　B. 无效合同

C. 可撤销合同　　D. 有效合同

11. 甲向乙发出要约，乙于3月8日发出承诺信函，3月10日承诺信函寄至甲，但甲的法定代表人当日去赈灾，3月11日才知悉该函内容，遂于3月12日致函告知乙收到承诺，该承诺的生效时间是（　）。

A. 3月8日　　B. 3月10日

C. 3月11日　　D. 3月12日

12. 某歌星租用大华体育馆举办个人演唱会，每场租金30000元，共演出三场，由体育馆售票，共取得票款收入600000元，按票款收入的2%向歌星经纪人支付佣金。营业税税率为3%。体育馆应为该歌星代扣代缴的营业税税额

为（ ）元。

A. 15300　　B. 14940
C. 18000　　D. 17640

13. 根据企业所得税法律制度的规定，下列各项中，在计算企业应纳税所得额时，不准从收入总额中扣除的是（ ）。

A. 增值税　　B. 印花税
C. 资源税　　D. 关税

14. 某省一体育器材公司于2003年10月向本省某运动员奖励住宅一套，市场价格80万元。该运动员随后以70万元的价格将奖励住宅出售，当地契税适用税率为3%，该运动员应缴纳的契税为（ ）万元。

A. 2.4　　B. 2.1
C. 4.5　　D. 0

15. 某石油开采企业2004年2月开采原油20万吨，其中用于加热、修井的原油0.2万吨。如油田的资源税税率为10元/吨，该企业当月应缴纳的资源税税额为（ ）万元。

A. 198　　B. 297
C. 200　　D. 300

16. 根据税收征收管理法律制度的规定，纳税人超过应纳税额缴纳的税款，可以在结算缴纳税款之日起的一定期限内向税务机关要求退还多缴的税款并加算银行同期存款利息。这一期限是（ ）。

A. 3个月　　B. 6个月
C. 1年　　D. 3年

17. 下列纠纷中，可以适用《仲裁法》解决的是（ ）。

A. 甲乙之间的土地承包合同纠纷
B. 甲乙之间的货物买卖合同纠纷
C. 甲乙之间的遗产继承纠纷
D. 甲乙之间的劳动争议纠纷

18. 根据《个人独资企业法》的规定，个人独资企业解散后，原投资人对企业存续期间的债务仍应承担偿还责任，但债权人在一定期限内未向债务人提出偿债要求的，债务人的偿还责任消灭，该期限是（ ）。

A. 1年　　B. 2年
C. 3年　　D. 5年

19. 根据《合伙企业法》的规定，合伙协议未约定利润分配和亏损分担比例的，合伙人之间分配利润和分担亏损的原则是（ ）。

A. 按各合伙人的出资比例分配和分担
B. 按各合伙人贡献大小分配和分担
C. 在全体合伙人之间平均分配和分担

D. 合伙人临时协商决定如何分配和分担

20. 根据《全民所有制工业企业法》的规定，下列各项中，有权决定全民所有制工业企业行政机构设置的是（　　）。

A. 企业厂长　　B. 企业职工代表大会

C. 企业监事会　　D. 企业上级主管部门

二、多项选择题（下列每小题备选答案中，有两个或两个以上符合题意的正确答案。本类题共30分，每小题2分，多选、少选、错选、不选均不得分。）

1. 根据合伙企业法律制度的规定，下列合伙企业事务中，必须经全体合伙人一致同意方可执行的有（　　）。

A. 处分合伙企业不动产　　B. 改变合伙企业名称

C. 处分合伙企业知识产权　　D. 以合伙企业名义为他人担保

2. 根据破产法律制度的规定，下列各项中，属于债权人会议职权的有（　　）。

A. 决定成立清算组　　B. 监督清算组的清算活动

C. 决定是否通过和解方案　　D. 监督和解程序依法进行

3. 根据破产法律制度的规定，下列各项中，属于破产财产的有（　　）。

A. 宣告破产时破产企业经营管理的全部财产

B. 破产企业的对外投资及应得收益

C. 破产企业享有的专利权

D. 企业破产前，为维持生产经营向职工筹借的款项

4. 根据《票据法》的规定，下列有关票据背书的表述中，正确的有（　　）。

A. 背书人在背书时记载“不得转让”字样的，被背书人再行背书无效

B. 背书附条件的，背书无效

C. 部分转让票据权利的背书无效

D. 分别转让票据权利的背书无效

5. 根据《票据法》的规定，下列属于支票绝对应记载事项的有（　　）。

A. 付款人名称　　B. 确定的金额

C. 付款地　　D. 付款日期

6. A市甲厂因购买B市乙公司的一批木料，与乙公司签订了一份买卖合同，但合同中未约定交货地与付款地，则下列正确的有（　　）。

A. A市为交货地　　B. B市为交货地

C. A市为付款地　　D. B市为付款地

7. 根据企业所得税法律制度的规定，下列各项中，在计算企业所得税应纳税所得额时，不准扣除的有（　　）。

A. 支付的财产保险费　　B. 固定资产转让费用

C. 购建固定资产的费用　　D. 融资租赁固定资产支付的租金

8. 根据外商投资企业和外国企业所得税法律制度的规定，下列各项中，应计入应纳税所得额的有（　　）。

A. 非货币资产收入　　B. 到期国债利息收入

C. 发行股票的溢价收入　　D. 转让股票的净收益

9. 根据契税法律制度的规定，下列各项中，不征收契税的有（　　）。

A. 接受作价房产入股　　B. 承受抵债房产

C. 承租房产　　D. 继承房产

10. 下列税率形式中，适用于印花税的有（　　）。

A. 定额税率　　B. 超额累进税率

C. 比例税率　　D. 全额累进税率

11. 根据土地增值税法律制度的规定，下列项目中，在计算增值额时准予从转让房地产取得的收入中扣除的有（　　）。

A. 拆迁补偿费　　B. 前期工程费

C. 开发间接费用　　D. 公共配套设施费

12. 下列各项中，属于经济法律关系的客体的有（　　）。

A. 经济管理行为　　B. 自然灾害

C. 智力成果　　D. 战争

13. 根据《全民所有制工业企业法》的规定，下列各项中，属于职工代表大会职权的有（　　）。

A. 审查同意或否决企业的工资调整方案

B. 审议决定有关职工生活福利的重大事项

C. 审查同意或否决企业职工的奖惩办法

D. 监督企业各级行政领导干部

14. 根据合伙企业法律制度的规定，下列各项中，可导致合伙企业解散的情形有（　　）。

A. 2/3合伙人决定解散

B. 合伙人已不具备法定人数

C. 合伙企业被依法吊销营业执照

D. 合伙协议约定的合伙目的无法实现

15. 甲、乙、丙共同出资设立了一有限责任公司，一年后，甲拟将其在公司的全部出资转让给丁，乙、丙不同意，下列解决方案中，符合《公司法》规定的有（　　）

A. 由乙或丙购买甲拟转让给丁的出资

B. 乙和丙共同购买甲拟转让给丁的出资

C. 乙和丙均不愿意购买，甲无权将出资转让给丁

D. 乙和丙均不愿意购买，甲有权将出资转让给丁

三、判断题（本类题共10分，每小题1分。每小题判断结果正确的得1分，判断结果错误的扣0.5分，不判断的不得分也不扣分，本类题最低得分为零分。）

1. 公司不得收购本公司的股票，但为减少公司资本而注销股份或者与持有本公司股票的其他公司合并时除外。（ ）

2. 张某向李某借款3万元，偿还期限15个月，但未约定利息的支付期限，且事后未达成补充协议，该借款利息应在借款到期后一并支付。（ ）

3. 进口车辆的车船使用税应在报关进口时由海关代征。（ ）

4. 对于未在中国境内设立机构、场所，而有来源于中国境内的利润、利息、租金、特许权使用费和其他所得的外国企业，应征收20%的预提所得税。（ ）

5. 某外商在境外取得一项专利权，同年将此项专利用于其在中国的独资企业。该项专利权的专利证书在中国使用时可以免贴印花税税票。（ ）

6. 从事生产、经营的纳税人违反税收征收管理法律制度，拒不接受税务机关处理的，税务机关可以收缴其发票或者停止向其发售发票。（ ）

7. 法人对行政机关作出的冻结财产等行政强制措施不服的，应先向人民法院提起行政诉讼，人民法院不予受理的，才可申请行政复议。（ ）

8. 在设立外资企业时，外国投资者以专有技术作价出资，该专有技术的作价金额不得超过外资企业注册资本的20%。（ ）

9. 合伙企业新入伙的合伙人只对其入伙后的合伙企业债务承担连带责任。

（ ）

10. 某国有企业上级主管部门领导人因玩忽职守造成该企业破产，致使国家财产遭受重大损失，应追究其刑事责任。（ ）

主观试题部分

四、计算分析题（本类题共2题，共10分，每小题5分。凡要求计算的项目，均须列出计算过程；计算结果出现小数的，均保留小数点后两位小数。）

1. 视讯电器商场为增值税一般纳税人。2004年3月份发生如下经济业务：

（1）销售特种空调取得含税销售收入177840元，同时提供安装服务收取安装费19890元。

（2）销售电视机120台，每台含税零售单价为2223元。

（3）代销一批数码相机，按含税销售总额的5%提取代销手续费14391元。

（4）购进热水器50台，不含税单价800元，货款已付；购进DVD播放机100台，不含税单价600元，货款已付。两项业务均已取得增值税专用发票。

（5）当月该商场其他商品含税销售额为163800元。

已知：该商场上月未抵扣进项税额 6110 元；增值税适用税率为 17%。

要求：

（1）计算该商场 3 月份的销项税额、进项税额、应纳增值税税额。

（2）该商场提供空调安装服务应否缴纳营业税？为什么？

（答案中的金额单位用元表示）

2. 某房地产公司 2003 年 11 月份发生如下经济业务：

（1）签订一份写字楼销售合同，合同规定以预收货款方式结算。本月收到全部预收款，共计 18000 万元。该写字楼经税务机关审核可以扣除的项目为：开发成本 5000 万元，缴纳的土地使用权转让费 3000 万元，利息支出 150 万元，相关税金 990 万元，其他费用 800 万元，加计扣除额 1600 万元。

（2）采用直接收款方式销售现房取得价款收入 200 万元；以预收款方式销售商品房，合同规定的价款为 500 万元，当月取得预收款 100 万元。（此两项业务不考虑土地增值税）

（3）将空置商品房出租取得租金收入 20 万元。

已知：

（1）土地增值税超率累进税率：增值额未超过扣除项目金额 50%的部分，税率为 30%；增值额超过扣除项目金额 50%、未超过扣除项目金额 100%的部分，税率为 40%。

（2）营业税适用税率为 5%。

要求：

（1）计算销售写字楼应缴纳的土地增值税税额。

（2）计算该公司 11 月份应缴纳的营业税税额。

（答案中的金额单位用万元表示）

五、简答题（本类题共 2 题，共 10 分，每小题 5 分。）

1. 甲公司派业务员 A 赴某县收购粮食，在与该县乙公司签订粮食买卖合同后，A 拟将甲公司作为收款人的汇票背书给乙公司，由于 A 和乙公司的业务员 B 不熟悉票据背书规则，于是 A、B 委托当地农行的工作人员 C 代为完成背书。C 将乙公司的公章盖在背书人栏，将甲公司的公章盖在了被背书人栏，并将汇票交给 B，之后乙公司又将该汇票背书给了丙公司，用以支付所欠的购货款。

要求：根据票据法律制度的规定，简要回答下列问题：

（1）丙公司若持该汇票提示付款，付款人应否付款？为什么？

（2）票据背书的绝对应记载事项是什么？

2. 税务机关在税务检查中发现某企业采取多列支出、少列收入的手段进行虚假纳税申报，少缴税款 9000 元，占其应纳税额的 8%。

要求：根据税收征收管理法及相关法律制度的规定，简要回答下列问题：

（1）该企业的行为属于什么行为？是否构成犯罪？

（2）该企业应承担什么法律责任？

六、综合题（本类题共 2 题，共 20 分，每小题 10 分。）

1. 天山有限责任公司（以下简称天山公司）由 5 家国有企业联合设立，注册资本为 1 亿元。2002 年 3 月，公司净资产额 8000 万元，公司其他有关情况如下：

（1）天山公司曾于 2001 年 8 月成功发行 3 年期公司债券 1000 万元，1 年期公司债券 500 万元。

（2）天山公司现有董事 7 名，2003 年 3 月 10 日，董事长提议，趁全体董事 15 日均无外出任务，召开临时董事会。15 日全体董事如期到会，董事会上制定并通过了“公司债券发行方案”和“公司增资方案”，两个方案的主要内容分别为：本年度计划再次发行 1 年期公司债券 2000 万元；将公司现有的注册资本由 1 亿元增加到 1.5 亿元。会后将上述两个方案提交公司股东会。

（3）4 月 10 日，公司股东会在其召开的定期会议上审议了董事会提交的“公司增资方案”，股东会审议表决结果为：3 家股东赞成增资，这 3 家股东的出资总和为 5840 万元；2 家股东不赞成增资，这 2 家股东的出资总和为 4160 万元。股东会通过了增资决议，并授权董事会执行。

（4）4 月 20 日，公司监事会在检查公司财务时发现，公司经理王某擅自将公司 5 万元资金借给其亲属开办公司。

要求：根据上述事实及有关法律规定，回答下列问题：

（1）天山公司在召开董事会过程中存在的议事规则方面的不合法之处是什么？为什么？

（2）天山公司的“公司债券发行方案”的主要内容是否合法？为什么？

（3）天山公司股东会作出的增资决议是否合法？为什么？

（4）天山公司对王某擅自挪用公司资金的行为应如何处理？

2. 2003 年 6 月，甲公司将一台价值 900 万元的机床委托乙仓库保管，双方签订的保管合同约定：保管期限从 6 月 21 日至 10 月 20 日，保管费用 2 万元，由甲公司在保管到期提取机床时一次付清。

8 月，甲公司急需向丙公司购进一批原材料，但因资金紧张，暂时无法付款。经丙公司同意，甲公司以机床作抵押，购入丙公司原料。双方约定：至 12 月 8 日，如甲公司不能偿付全部原材料款，丙公司有权将机床变卖，以其价款抵偿原材料款。

10月10日，甲公司与丁公司签订了转让机床合同（甲公司已通知丙公司转让机床的情况，同时也已向丁公司说明该机床已抵押的事实），双方约定：甲公司将该机床作价860万元卖给丁公司，甲公司于10月31日前交货，丁公司在收货后10日内付清货款。

10月下旬，甲公司发现丁公司经营状况恶化（有证据证明），于是通知丁公司终止交货并要求丁公司提供担保，丁公司没有给予任何答复。11月上旬，甲公司发现丁公司经营状况进一步恶化，于是向丁公司提出解除合同。丁公司遂向法院提起诉讼，要求甲公司履行合同并赔偿损失。

要求：根据上述事实及有关法律规定，回答下列问题：

（1）如果甲公司到期不支付机床保管费，乙仓库可以行使什么权利？

（2）甲公司向丁公司转让已抵押的机床，甲、丁订立的转让合同是否有效？为什么？

（3）甲公司能否中止履行与丁公司订立的转让机床合同？为什么？

（4）甲公司能否解除与丁公司订立的转让机床合同？为什么？

2005年全国会计专业技术资格考试《经济法》试题

客观试题部分

一、单项选择题（本类题共25小题，每小题1分，共25分，每小题备选答案中，只有一个符合题意的正确答案。多选、错选，不选均不得分。）

1. 2004年3月，刘、关、张三人分别出资2万元、2万元、1万元设立甲合伙企业，并约定按出资比例分配和分担损益。8月，甲合伙企业为乙企业的借款提供担保；12月因乙企业无偿债能力，甲合伙企业承担保证责任，为乙企业支付1万元。12月底，刘提出退伙要求，关、张同意，经结算，甲合伙企业净资产3万元。根据《合伙企业法》的规定，应退还刘的财产数额是（　）。

A. 2万元　　B. 1.2万元

C. 1万元　　D. 0.8万元

2. 某股份有限公司共发行股份3000万股，每股享有平等的表决权。公司拟召开股东大会对另一公司合并的事项作出决议。在股东大会表决时可能出现的下列情形中，能使决议得以通过的是（　）。

A. 出席大会的股东共持有2700万股，其中持有1600万股的股东同意

B. 出席大会的股东共持有2400万股，其中持有1200万股的股东同意

C. 出席大会的股东共持有1800万股，其中持有1300万股的股东同意

D. 出席大会的股东共持有1500万股，其中持有800万股的股东同意

3. 国内甲企业与外国乙投资者拟共同投资设立中外合资经营企业，投资总额为300万美元。根据中外合资经营企业法律制度的规定，该合营企业注册资本至少应为（　）万美元。

A. 300　　B. 210

C. 150　　D. 120

4. 某中外合资经营企业的注册资本总额为300万美元，合营各方约定分期缴付出资。根据中外合资经营企业法律制度的规定，该合营企业合营各方缴齐全部资本的期限是（　）。

A. 自营业执照核发之日起1年内

B. 自营业执照核发之日起2年内

C. 自营业执照核发之日起3年内

D. 自营业执照核发之日起5年内

5. 根据中外合作经营企业法律制度的规定，下列有关中外合作经营企业组织形式和组织机构的表述中，正确的是（　　）。

A. 合作企业的组织形式均为有限责任公司

B. 合作企业均应设立联合管理委员会

C. 合作企业的负责人由主管部门任命

D. 合作企业总经理负责企业日常经营管理工作

6. 根据企业破产法律制度的规定，国有企业被宣告破产后，应由清算组接管破产企业，清算组对法定的机构负责并报告工作。该机构是（　　）。

A. 债权人会议　　B. 人民法院

C. 企业上级主管部门　　D. 破产企业职工代表大会

7. 根据企业破产法律制度的规定，在破产程序中，有关当事人对人民法院作出的下列裁定，可以上诉的是（　　）。

A. 驳回破产申请的裁定

B. 宣告企业破产的裁定

C. 认可破产财产分配方案的裁定

D. 终结破产程序的裁定

8. 根据《票据法》的规定，汇票上可以记载非法定事项。下列各项中，属于非法定记载事项的是（　　）。

A. 出票人签章　　B. 出票地

C. 付款地　　D. 签发票据的用途

9. 根据《票据法》的规定，下列关于汇票持票人行使票据追索权的表述中，不正确的是（　　）。

A. 汇票到期被拒绝付款的，可以向出票人追索

B. 汇票未到期付款人死亡的，可以向付款人的继承人追索

C. 汇票未到期承兑人破产的，可以向出票人追索

D. 汇票到期承兑人逃匿的，可以向承兑人的前手追索

10. 根据证券法律制度的规定，国务院证券监督管理机构可暂停上市公司债券上市交易的情形是（　　）。

A. 公司因经济纠纷被起诉

B. 公司前一年发生亏损

C. 公司未按公司债券募集办法履行义务

D. 公司董事会成员组成发生重大变化

11. 王某为做生意向其朋友张某借款10000元，当时未约定利息。王某还款时，张某索要利息，王某以没有约定为由拒绝。根据《合同法》的规定，下列关于王某是否支付利息的表述中，正确的是（　　）。

A. 王某不必支付利息

B. 王某应按当地民间习惯支付利息

C. 王某应按同期银行贷款利率支付利息

D. 王某应在不超过同期银行贷款利率三倍的范围支付利息

12. 某化妆品企业于2005年3月8日将一批自制护肤品用于职工福利，该产品无同类消费品销售价格，该批产品成本为10万元，成本利率为5%，消费税税率为8%，该批产品应纳消费税税额为（ ）万元。

A. 0.91　　B. 0.84

C. 0.78　　D. 0.74

13. 根据增值税法律制度的规定，下列各项中，应缴纳增值税的是（ ）。

A. 银行销售金银　　B. 邮政部门销售集邮商品

C. 房地产公司销售商品房　　D. 融资租赁公司出租设备

14. 王某取得稿酬20000元，讲课费4000元，已知稿酬所得适用个人所得税税率为20%，并按应纳税额减征30%，劳务报酬所得适用个人所得税税率为20%。根据个人所得税法律制度的规定，王某应纳个人所得税额为（ ）元。

A. 2688　　B. 2880

C. 3840　　D. 4800

15. 某企业为一般纳税人，适用33%的所得税率。2005年1月，该企业会计人员计算企业2004年应纳税所得额为240万元。会计科长在审核时发现会计人员计算企业2004年应纳税所得额时漏记如下业务，且尚未进行账务处理：2004年12月企业发生一场大火，烧毁一批原材料和一台在用机器设备；该批原材料进价（不含税）为30万元，进项税额5.1万元；该机器设备账面净值为38万元，变价现金收入0.5万元。上述事项经税务机关审核，准予扣除，该企业据此进行了账务处理。根据企业所得税法律制度的规定，该企业2004年度应纳税所得额为（ ）万元。

A. 166.9　　B. 167.4

C. 172　　D. 172.5

16. 某外商投资企业2004年取得利润总额为5000万元，其中营业外收支和投资收益项目已列收支为：通过民政部门向灾区捐赠款物价值100万元，直接资助当地某高校研究开发经费60万元，国债利息收入20万元，国债转让收益50万元。根据外商投资企业和外国企业所得税法律制度的规定，该外商投资企业2004年应纳税所得额为（ ）万元。

A. 4980　　B. 5040

C. 5124　　D. 5137

17. 2005年3月，甲企业与乙企业签订了一份合同，由甲向乙提供货物并运输到乙指定的地点，合同标的金额为300万元，其中包括货款和货物运输费用。货物买卖合同适用的印花税税率为0.3‰，货物运输合同适用的印花税税率为0.5‰。根据印花税法律制度的规定，甲企业应纳印花税额是（ ）万元。

A. 0.24　　B. 0.15

C. 0.09　　D. 0.06

18. 根据《税收征收管理法实施细则》的规定，纳税人的完税凭证、发票等涉税资料应当保存的期限是（ ）。

A. 3 年　　B. 5 年

C. 10 年　　D. 20 年

19. 纳税人采取转移或者隐匿财产的手段，使税务机关无法追缴其所欠缴的税款。该种行为在法律上称为（ ）。

A. 骗税行为　　B. 拖欠税款行为

C. 抗税行为　　D. 逃避追缴欠税款行为

20. 根据增值税法律制度的规定，下列各项中，增值税一般纳税人应当开具增值税专用发票的是（ ）。

A. 销售不动产　　B. 向个人消费者销售应税货物

C. 将货物用于集体福利　　D. 收到代销单位送交的代销货物清单

21. 下列各项中，属于税收法律关系客体的是（ ）。

A. 征税人　　B. 课税对象

C. 纳税人　　D. 纳税义务

22. 某公司进口的一部免税车辆因改变用途需依法缴纳车辆购置税，已知该车原价 10 万元，同类新车最低计税价格为 15 万元，该车已使用 3 年，规定使用年限为 15 年，车辆购置税率为 10%，该公司应缴纳的车辆购置税税额为（ ）万元。

A. 2　　B. 1.6

C. 1.5　　D. 1.2

23. 下列法的形式中，属于国家的根本大法、具有最高法律效力的是（ ）。

A. 中华人民共和国全国人民代表大会组织法

B. 中华人民共和国立法法

C. 中华人民共和国宪法

D. 中华人民共和国刑法

24. 甲、乙因合同纠纷达成仲裁协议，甲选定 A 仲裁员，乙选定 B 仲裁员，另由仲裁委员会主任指定一名首席仲裁员，3 人组成仲裁庭。仲裁庭在作出裁决时产生了两种不同意见。根据《仲裁法》的规定，仲裁庭应当采取的做法是（ ）。

A. 按多数仲裁员的意见作出裁决

B. 按首席仲裁员的意见作出裁决

C. 提请仲裁委员会作出裁决

D. 提请仲裁委员会主任作出裁决

25. 下列关于个人独资企业法律特征的表述中，正确的是（ ）。

A. 个人独资企业是独立的民事主体

B. 个人独资企业具有法人资格

C. 个人独资企业的投资人对企业债务承担有限责任

D. 个人独资企业的投资人可以是中国公民，也可以是外国公民

二、多项选择题（本类题共20题，每小题2分，共40分。每小题备选答案中，有两个或两个以上符合题意的正确答案。多选、少选、错选、不选均不得分。）

1. 某有限责任公司共有股东12人，股东韩某拟向王某转让出资，使王某成为公司新的股东。股东会表决时，除韩某外，6人同意，5人不同意。对该股东会议情况的下列表述中，正确的有（　　）。

A. 股东会没有一致同意，股东韩某不能转让该出资

B. 同意转让的股东未达到全体股东的2/3，股东韩某不能转让该出资

C. 同意转让的股东超过全体股东的半数，股东韩某可以转让出资

D. 不同意转让的股东应当购买股东韩某拟转让的出资

2. 根据中外合资经营企业法律制度的规定，下列各项中，属于合营企业董事会职权的有（　　）。

A. 讨论决定企业发展规划　　B. 讨论决定企业生产经营活动方案

C. 任命企业总会计师　　D. 讨论修改企业章程

3. 根据企业破产法律制度的规定，下列各项中，应当召开债权人会议的情形有（　　）。

A. 人民法院认为必要时

B. 债权人会议主席认为必要时

C. 清算组要求时

D. 占无财产担保债权总额1/4以上的债权人要求时

4. 根据企业破产法律制度的规定，人民法院受理破产案件后，应当采取破产保全措施，下列各项中，属于破产保全措施的有（　　）。

A. 通知破产企业自收到案件受理通知之日起停止清偿债务

B. 通知破产企业立即停止一切生产经营活动

C. 要求破产企业全体职工保护好企业财产

D. 通知破产企业的开户银行停办破产企业清偿债务的结算业务

5. 根据企业破产法律制度的规定，国有企业由债权人申请破产的，在人民法院受理案件后3个月内，该企业上级主管部门可以申请对企业进行整顿，并应向人民法院和债权人会议提交整顿方案。下列各项中，属于整顿方案内容的有（　　）。

A. 对企业达到破产界限的原因的分析

B. 整顿的期限和目标

C. 清偿债务的办法

D. 扭亏增盈的办法

6. 根据企业破产法律制度的规定，人民法院裁定宣告企业破产的同时应发

布公告。下列各项中，属于公告内容的有（ ）。

A. 破产企业的名称、住所　　B. 破产企业亏损、资产负债状况

C. 宣告企业破产的日期　　D. 宣告企业破产的理由及法律依据

7. 下列各种票据中，属于《票据法》调整范围的有（ ）。

A. 汇票　　B. 本票

C. 发票　　D. 支票

8. 根据《票据法》的规定，下列各项中，可以导致汇票无效的情形有（ ）。

A. 汇票上未记载付款日期

B. 汇票上未记载出票日期

C. 汇票上未记载收款人名称

D. 汇票金额的中文大写和数码记载不一致

9. 根据合同法律制度的规定，下列各项中，属于不得撤销要约的情形有（ ）。

A. 要约人确定了承诺期限　　B. 要约已经到达受要约人

C. 要约人明示要约不可撤销　　D. 受要约人已发出承诺的通知

10. 根据消费税法律制度的规定，对部分应税消费品实行从量定额和从价定率相结合的复合计税办法。下列各项中，属于实行复合计税办法的消费品有（ ）。

A. 卷烟　　B. 烟丝

C. 粮食白酒　　D. 薯类白酒

11. 根据营业税法律制度的规定，下列项目中，免征营业税的有（ ）。

A. 幼儿园提供的育养服务

B. 学生勤工俭学所提供的劳务

C. 航空运输部门提供的运输服务

D. 婚姻介绍所提供的婚姻介绍服务

12. 根据《个人所得税法》的规定，下列各项中，免征个人所得税的有（ ）。

A. 张某获得的保险赔款

B. 王某出租房屋所得

C. 李某领取的按照国家统一规定发给的补贴

D. 赵某领取的按照国家统一规定发给的退休工资

13. 根据企业所得税法律制度规定，下列各项中，属于企业所得税纳税人的有（ ）。

A. 股份有限公司　　B. 有限责任公司

C. 合伙企业　　D. 个人独资企业

14. 根据房产税法律制度的规定，下列有关房产税纳税人的表述中，正确的有（ ）。

A. 产权属于国家所有的房屋，其经营管理单位为纳税人

B. 产权属于集体所有的房屋，该集体单位为纳税人

C. 产权属于个人所有的营业用的房屋，该个人为纳税人

D. 产权出典的房屋，出典人为纳税人

15. 根据车船使用税法律制度的规定，下列使用中的交通工具，属于车船使用税征收范围的有（　　）。

A. 小轿车　　B. 货船

C. 摩托车　　D. 客轮

16. 下列缴纳税款的方式中，符合法律规定的有（　　）。

A. 代扣代缴　　B. 代收代缴

C. 委托代征　　D. 邮寄申报纳税

17. 根据税收征收管理法律制度的规定，纳税人发生的下列行为中，税务机关可以实施行政处罚的有（　　）。

A. 未按照规定的期限办理税务登记

B. 未按照规定设置、保管账簿

C. 未按照规定使用税务登记证

D. 未按照规定将其全部银行账号报告税务机关

18. 下列关于个人独资企业事务管理的表述中，正确的有（　　）。

A. 投资人不能聘用他人管理企业事务

B. 投资人可以聘用他人管理企业事务

C. 投资人对受托人职权的限制不得对抗善意第三人

D. 投资人对受托人职权的限制不得对抗恶意第三人

19. 根据《合伙企业法》的规定，合伙人发生的下列情形中，当然退伙的有（　　）。

A. 合伙人未履行出资义务

B. 合伙人个人丧失偿债能力

C. 合伙人故意给合伙企业造成损失

D. 合伙人被依法宣告死亡

20. 根据《公司法》的规定，股份有限公司股东大会所做的下列决议中，必须经出席会议的股东所持表决权的2/3以上通过的有（　　）。

A. 公司合并决议　　B. 公司分立决议

C. 修改公司章程决议　　D. 批准公司年度预算方案决议

三、判断题（本类题共10题，每小题1分，共10分。每小题判断结果正确的得1分，判断结果错误的扣0.5分，不判断的不得分也不扣分。本类题最低得分为零分。）

1. 中外合资经营企业一方欲向合营方转让其全部或部分出资时，如合营他方不同意，则欲转让出资方可以向合营各方以外的第三方转让出资。（　　）

2. 企业由债权人申请破产，上级主管部门申请整顿并已由企业与债权人会议达成和解协议的，应继续破产程序。（　）

3. 如果持票人转让出票人记载了“不得转让”字样的汇票，则该转让不发生票据法上的效力，而只具有普通债权让与的效力。（　）

4. 为上市公司年度会计报表出具审计报告的人员，自接受上市公司委托之日起至审计报告公开后5日内，不得买卖该上市公司股票。（　）

5. 欠缴税款的纳税人出境前未结算清应纳税款，又不提供担保的，税务机关可以通知出境管理机关阻止其出境。（　）

6. 在中国境内拥有并且使用车船的外商投资企业和外国企业，均为车船使用税的纳税人。（　）

7. 纳税人欠缴的税款发生在纳税人的财产留置之前的，税收应当先于留置权执行。（　）

8. 民族自治地方有关调整经济关系的自治条例和单行条例也是我国经济法的渊源之一。（　）

9. 投资人在设立个人独资企业登记申请书上没有注明是以个人财产出资还是以家庭共有财产出资的，应以家庭共有财产对企业债务承担无限责任。（　）

10. 公司董事从事与其所任职公司同类的营业或者损害公司利益的活动，所得收入应当归公司所有。（　）

主观试题部分

四、简答题（本类题共3题，每小题5分，共15分。）

1. 甲、乙、丙三人合伙设立A企业，约定甲出资4万元，乙出资3万元，丙出资3万元。三人按4∶3∶3的比例分配和分担合伙损益。A企业成立后，与B公司签订一购货合同，保证人为丁。后因A企业无力偿还货款，B公司要求丁承担保证责任，丁以未约定保证形式，只承担一般保证责任为由拒绝。B公司遂对A企业和丁提起诉讼。法院经审理还查明，甲对戊负有债务2万元，戊对A企业负有债务2万元；乙对C公司负有债务2万元。

要求：根据上述情况和合伙企业、担保法律制度的有关规定，回答下列问题：

（1）丁认为未约定保证形式，自己只承担一般保证责任的观点是否正确？为什么？

（2）戊能否将甲欠他的2万元债务与他欠A企业的2万元债务抵销？为什么？

（3）若乙个人财产不足以清偿对C公司的2万元债务，则C公司可以通过何种途径用乙在A企业中的财产份额清偿2万元债务？

2. 甲企业因不能清偿到期债务，向法院申请破产，法院受理了该破产案件。甲企业是乙企业向银行借款的保证人，银行在得知甲企业破产情况后，决定将其债权作为破产债权申报受偿。丙企业是甲企业的债权人，丙企业由于担心自己的债权得不到全额清偿，一再要求甲企业以部分财产偿还所欠丙企业的未到期债务，甲企业同意了丙企业的要求，并进行了清偿。

要求：根据上述情况和企业破产法律制度的有关规定，回答下列问题：

(1) 银行能否将其担保债权作为破产债权申请受偿？为什么？

(2) 甲企业提前偿还丙企业未到期债务的行为是否符合法律规定？为什么？

3. 某进出口公司进口一批机器设备，经海关审定的成交价为200万美元。另外，货物运抵我国境内输入地点起卸前的运输费10万美元，保险费20万美元，由买方负担的购货佣金5万美元、包装劳务费3万美元。

已知：市场汇率为1美元＝8.3人民币元，该机器设备适用关税税率为30%。

要求：根据上述情况和关税法律制度的有关规定，回答下列问题：

(1) 进出口公司在进口该批机器设备过程中发生的哪些费用应计入货物的完税价格？

(2) 计算进口该批机器设备应缴纳的关税税额。

(3) 说明进出口公司进口该批机器设备申报缴纳关税的期限。

五、综合题（本题共1题，共10分。）

甲公司向乙宾馆发出一封电报称：现有一批电器，其中电视机80台，每台售价3400元；电冰箱100台，每台售价2800元；总销售优惠价52万元。如有意购买，请告知。

乙宾馆接到该电报后，遂向甲公司回复称：只欲购买甲公司的50台电视机，每台电视机付款3200元；60台电冰箱，每台电冰箱付款2500元，共计支付总货款31万元，货到付款。

甲公司接到乙宾馆的电报后，决定接受乙宾馆的要求。甲乙签订了买卖合同，约定交货地点为乙宾馆，如双方发生纠纷，选择A仲裁机构仲裁解决。

甲公司同时与丙运输公司签订了合同，约定由丙公司将货物运至乙宾馆。丙公司在运输货物途中遭遇洪水，致使部分货物毁损。丙公司将剩余的未遭损失的货物运至乙宾馆，乙宾馆要求甲公司将货物补齐后一并付款。

甲公司迅速补齐了货物，但乙宾馆以资金周转困难为由，表示不能立即支付货款，甲公司同意乙宾馆推迟1个月付款。1个月后经甲公司催告，乙宾馆仍未付款。于是，甲公司通知乙宾馆解除合同，乙宾馆不同意解除合同。甲公司拟向法院起诉，要求解除合同，并要求乙宾馆赔偿损失。

要求：根据上述情况及合同、仲裁法律制度的有关规定，回答下列问题：

(1) 甲公司向乙宾馆发出的电报是要约还是要约邀请?

(2) 乙宾馆的回复是承诺还是新的要约？为什么?

(3) 丙公司是否应对运货途中的货物毁损承担损害赔偿责任？为什么?

(4) 甲公司能否解除与乙宾馆的买卖合同？为什么?

(5) 甲公司能否向法院起诉？为什么?

2006 年全国会计专业技术资格考试《经济法》试题

客观试题部分

一、单项选择题（本类题共 25 小题，每小题 1 分，共 25 分。每小题备选答案中，只有一个符合题意的正确答案。多选、错选，不选均不得分。）

1. 甲公司的分公司在其经营范围内以自己的名义对外签订一份货物买卖合同。根据《公司法》的规定，下列关于该合同的效力及其责任承担的表述中，正确的是（　　）。

A. 该合同有效，其民事责任由甲公司承担

B. 该合同有效，其民事责任由分公司独立承担

C. 该合同有效，其民事责任由分公司承担，甲公司负补充责任

D. 该合同无效，甲公司和分公司均不承担民事责任

2. 根据《公司法》的规定，关于股份有限公司股票发行的下列表述中，不正确的是（　　）。

A. 股份有限公司向法人发行的股票，只能是记名股票

B. 股份有限公司向社会公众发行的股票，只能是无记名股票

C. 股份有限公司的股票发行价格不得低于票面金额

D. 股份有限公司发行股票必须同股同价

3. 外国合营者的下列出资方式中，符合中外合资经营企业法律制度规定的是（　　）。

A. 以人民币缴付出资　　B. 以美元缴付出资

C. 以劳务作价出资　　D. 以已设立担保物权的机器设备作价出资

4. 根据中外合作经营企业法律制度的规定，下列关于合作企业注册资本的表述中，正确的是（　　）。

A. 注册资本是合作各方的投资额之和

B. 注册资本是合作各方认缴的出资额之和

C. 注册资本是合作各方实缴的出资额之和

D. 注册资本是合作各方实缴的货币额之和

5. 根据企业破产法律制度的规定，下列各项中，不属于破产费用的是（　　）。

A. 破产案件受理费

B. 债权人会议费

C. 清算期间破产企业职工生活费

D. 清算组催收债务所需费用

6. 甲、乙签订货物买卖合同，甲向乙出售价款为300万元的货物，甲已交付货物，乙以其厂房作抵押，一年后付款。在付款期限届满前，乙被宣告破产，抵押厂房经评估作价200万元。甲在债权人会议上享有的表决权所代表的债权额为（　　）万元。

A. 100　　　　B. 200

C. 300　　　　D. 500

7. 甲、乙签订买卖合同后，甲向乙背书转让3万元的汇票作为价款。后乙又将该汇票背书转让给丙。如果在乙履行合同前，甲、乙协议解除合同。甲的下列行为中，符合票据法律制度规定的是（　　）。

A. 请求乙返还汇票

B. 请求乙返还3万元价款

C. 请求丙返还汇票

D. 请求付款人停止支付汇票上的款项

8. 根据《票据法》的规定，下列关于汇票的表述中，正确的是（　　）。

A. 汇票金额中文大写与数码记载不一致的，以中文大写金额为准

B. 汇票保证中，被保证人的名称属于绝对应记载事项

C. 见票即付的汇票，无须提示承兑

D. 汇票承兑后，承兑人如果未收到出票人的资金，则可对抗持票人

9. 根据《票据法》的规定，下列关于本票的表述中，正确的是（　　）。

A. 本票的基本当事人为出票人、付款人和收款人

B. 未记载付款地的本票无效

C. 本票包括银行本票和商业本票

D. 本票无须承兑

10. 根据企业破产法律制度的规定，下列各项中，对企业破产案件实施管辖权的法院是（　　）。

A. 债务人住所地法院

B. 债权人住所地法院

C. 企业破产财产所在地法院

D. 债权人和债务人协议选择的法院

11. 2004年8月10日，甲公司与乙公司签订一份货物买卖合同。合同约定，乙公司于8月20日到甲公司的库房提取所购全部货物。乙公司由于自身原因至8月30日才去提取该批货物，但8月25日甲公司的库房因雷击发生火灾，致使乙公司应提取的部分货物毁损。根据《合同法》的规定，乙公司承担该批货物毁

损、灭失风险的起始时间是（ ）。

A. 8月10日　　B. 8月20日

C. 8月25日　　D. 8月30日

12. 甲、乙公司于2005年3月10日签订买卖合同，3月15日甲公司发现自己对合同标的存有重大误解，遂于3月20日向法院请求撤销该合同，4月10日法院依法撤销该合同。下列表述中，符合《合同法》规定的是（ ）。

A. 合同自3月10日起归于无效

B. 合同自3月15日起归于无效

C. 合同自3月20日起归于无效

D. 合同自4月10日起归于无效

13. 某啤酒厂以赊销方式销售一批啤酒。根据消费税法律制度的规定，该啤酒厂的消费税纳税义务的发生时间为（ ）。

A. 啤酒厂发出啤酒的当天

B. 购买方收到啤酒的当天

C. 销售合同规定的收款日期的当天

D. 取得索取销货款凭据的当天

14. 某企业为增值税小规模纳税人，2005年6月取得销售收入（含增值税）95400元，购进原材料支付价款（含增值税）36400元。已知小规模纳税人适用的增值税征收率为6%。该企业2005年6月应缴纳的增值税税额为（ ）元。

A. 3540　　B. 5400

C. 5724　　D. 6089

15. 根据营业税法律制度的规定，下列各项中，应缴纳营业税的是（ ）。

A. 某商场销售烟酒

B. 高某将闲置住房无偿赠与他人

C. 某房地产公司销售商品房

D. 某服装厂加工服装

16. 根据城镇土地使用税法律制度的规定，下列各项中，不属于城镇土地使用税纳税人的是（ ）。

A. 实际使用城镇土地的国有工业企业

B. 实际使用城镇土地的股份制商业企业

C. 与他人共同拥有城镇土地使用权的合伙企业

D. 实际使用城镇土地的外商投资企业

17. 某企业2005年度通过希望工程基金会向农村义务教育事业捐款30万元，直接向某学校捐款5万元，均在营业外支出中列支。该企业当年实现利润总额400万元。根据企业所得税法律制度的规定，该企业2005年度应纳税所得额为（ ）万元。

A. 400　　B. 405

C. 425　　D. 435

18. 某化工企业为增值税一般纳税人。2005 年 4 月销售一批化妆品，取得销售收入（含增值税）81900 元，已知该化妆品适用消费税税率为 30%。该化工企业 4 月份应缴纳的消费税税额为（　　）元。

A. 21000　　B. 22200

C. 24570　　D. 25770

19. 纳税人账簿、凭证、财务会计制度比较健全，能够如实反映生产经营成果，正确计算应纳税款的，税务机关应当对其采用的税款征收方式是（　　）。

A. 定期定额征收　　B. 查验征收

C. 查账征收　　D. 查定征收

20. 2005 年 3 月，甲企业注册了新商标，领取了一份商标注册证；与某外商投资企业签订了一份货物买卖合同，合同标的额 600000 元，另外支付货物运输费 50000 元；与工商银行某分行签订借款合同，借款金额 1000000 元。已知商标注册证按件贴花 5 元，买卖合同、运输合同、借款合同适用的印花税税率分别为 0.3‰、0.5‰、0.05‰。甲企业 3 月份应缴纳的印花税税额为（　　）元。

A. 250　　B. 255

C. 260　　D. 265

21. 根据土地增值税法律制度的规定，下列各项中，属于土地增值税征税范围的是（　　）。

A. 某市房产所有人将房屋产权无偿赠送给他人

B. 某市房产所有人将房屋产权有偿转让给他人

C. 某市土地使用权人通过教育部门将土地使用权赠与某学校

D. 某市土地使用权人将土地使用权出租给某养老院

22. 下列各项中，不属于刑罚种类的是（　　）。

A. 拘役　　B. 罚款

C. 罚金　　D. 没收财产

23. 根据《行政复议法》的规定，下列情形中，不属于行政复议范围的是（　　）。

A. 某公司不服税务局对其作出的罚款决定

B. 某公司不服工商局对其作出的吊销营业执照决定

C. 某公司不服公安局对其作出的查封财产决定

D. 某行政机关公务员不服单位对其作出的记过处分决定

24. 林某以个人财产出资设立一个人独资企业，聘请陈某管理该企业事务。林某病故后，因企业负债较多，林某的妻子作为唯一继承人明确表示不愿继承该企业，该企业只得解散。根据《个人独资企业法》的规定，关于该企业清算人的下列表述中，正确的是（　　）。

A. 由陈某进行清算

B. 由林某的妻子进行清算

C. 由债权人进行清算

D. 由债权人申请法院指定清算人进行清算

25. 根据《合伙企业法》的规定，下列各项中，属于合伙人当然退伙的情形是（　　）。

A. 合伙人在执行合伙企业事务中有侵占合伙企业财产的行为

B. 合伙人未履行出资义务

C. 合伙人被法院强制执行其在合伙企业中的全部财产份额

D. 合伙人因重大过失给合伙企业造成损失

二、多项选择题（本类题共 20 题，每小题 2 分，共 40 分。每小题备选答案中，有两个或两个以上符合题意的正确答案。多选、少选、错选、不选均不得分。）

1. 根据《公司法》的规定，关于国有独资公司组织机构的下列表述中，正确的有（　　）。

A. 国有独资公司不设股东会

B. 国有独资公司设立董事会

C. 国有独资公司不设监事会

D. 国有独资公司董事会成员均由国家授权投资的机构委派

2. 外国甲公司收购中国境内乙公司部分资产，价款为 100 万美元，并以该资产作为出资与丙公司于 2004 年 4 月 1 日成立了一家中外合资经营企业。甲公司支付乙公司购买金的下列方式中，不符合中外合资经营企业法律制度规定的有（　　）。

A. 2004 年 6 月 30 日一次支付 100 万美元

B. 2004 年 6 月 30 日支付 50 万美元，2005 年 3 月 30 日支付 50 万美元

C. 2004 年 9 月 30 日支付 80 万美元，2005 年 6 月 30 日支付 20 万美元

D. 2005 年 3 月 30 日一次支付 100 万美元

3. 根据中外合资经营企业法律制度的规定，下列关于合营企业董事长产生方式的表述中，正确的有（　　）。

A. 合营企业的董事长既可以由中方担任，也可以由外方担任

B. 合营企业的董事长必须由出资最多的一方担任

C. 合营企业的董事长由合营企业各方协商确定

D. 合营企业的董事长由一方担任的，副董事长必须由他方担任

4. 根据关税法律制度的规定，下列各项中，属于关税纳税人的有（　　）。

A. 进口货物的收货人　　B. 出口货物的发货人

C. 携带物品进境的入境人员　　D. 进境邮递物品的收件人

5. 根据企业破产法律制度的规定，第一次债权人会议由法院召集，以后的

债权人会议的召开必须符合法律规定。下列关于召开债权人会议的情形中，符合法律规定的有（　　）。

A. 法院认为必要时可以召开债权人会议

B. 债权人会议主席认为必要时可以召开债权人会议

C. 清算组要求时可以召开债权人会议

D. 占无财产担保债权总额1/5以上的债权人要求时可以召开债权人会议

6. 根据证券法律制度的规定，下列各项中，属于禁止的证券交易行为的有（　　）。

A. 甲证券公司在证券交易活动中编造并传播虚假信息，严重影响证券交易

B. 乙证券公司不在规定的时间内向客户提供交易的书面确认文件

C. 丙证券公司利用资金优势，连续买卖某上市公司股票，操纵该股票交易价格

D. 上市公司董事王某知悉该公司近期未能清偿到期重大债务，在该信息公开前将自己所持有的股份全部转让给他人

7. X市甲厂因购买Y市乙公司的一批木材与乙公司签订了一份买卖合同，但合同中未约定交货地与付款地，双方就此未达成补充协议，按照合同有关条款或者交易习惯也不能确定。根据合同法律制度的规定，下列关于交货地及付款地的表述中，正确的有（　　）。

A. X市为交货地　　B. Y市为交货地

C. X市为付款地　　D. Y市为付款地

8. 根据《合同法》的规定，下列合同中，属于效力待定合同的有（　　）。

A. 甲、乙恶意串通订立的损害第三人丙利益的合同

B. 某公司法定代表人超越权限与善意第三人丁订立的买卖合同

C. 代理人甲超越代理权限与第三人丙订立的买卖合同

D. 限制民事行为能力人甲与他人订立的买卖合同

9. 根据《合同法》的规定，下列各项中，属于合同成立的情形有（　　）。

A. 甲向乙发出要约，乙作出承诺，该承诺除对履行地点提出异议外，其余内容均与要约一致

B. 甲、乙采用书面形式订立一合同，但在签订书面合同之前甲已履行主要义务，乙接受了履行

C. 甲、乙约定以书面形式订立合同，但在双方签章之前，甲履行了主要义务，乙接受了履行

D. 甲于5月10日向乙发出要约，要约规定承诺期限截至5月20日，乙于5月18日发出承诺信函，该信函5月21日到达甲

10. 根据增值税法律制度的规定，下列关于使用填开增值税专用发票的情形中，不正确的有（　　）。

A. 全部联次一次填开，上、下联的内容和金额一致

B. 发票联和抵扣联加盖出具单位财务专用章

C. 如填写有误，在涂改处加盖财务专用章

D. 经单位负责人同意，拆本使用增值税专用发票

11. 根据消费税法律制度的规定，纳税人外购和委托加工的应税消费品，用于连续生产应税消费品的，已缴纳的消费税税款准予从应纳消费税税额中抵扣。下列各项中，可以抵扣已缴纳的消费税的有（　　）。

A. 委托加工收回的已税化妆品用于生产化妆品

B. 委托加工收回的已税玉石用于生产首饰

C. 委托加工收回的已税汽车轮胎用于生产小汽车

D. 委托加工收回的已税烟丝用于生产卷烟

12. 根据企业所得税法律制度的规定，下列各项中，纳税人在计算企业所得税应纳税所得额时，不得扣除的有（　　）。

A. 税收滞纳金　　B. 购建固定资产支出

C. 职工基本养老保险费　　D. 营业税

13. 根据外商投资企业和外国企业所得税法律制度的规定，下列各项中，应计入应纳税所得额的有（　　）。

A. 出租固定资产收入　　B. 到期国债利息收入

C. 转让无形资产收入　　D. 转让股票的净收益

14. 甲是合伙企业合伙人，因病身亡，其继承人只有乙。关于乙继录甲的合伙财产份额的下列表述中，符合《合伙企业法》规定的有（　　）

A. 乙可以要求退还甲在合伙企业的财产份额

B. 乙只能要求退还甲在合伙企业的财产份额

C. 乙因继承而当然成为合伙企业的合伙人

D. 经其他合伙人同意，乙因继承而成为合伙企业的合伙人

15. 根据契税法律制度的规定，下列各项中，应当缴纳契税的有（　）。

A. 房屋买卖　　B. 房屋出租

C. 国有土地使用权出让　　D. 土地使用权抵押

16. 根据税收征收管理法律制度的规定，纳税人发生的下列情形中，应办理税务注销登记的有（　）。

A. 纳税人破产

B. 纳税人变更法定代表人

C. 纳税人被吊销营业执照

D. 纳税人暂停经营活动

17. 第二审法院对上诉案件经过审理后所作出的下列裁判中，正确的有（　）。

A. 原判决认定事实清楚，适用法律正确，判决驳回上诉，维持原判决

B. 原判决适用法律错误，裁定撤销原判决，发回原审法院重审

C. 原判决认定事实错误，裁定撤销原判决，发回原审法院重审

D. 原判决违反法定程序，可能影响案件正确判决，裁定撤销原判决，发回原审法院重审

18. 根据《个人独资企业法》的规定，下列各项中，属于设立个人独资企业应当具备的条件有（ ）。

A. 投资人须为具有完全民事行为能力的自然人

B. 有符合规定的法定最低注册资本

C. 有企业章程

D. 有合法的企业名称

19. 甲、乙、丙设立一合伙企业，约定损益的分配和分担比例为4∶3∶3。该企业欠丁5万元，无力清偿。债权人丁的下列做法中，正确的有（ ）。

A. 要求甲、乙、丙分别清偿2万元、1.5万元、1.5万元

B. 要求甲、乙、丙分别清偿2万元、2万元、1万元

C. 要求甲、乙分别清偿2万元、3万元

D. 要求甲清偿5万元

20. 根据《公司法》的规定，有限责任公司股东会会议对下列事项作出的决议中，必须经代表2/3以上表决权的股东通过的有（ ）。

A. 修改公司章程　　B. 减少注册资本

C. 更换公司董事　　D. 变更公司形式

三、判断题（本类题共10题，每小题1分，共10分。每小题判断结果正确的得1分，判断结果错误的扣0.5分，不判断的不得分也不扣分。本类题最低得分为零分。）

1. 在法院受理破产案件并通知债权人和发布公告后，债权人应当在收到通知后的1个月内向法院申报债权，逾期未申报的，可以延长3个月，到期后仍未申报的，视为自动放弃债权，在破产程序中不再予以清偿。（ ）

2. 汇票的持票人未在法定期限内提示付款的，则承兑人的票据责任解除。（ ）

3. 在融资租赁合同中，承租人占有租赁物期间，租赁物造成第三人的人身伤害或财产损害的，出租人不承担责任。（ ）

4. 欠缴税款的纳税人出境前未结清应纳税款，又不提供担保的，税务机关可以通知出境管理机关阻止其出境。（ ）

5. 非企业性单位如果经常发生增值税应税行为，并且符合一般纳税人条件的，可以由税务机关认定为增值税一般纳税人。（ ）

6. 在未核发土地使用证书的情况下，城镇土地使用权的拥有人可以暂不缴纳城镇土地使用税，待核发土地使用证书后再补缴。（ ）

7. 仲裁协议对仲裁事项没有约定或约定不明确的，当事人可以补充协议；

达不成补充协议的，仲裁协议无效。 ( )

8. 合伙人个人负有债务的，其债权人可以代位行使该合伙人在合伙企业中的权利。 ( )

9. 无记名股票的转让，只要股东在依法设立的证券交易场所将股票交付给受让人后即发生转让法律效力。 ( )

10. 国内企业甲与外国投资者乙共同投资设立中外合资经营企业，甲出资 55%，乙出资 45%；如果合营企业的投资总额为 1200 万美元，则甲至少应出资 275 万美元，乙至少应出资 225 万美元。甲、乙双方的出资额符合中外合资经营企业法律制度的规定。 ( )

主观试题部分

四、简答题（本类题共 3 题，每小题 5 分，共 15 分。）

1. 某白酒生产企业申报 2004 年度企业所得税应纳税所得额为－36 万元。经税务机关核查，该企业发生 100 万元粮食类白酒广告支出，已作费用，全额在税前扣除；转让一台设备，取得净收入 50 万元，未做账务处理。税务机关要求该企业作出相应的纳税调整，并限期缴纳税款。但该企业以资金困难为由未缴纳，虽经税务机关一再催缴，至 2005 年 8 月仍拖欠税款。经税务机关了解，该企业的银行账户上没有相当于应纳税款金额的存款。2005 年 10 月，税务机关得知，该企业有一到期债权 20 万元，一直未予追偿。税务机关拟行使代位权，追偿该企业到期债权 20 万元。

已知：该企业适用企业所得税税率为 33%。

要求：根据上述情况和企业所得税、税收征收管理法律制度的有关规定，回答下列问题：

(1) 该企业 2004 年度应纳税所得额为多少？应纳所得税税额为多少？

(2) 税务机关是否有权行使代位权？简要说明理由。

2. A 公司为支付货款，2005 年 3 月 1 日向 B 公司签发一张金额为 50 万元、见票后 1 个月付款的银行承兑汇票。B 公司取得汇票后，将汇票背书转让给 C 公司。C 公司在汇票的背面记载“不得转让”字样后，将汇票背书转让给 D 公司。其后，D 公司将汇票背书转让给 E 公司，但 D 公司在汇票粘单上记载“只有 E 公司交货后，该汇票才发生背书转让效力”。后 E 公司又将汇票背书转让给 F 公司。2005 年 3 月 25 日，F 公司持汇票向承兑人甲银行提示承兑，甲银行以 A 公司未足额交存票款为由拒绝承兑，且于当日签发拒绝证明。

2005 年 3 月 27 日，F 公司向 A、B、C、D、E 公司同时发出追索通知。B 公司以 F 公司应先向 C、D、E 公司追索为由拒绝承担担保责任；C 公司以自己在背书时记载“不得转让”字样为由拒绝承担担保责任。

要求：根据上述情况和票据法律制度的有关规定，回答下列问题：

(1) D公司背书所附条件是否具有票据上的效力？简要说明理由。

(2) B公司拒绝承担担保责任的主张是否符合法律规定？简要说明理由。

(3) C公司拒绝承担担保责任的主张是否符合法律规定？简要说明理由。

3. 甲、乙、丙、丁四人共同投资设立A合伙企业。合伙协议的部分内容如下：由甲、乙执行合伙企业事务，丙、丁不得过问企业事务；利润和损失由甲、乙、丙、丁平均分配和分担。

在执行合伙企业事务过程中，为提高管理水平，甲自行决定聘请王某担任合伙企业经营管理人员。因合伙企业发展良好，乙打算让其朋友郑某入伙。在征得甲的同意后，乙即安排郑某参与合伙事务。

要求：根据上述情况和合伙企业法律制度的相关规定，回答下列问题：

(1) 合伙协议中关于合伙企业事务执行的约定是否符合法律规定？简要说明理由。

(2) 甲聘请王某担任经营管理人员是否符合法律规定？简要说明理由。

(3) 郑某是否已经成为A合伙企业的合伙人？简要说明理由。

五、综合题（本类题共1题，共10分。）

甲为加入A合伙企业需要一笔资金，于2003年3月5日向乙借款5万元，双方以书面合同约定：借款期限为2年；借款年利率为6%，2年应付利息由乙预先在借款本金中一次扣除；借款期满时甲一次偿还全部借款。丙为甲的保证人，与乙签订保证合同，约定丙承担一般保证责任，保证期间为自借款期满之日起1年，但未就保证担保的范围做约定。乙依约向甲交付借款。不久，甲加入A合伙企业。

借款期满后，乙因经济业务欠A合伙企业4万元，因此向A合伙企业主张，就甲欠乙的借款与乙欠A合伙企业的债务在对等数额内抵销，但遭A合伙企业拒绝。随后，乙请求甲偿还借款，并要求丙承担保证责任。甲以资金不足为由拒绝还款，丙也拒绝承担保证责任。

要求：根据上述情况和《合同法》、《担保法》、《合伙企业法》的有关规定，回答下列问题：

(1) 指出甲、乙签订的借款合同中有哪些内容不符合法律规定？说明理由。

(2) 丙承担保证责任的范围应是什么？

(3) A合伙企业是否有权拒绝乙的债务抵销请求？说明理由。

(4) 丙拒绝承担保证责任是否符合法律规定？说明理由。

2007年全国会计专业技术资格考试《经济法》试题

客观试题部分

一、单项选择题（本类题共25小题，每小题1分，共25分，每小题备选答案中，只有一个符合题意的正确答案。多选、错选，不选均不得分。）

1. 根据新颁布的《企业破产法》的规定，在破产财产分配时债权人债权数额仍没有确定的，破产管理人应当将其分配额提存。自破产程序终结之日起一定期间债权人仍不能受领分配的，人民法院应当将提存的分配额分配给其他债权人，该一定期间为（　　）。

A. 2年　　　　B. 1年

C. 6个月　　　D. 2个月

2. 下列关于一人有限责任公司的表述中，不符合《公司法》对其所做特别规定的是（　　）。

A. 一人有限责任公司的注册资本最低限额为人民币10万元

B. 一人有限责任公司的股东可以分期缴纳公司章程规定的出资额

C. 一个自然人只能投资设立一个一人有限责任公司

D. 一人有限责任公司的股东不能证明公司财产独立于股东自己财产的，应当对公司债务承担连带责任

3. 下列关于个人独资企业法律特征的表述，符合个人独资企业法律制度规定的是（　　）。

A. 个人独资企业没有独立承担民事责任的能力

B. 个人独资企业不能以自己的名义从事民事活动

C. 个人独资企业具有法人资格

D. 个人独资企业对企业债务承担有限责任

4. 下列有关有限合伙企业设立条件的表述中，不符合新颁布的《合伙企业法》规定的是（　　）。

A. 有限合伙企业至少应当有一个普通合伙人

B. 有限合伙企业名称中应当标明“特殊普通合伙”字样

C. 有限合伙人可以用知识产权作价出资

D. 有限合伙企业登记事项中应载明有限合伙人的姓名或名称

5. 下列有关普通合伙企业和合伙人进行债务清偿的表述中，不符合新颁布的《合伙企业法》规定的是（　　）。

A. 合伙企业应先以其全部财产清偿企业债务

B. 合伙企业不能清偿到期债务的，合伙人对企业债务承担无限连带责任

C. 合伙人的自有财产不足清偿个人债务的，债权人可自行接管该合伙人在合伙企业中的财产份额用于清偿

D. 合伙人之间约定的亏损分担比例对债权人没有约束力

6. 根据新颁布的《合伙企业法》的规定，下列各项中，不符合普通合伙企业合伙人当然退伙情形的是（　　）。

A. 合伙人丧失偿债能力

B. 合伙人被宣告破产

C. 合伙人在合伙企业中的全部财产份额被人民法院强制执行

D. 合伙人未履行出资义务

7. 甲企业为具有法人资格的中外合作经营企业，设立董事会。根据中外合作经营企业法律制度的规定，下列事项中，无须经出席董事会会议的董事一致通过的是（　　）。

A. 合作企业的资产抵押　　B. 合作利润的分配

C. 合作企业的解散　　D. 合作企业注册资本的增加

8. 某中外合资经营企业的投资总额为1800万美元。在其注册资本中，中方认缴的出资额为500万美元。根据中外合资经营企业法律制度的规定，下列关于外方认缴出资最低限额的表述中，正确的是（　　）。

A. 外方至少应出资760万美元　　B. 外方至少应出资400万美元

C. 外方至少应出资220万美元　　D. 外方至少应出资100万美元

9. 根据《合同法》规定，下列情形中的租赁合同，属于定期租赁合同的是(　　)。

A. 甲将一台机器租赁给乙，双方订有书面合同，租赁期限约定为20年

B. 甲乙签订一租赁合同，未约定租赁期限，且不能通过补充协议或根据合同条款、交易习惯确定租赁期限

C. 甲乙订立一口头租赁合同，租赁期限为1年

D. 甲将一私房出租给乙，租赁期限为3年，现租期已届满，甲未收回房屋，乙继续居住并交纳房租

10. 某外资企业的组织形式为有限责任公司，该外资企业依法解散时，根据外资企业法律制度的规定，下列人员中，不得担任清算委员会成员的是（　　）。

A. 债权人代表　　B. 有关主管机关代表

C. 该外资企业董事长　　D. 某外国注册会计师

11. 2005年8月1日，人民法院裁定受理债务人甲提出的破产申请。当年12月1日，甲被人民法院宣告破产。2006年6月1日，破产程序终结，2007年4月1

日，债权人乙发现甲在2004年9月1日将一台机器设备无偿转让给丙企业，根据新颁布的《企业破产法》的规定，债权人乙有权请求人民法院撤销该无偿转让行为，并在一定期间内按照破产财产分配方案进行追加分配，该期间为（　　）。

A. 2006年6月1日至2008年5月31日

B. 2006年6月1日至2007年5月31日

C. 2005年12月1日至2007年11月30日

D. 2005年12月1日至2006年11月30日

12. 下列有关和解协议效力的表述中，不符合新颁布的《企业破产法》规定的是（　　）。

A. 经人民法院裁定认可的和解协议，对债务人有约束力

B. 经人民法院裁定认可的和解协议，对全体和解债权人有约束力

C. 和解协议对债务人的保证人和其他连带债务人无效

D. 债务人不履行人民法院裁定认可的和解协议的，债权人可以请求人民法院强制执行

13. 甲有限责任公司拟公开发行公司债券，下列有关该公司资产额的表述中，符合《证券法》规定公开发行公司债券条件的是（　　）。

A. 该公司总资产额为人民币3000万元

B. 该公司净资产额为人民币3000万元

C. 该公司总资产额为人民币6000万元

D. 该公司净资产额为人民币6000万元

14. 李某为一有限合伙企业中的有限合伙人，根据新颁布的《合伙企业法》的规定，李某的下列行为中，不符合法律规定的是（　　）。

A. 对企业的经营管理提出建议　　B. 对外代表有限合伙企业

C. 参与决定普通合伙人入伙　　D. 依法为本企业提供担保

15. 根据《票据法》的规定，下列各项中，属于汇票债务人可以对持票人行使抗辩权的事由是（　　）。

A. 汇票债务人与出票人之间存在合同纠纷

B. 汇票债务人与持票人前手之间存在抵销关系

C. 汇票背书不连续

D. 出票人存入汇票债务人的资金不够

16. 根据《票据法》的规定，甲向乙签发商业汇票时记载的下列事项中，不发生票据法上效力的是（　　）。

A. 乙交货后付款　　B. 票据金额10万元

C. 汇票不得背书转让　　D. 乙的开户行名称

17. 甲、乙两公司拟签订一份书面买卖合同，甲公司签字盖章后尚未将书面合同邮寄给乙公司时，即接到乙公司按照合同约定发来的货物，甲公司经清点后将该批货物入库。次日将签字盖章后的书面合同发给乙公司。乙公司收到后，即在合

同上签字盖章。根据《合同法》的规定，该买卖合同的成立时间是（ ）。

A. 甲公司签字盖章时

B. 乙公司签字盖章时

C. 甲公司接受乙公司发来的货物时

D. 甲公司将签字盖章后的合同发给乙公司时

18. 根据《合同法》的规定，下列各项中，属于可撤销合同的是（ ）。

A. 一方以欺诈的手段订立合同，损害国家利益

B. 限制民事行为能力人与他人订立的纯获利的合同

C. 违反法律强制性规定的合同

D. 因重大误解订立的合同

19. 陈某以信件发出要约，信件未载明承诺开始日期，仅规定承诺期限为10天。5月8日，陈某将信件投入信箱；邮局将信件加盖5月9日邮戳发出，5月11日，信件送达受要约人李某的办公室；李某因外出，直至5月15日才知悉信件内容。根据《合同法》的规定，该承诺期限的起算日为（ ）。

A. 5月18日　　B. 5月9日

C. 5月11日　　D. 5月15日

20. 下列采购活动中，适用《政府采购法》调整的是（ ）。

A. 某事业单位使用财政性资金采购办公用品

B. 某军事机关采购军需品

C. 某省政府因严重自然灾害紧急采购救灾物资

D. 某省国家安全部门采购用于情报工作的物资

21. 根据事业单位国有资产管理法律制度的规定，下列情形中，可以不进行事业单位国有资产评估的是（ ）。

A. 事业单位整体改制为企业

B. 事业单位部分资产租赁给非国有单位

C. 事业单位分立

D. 事业单位整体资产经批准无偿划转

22. 根据《行政处罚法》的规定，下列各项中，不属于行政处罚种类的是（ ）。

A. 记过　　B. 罚款

C. 行政拘留　　D. 没收违法所得

23. 根据《行政复议法》的规定，下列各项中，不属于行政复议范围的是（ ）。

A. 郑某不服某税务局对其作出的罚款处罚决定

B. 村民李某不服某镇政府作出的关于李某与高某之间土地承包经营权纠纷的调解

C. 甲企业不服某工商局作出的吊销其营业执照的决定

D. 郑某不服某公安局对其作出的行政拘留处罚决定

24. 下列公司组织机构中关于公司职工代表的表述中，不符合《公司法》规定的是（　　）。

A. 股份有限公司董事会成员中应当包括公司职工代表

B. 股份有限公司监事会成员中应当包括公司职工代表

C. 国有独资公司董事会成员中应当包括公司职工代表

D. 国有独资公司监事会成员中应当包括公司职工代表

25. 根据新颁布的《合伙企业法》的规定，下列各项中，不属于合伙企业应当解散的情形是（　　）。

A. 合伙人因决策失误给合伙企业造成重大损失

B. 合伙人被依法吊销营业执照

C. 合伙企业的合伙人已不具备法定人数满 30 天

D. 合伙协议约定的合伙目的无法实现

二、多项选择题（本类题共 20 小题，每小题 2 分，共 40 分。每小题备选答案中，有两个或两个以上符合题意的正确答案。多选、少选、错选、不选均不得分。）

1. 下列有关个人独资企业设立条件的表述中，符合个人独资企业法律制度规定的有（　　）。

A. 投资人可以是中国公民，也可以是外国公民

B. 投资人可以家庭共有财产作为个人出资

C. 企业名称中不得使用“公司”字样

D. 企业必须有符合规定的最低注册资本

2. 根据《证券法》的规定，某上市公司的下列人员中，不得将其持有的该公司的股票在买入后 6 个月内卖出，或者在卖出后 6 个月内又买入的有（　　）。

A. 董事会秘书　　B. 监事会主席

C. 财务负责人　　D. 副总经理

3. 根据新颁布的《合伙企业法》的规定，下列关于普通合伙企业合伙人的表述中，符合法律规定的有（　　）。

A. 合伙人对执行合伙事务享有同等的权利

B. 合伙人可以查阅企业会计账簿

C. 合伙人可以自营与本企业相竞争的业务

D. 执行企业事务的合伙人可以自行决定是否向其他合伙人报告企业经营状况

4. 甲公司是一家中外合资经营企业。注册资本为 300 万美元，其中，外国合营者认缴的出资额为 200 万美元。合营企业合同约定合营双方分期缴付出资。2006 年 6 月 1 日工商行政管理机关签发企业法人营业执照。根据中外合资经营

企业法律制度的规定，下列关于该外国合营者缴付出资的表述中，符合法律规定的有（　　）。

A. 该外国合营者可以以美元缴付出资，也可以以人民币缴付出资

B. 该外国合营者第一期缴付出资不得低于30万美元

C. 该外国合营者应在2006年8月31日之前缴清第一期出资

D. 该外国合营者应在2009年5月31日之前缴清全部出资

5. 根据中外合作经营企业法律制度的规定，某一具有法人资格的中外合作经营企业发生的下列事项中，须经审查批准机关批准的有（　　）。

A. 合作企业委托第三人经营管理

B. 合作企业由中方合作者担任董事长

C. 合作企业减少注册资本

D. 合作企业延长合作期限

6. 下列有关重整制度的表述中，符合新颁布的《企业破产法》规定的有（　　）。

A. 债务人尚未进入破产程序时，债权人可以直接向人民法院申请对债务人进行重整

B. 债权人申请对债务人进行破产清算的，在人民法院受理破产申请后、宣告债务人破产前，出资额占债务人注册资本20%的出资人可以向人民法院申请重整

C. 破产管理人负责管理财产和营业事务的，重整计划草案可以由破产管理人制定

D. 按照重整计划减免的债务，自重整计划执行完毕时起，债务人不再承担清偿责任

7. 根据新颁布的《企业破产法》的规定，第一次债权人会议由人民法院召集主持。下列各项中，属于第一次债权人会议后应当召开债权人会议的情形有（　　）。

A. 人民法院认为必要时

B. 破产管理人提议时

C. 债权人委员会提议时

D. 占无财产担保债权总额1/4以上的债权人提议时

8. 根据《证券法》的规定，上市公司发生可能对上市公司股票交易价格产生较大影响而投资者尚未得知的重大事件时，应当立即将有关该重大事件的情况向国务院证券监督管理机构和证券交易所报送临时报告，并予以公告。下列各项中，属于重大事件的有（　　）。

A. 公司董事因涉嫌职务犯罪被公安机关刑事拘留

B. 公司1/3以上监事辞职

C. 公司董事会的决议被依法撤销

D. 公司经理被撤换

9. 下列有关票据行为有效要件的表述中，符合票据法规定的有（　　）。

A. 保证人在票据上的签章不符合规定，其签章无效，但不影响其他符合规定签章的效力

B. 持票人明知转让的是盗窃的票据，仍受让票据的，不得享有票据权利

C. 票据的基础关系不合法，则票据行为也不合法

D. 银行汇票未加盖规定的专用章，而加盖该银行的公章，则签章人应承担责任

10. 下列有关票据伪造的表述中，不符合票据法律制度规定的有（　　）。

A. 票据的伪造仅指假冒他人名义签章的行为

B. 票据上有伪造签章的，不影响票据上其他真实签章的效力

C. 善意的且支付相当对价的合法持票人有权要求被伪造人承担票据责任

D. 票据伪造人的伪造行为即使对他人造成损害，也不承担票据责任

11. 根据《票据法》的规定，被追索人在向持票人支付有关金额及费用后，可以向其他汇票债务人行使再追索权。下列各项中，属于被追索人可请求其他汇票债务人清偿的款项有（　　）。

A. 被追索人已清偿的全部金额及利息

B. 被追索人发出追索通知书的费用

C. 持票人取得有关拒绝证明的费用

D. 持票人因票据金额被拒绝支付而导致的利润损失

12. 根据《合同法》的规定，下列各项中，属于要约失效的情形有（　　）。

A. 要约人依法撤回要约

B. 要约人依法撤销要约

C. 承诺期限届满，受要约人未作出承诺

D. 受要约人对要约内容作出实质性变更

13. 下列关于质押合同生效时间的表述中，符合担保法律制度规定的有（　　）。

A. 以机器设备出质的，质押合同自机器设备移交质权人占有之日起生效

B. 以仓单出质的，质押合同自仓单交付之日起生效

C. 以非上市公司的股份出质的，质押合同自股份出质记载于股东名册之日起生效

D. 以依法可转让的专利权出质的，质押合同自向其管理部门出质登记之日起生效

14. 根据政府采购法律制度的规定，下列各项中，属于甲级政府采购代理机构应具备的条件的有（　　）。

A. 具有法人资格，且注册资本为人民币50万元以上

B. 与行政机关没有隶属关系或其他利益关系

C. 有健全的组织机构和内部管理制度

D. 有固定的营业场所和符合规定的办公条件

15. 根据《财政违法行为处罚处分条例》的规定。下列各项中，属于财政违法行为执法主体的有（ ）。

A. 县级以上人民政府财政部门

B. 县级以上人民政府审计机关

C. 省级以上人民政府财政部门的派出机构

D. 监察机关及其派出机构

16. 根据《财政违法行为处罚处分条例》的规定，下列各项中，属于财政预决算的编制部门的预算执行部门及其工作人员违反国家有关预算管理规定的行为有（ ）。

A. 虚增财政收入　　B. 虚减财政支出

C. 克扣转移支付资金　　D. 违反规定调整预算

17. 根据《仲裁法》的规定，下列情形中的仲裁协议，属于无效的有（ ）。

A. 甲、乙两公司在建设工程合同中依法约定有仲裁条款，其后，该建设工程合同被确认无效

B. 王某与李某在仲裁协议中约定，将他们之间的扶养合同纠纷交由某仲裁委员会仲裁

C. 郑某与甲企业在仲裁协议中对仲裁委员会约定不明确，且不能达成补充协议

D. 陈某在与高某发生融资租赁合同纠纷后，胁迫高某与其订立将该合同纠纷提交某仲裁委员会仲裁的协议

18. 北京的甲公司和长沙的乙公司于 2006 年 6 月 1 日在上海签订一买卖合同。合同约定，甲公司向乙公司提供一批货物，双方应于 2006 年 12 月 1 日在厦门交货付款。双方就合同纠纷管辖权未做约定。其后，甲公司依约交货，但乙公司拒绝付款。经交涉无效，甲公司准备对乙公司提起诉讼。根据民事诉讼法关于地域管辖的规定，下列各地方的人民法院中，对甲公司拟提起的诉讼有管辖权的有（ ）。

A. 北京　　B. 长沙

C. 上海　　D. 厦门

19. 甲公司是一家以募集方式设立的股份有限公司，其注册资本为人民币 6000 万元。董事会有 7 名成员。最大股东李某持有公司 12%的股份。根据《公司法》的规定，下列各项中，属于甲公司应当在两个月内召开临时股东大会的情形有（ ）。

A. 董事人数减至 4 人　　B. 监事陈某提议召开

C. 最大股东李某请求召开　　D. 公司未弥补亏损达人民币 1600 万元

20. 某股份有限公司发行新股，其实施的下列行为中，不符合公司法律制度关于股票发行规定的有（　　）。

A. 以低于其他投资者的价格向公司原股东发行股票

B. 以超过股票票面金额的价格发行股票

C. 向公司发起人发行无记名股票

D. 向某法人股东发行记名股票，并将该法人法定代表人的姓名记载于股东名册

三、判断题（本类题共10小题，每小题1分，共10分。每小题判断结果正确的得1分，判断结果错误的扣0.5分，不判断的不得分也不扣分。本类题最低得分为零分。）

1. 中外合作经营企业的合作一方向合作他方以外的他人转让属于其合作企业合同中部分权利的，须经合作他方书面同意，并报审查批准机关批准。（　　）

2. 外资企业的外国投资者以工业产权、专有技术作价出资的，该工业产权、专有技术的作价金额不得超过外资企业注册资本的25%。（　　）

3. 上市公司非公开发行新股，应当符合国务院证券监督管理机构规定的条件，并报国务院证券监督管理机构核准。（　　）

4. 甲以背书方式将票据赠与乙，乙可以取得优于甲的票据权利。（　　）

5. 甲并未取得乙的票据代理授权，却以代理人的名义在票据上签章的，应当由甲承担票据责任。（　　）

6. 在政府采购招标过程中，如果出现了影响采购公正的违法、违规行为，应予废标。（　　）

7. 甲对乙享有一货款债权，但诉讼时效已届满。乙向甲支付了货款，其后以不知诉讼时效届满为由请求甲返还。法律应支持乙的请求。（　　）

8. 公司分立前的债务由分立后的公司承担连带责任，但公司在分立前与债权人就债务清偿达成的书面协议另有约定的除外。（　　）

9. 某股份有限公司发行了可转换公司债券，当转换为公司股票的条件具备时，债券持有人必须将公司债券转换为公司股票。（　　）

10. 某个人独资企业投资人在申请企业设立登记时明确以其家庭共有财产作为个人出资，为维持其他家庭成员的基本生活条件，该投资人应以其个人财产对企业债务承担无限责任。（　　）

主观试题部分

四、简答题（本类题共3小题，每小题5分，共15分。）

1. 2002年4月，甲租用乙的一间平房经营日用品，双方约定，租用期为3年，

每年租金为6000元；每半年结算一次租金。双方未就维修义务的承担作出约定。

2003年7月，由于当地连日降雨，致使该租赁房屋承重墙下沉并出现了3厘米宽的裂缝，房屋有倒塌的危险。甲要求乙维修，乙未答复。甲无奈自己请来建筑队，对房屋进行加固维修，共花费人民币1260元。但房屋倒塌危险仍未消除。

当年10月，甲与乙结算当期的房租时，要求扣除其花费的维修费用并提出解除合同，乙不同意，甲随后搬离该房屋。

要求：根据上述事实及《合同法》的规定，回答下列问题：

(1) 甲是否有权要求扣除维修费用？简要说明理由。

(2) 甲是否有权解除租赁合同？简要说明理由。

2. 甲、乙同为丙公司的子公司，甲、乙通过证券交易所的证券交易分别持有丁上市公司（该公司股本总额为3.8亿元，国家授权投资机构未持有该公司股份）2%、3%的股份。甲、乙在法定期间内向国务院证券监督管理机构和证券交易所报告并公告其持股比例后，继续在证券交易所进行交易。当分别持有丁上市公司股份10%、20%时，甲、乙决定继续对丁上市公司进行收购，在向国务院证券监督管理机构报送上市公司收购报告书之日起15日后，即向丁上市公司的所有股东发出并公告收购该公司全部股份的要约，收购要约约定的收购期限为60天。

收购要约期满，甲、乙持有丁上市公司的股份达到85%，持有其余15%股份的股东要求甲、乙继续以收购要约的同等条件收购其股票，遭到拒绝。

收购行为完成后，甲、乙在15日内将收购情况报告国务院证券监督管理机构和证券交易所，并予以公告。

要求：根据上述事实及证券法律制度的规定，回答下列问题：

(1) 甲、乙是否为一致行动人？简要说明理由。

(2) 收购要约期满后，丁上市公司的股票是否还具备上市条件？简要说明理由。

(3) 甲、乙拒绝收购其余15%股份的做法是否合法？简要说明理由。

3. 甲公司专营A地至B地的旅客运输业务。2006年11月1日，由于正值客运淡季，甲公司将一辆空调车的班次取消，购买了该班次车票的旅客被合并至没有空调的普通客车中。该批旅客认为甲公司的做法不合理，要求退还部门票款，但甲公司以近期多雨雾、路不好走，两种票价金额相差不大为由，不同意退还相差部分的票款。

当车行至某段山路时，司机因故采取了急刹车措施。乘客乙被甩到车内地板上摔伤。乘客乙经医院诊断鉴定为腰椎压缩性骨折，要求甲公司承担医药费及其他相差损失。

要求：根据上述事实及《合同法》的规定，回答下列问题：

（1）甲公司不退还部分旅客票款的行为是否符合法律规定？简要说明理由。

（2）甲公司是否应对乘客乙受伤承担损害赔偿责任？简要说明理由。

五、综合题（本类题共1题，共10分。）

甲股份有限公司（以下简称甲公司）成立于2003年9月3日，公司股票自2005年2月1日起在深圳证券交易所上市交易。公司章程规定，凡投资额在2000万元以上的投资项目须提交公司股东大会讨论决定。

乙有限责任公司（以下简称乙公司）是一软件公司，甲公司董事李某为其出资人之一。乙公司于2005年1月新研发一高科技软件，但缺少3000万元生产资金。遂于甲公司洽谈，希望甲公司投资3000万元用于生产此软件。

2005年2月10日，甲公司董事会直接就投资生产软件项目事宜进行讨论表决。全体董事均出席董事会并参与表决。在表决时，董事陈某对此投资项目表示反对，其意见被记载于会议记录，赵某等其余8名董事均表决同意。随后，甲公司与乙公司签订投资合作协议，双方就投资数额、利润分配等事项做了约定。3月1日，甲公司即按约定投资3000万元用于此软件生产项目。

2005年8月，软件产品投入市场，但由于产品性能不佳，销售状况很差，甲公司因此软件投资项目而损失重大。

2005年11月1日，甲公司董事李某建议其朋友王某抛售所持有甲公司的全部股票。11月5日，甲公司将有关该投资软件项目损失重大的情况向国务院证券监督管理机构和深圳证券交易所报送临时报告，并予以公告。甲公司的股票价格随即下跌。

2005年11月20日，持有甲公司2%股份的发起人股东郑某以书面形式请求公司监事会向人民法院提起诉讼，要求赵某等董事就投资软件项目的损失对公司负赔偿责任。但公司监事会拒绝提起诉讼，郑某遂以自己名义直接向人民法院提起诉讼，要求赵某等董事负赔偿责任。

此后，郑某考虑退出甲公司，拟于2005年12月20日将其所持有的甲公司全部股份转让给他人。

要求：根据上述情况与《公司法》、《证券法》的有关规定，回答下列问题：

（1）董事李某是否有权对甲公司投资生产软件项目决议行使表决权？说明理由。

（2）董事陈某是否应就投资软件项目的损失对甲公司承担赔偿责任？说明理由。

（3）董事李某建议其朋友王某抛售甲公司股票是否符合法律规定？说明理由。

（4）股东郑某以自己名义直接向人民法院提起诉讼是否符合法律规定？说明理由。

（5）股东郑某是否可以于2005年12月20日转让全部股份？说明理由。

2008年全国会计专业技术资格考试《经济法》试题

客观试题部分

一、单项选择题（本类题共25小题，每小题1分，共25分，每小题备选答案中，只有一个符合题意的正确答案。多选、错选，不选均不得分。）

1. 根据证券法律制度的规定，通过证券交易所的证券交易，投资者持有发行人已发行的可转换公司债券达到一定比例时，应在该事实发生之日起3日内，向中国证监会、证券交易所作出书面报告，通知发行人并予以公告，该一定比例为（　　）。

A. 30%　　B. 20%　　C. 10%　　D. 5%

2. 根据企业国有资产产权登记管理法律制度的规定，下列各项中，属于已取得法人资格的企业应当向原产权登记机关申办注销产权登记的情形是（　　）。

A. 企业名称改变　　B. 企业组织形式发生变动

C. 企业被依法宣告破产　　D. 企业国有资本出资人发生变动

3. 根据个人独资企业法律制度的规定，下列关于个人独资企业投资人的表述中，正确的是（　　）。

A. 投资人只能以个人财产出资

B. 投资人可以是自然人、法人或其他组织

C. 投资人对企业债务承担无限责任

D. 投资人不得以土地使用权出资

4. 根据《合伙企业法》的规定，普通合伙企业协议未约定合伙企业合伙期限的，合伙人在不给合伙企业事务执行造成不利影响的情况下，可以退伙，但应当提前一定期间通知其他合伙人。该期间是（　　）。

A. 10日　　B. 15日　　C. 30日　　D. 60日

5. 根据《合伙企业法》的规定，普通合伙企业的下列事务中，在合伙协议没有约定的情况下，不必经全体合伙人一致同意即可执行的是（　　）。

A. 改变合伙企业主要经营场所的地点

B. 合伙人之间转让在合伙企业中的部分财产份额

C. 改变合伙企业的名称

D. 转让合伙企业的商标权

6. 2006 年 3 月 1 日，李某去某商场购物时，将自己携带的两件物品存放在存包处。当天取物时却只取到一件。存包员否认李某存了两件物品，双方争议未果，李某拟起诉至法院。根据《民法通则》的规定，李某向法院提起民事诉讼的有效期间是（　　）。

A. 2006 年 9 月 1 日前　　B. 2007 年 3 月 1 日前

C. 2008 年 3 月 1 日前　　D. 2026 年 3 月 1 日前

7. 甲、乙、丙、丁拟设立一普通合伙企业，四人签订的合伙协议的下列条款中，不符合合伙企业法律制度规定的是（　　）。

A. 甲、乙、丙、丁的出资比例为 4：3：2：1

B. 合伙企业事务委托甲、乙两人执行

C. 乙、丙只以其各自的出资额为限对企业债务承担责任

D. 对合伙企业事项作出决议实行全体合伙人一致通过的表决办法

8. 某普通合伙企业决定解散，经清算人确认：企业欠职工工资和社会保险费用 10000 元，欠国家税款 8000 元，另外发生清算费用 3000 元。下列几种清偿顺序中，符合合伙企业法律制度规定的是（　　）。

A. 先支付职工工资和社会保险费用，再缴纳税款，然后支付清算费用

B. 先缴纳税款，再支付职工工资和社会保险费用，然后支付清算费用

C. 先支付清算费用，再缴纳税款，然后支付职工工资和社会保险费用

D. 先支付清算费用，再支付职工工资和社会保险费用，然后缴纳税款

9. 根据《企业破产法》的规定，下列各项中，属于共益债务的是（　　）。

A. 因债务人不当得利所产生的债务

B. 管理人管理财产所支出的仓储费

C. 管理人聘用工作人员发生的费用

D. 管理人非执行职务时致人损害所产生的债务

10. 根据《企业破产法》的规定，下列各项中，不属于破产管理人的职责的是（　　）。

A. 接管债务人的账簿等资料

B. 决定债务人的日常开支

C. 代表债务人参加诉讼

D. 在第一次债权人会议召开后，决定继续债务人的营业

11. 根据中外合资经营企业法律制度的规定，合营合同规定分期缴付出资的，合营各方第一期的出资额应为（　　）。

A. 不得低于各自认缴出资额的 15%

B. 不得低于各自认缴出资额的 25%

C. 不得低于该企业注册资本的 15%

D. 不得低于该企业注册资本的 25%

12. 国内企业甲与外国投资者乙拟共同投资设立中外合资经营企业，投资总

额为1200万美元。根据中外合资经营企业法律制度的规定，该企业注册资本至少应为（ ）万美元。

A. 120　B. 210　C. 480　D. 500

13. 某股份有限公司现有净资产5000万元。该公司于2007年1月发行一年期公司债券500万元。2007年11月，该公司又发行三年期公司债券600万元。2008年7月，该公司拟再次发行公司债券。根据《证券法》的规定，该公司此次发行公司债券的最高限额为（ ）万元。

A. 2000　B. 1500　C. 1400　D. 900

14. 根据《企业破产法》的规定，下列有关债权申报的表述中，正确的是（ ）。

A. 债权人对附条件的债权可以申报

B. 连带债权人的债权必须共同申报

C. 债权人在法院确定的债权申报期限内未申报债权的，不得补充申报

D. 债权人对诉讼未决的债权不得申报

15. 根据《证券法》的规定，在上市公司收购中，收购人持有的被收购上市公司的股票，在收购行为完成后的一定期间内不得转让。该期间为（ ）。

A. 2个月　B. 3个月　C. 6个月　D. 12个月

16. 根据《票据法》的规定，下列有关汇票背书的表述中，正确的是（ ）。

A. 背书日期为绝对必要记载事项

B. 背书不得附有条件。背书时附有条件的，背书无效

C. 出票人在汇票上记载“不得转让”字样的，汇票不得转让

D. 委托收款背书的被背书人可以再以背书转让汇票权利

17. 根据《票据法》的规定，如果本票的持票人未在法定付款提示期限内提示见票的，则丧失对特定票据债务人以外的其他债务人的追索权。该特定票据债务人是（ ）。

A. 出票人　B. 保证人　C. 背书人　D. 被背书人

18. 甲与乙签订一份买卖合同，双方约定，甲提供一批货物给乙，货到后一个月内付款。合同签订后甲迟迟没有发货，乙催问甲，甲称由于资金紧张，暂无法购买生产该批货物的原材料，要求乙先付货款，乙拒绝了甲的要求。乙拒绝先付货款的行为在法律上称为（ ）。

A. 行使先履行抗辩权　B. 行使后履行抗辩权

C. 行使同时履行抗辩权　D. 行使撤销权

19. 合同当事人为了确保合同的履行，可以约定由一方当事人预先向对方给付一定数额的金钱。债务人履行债务后，该金钱应当抵作价款或者收回。给付该金钱的一方不履行约定债务的，无权要求返还；收受该金钱的一方不履行约定债务的，应当双倍返还。该种性质的金钱在法律上称为（ ）。

A. 保证金　B. 预付款　C. 违约金　D. 定金

20. 甲公司向乙银行借款，并以其所持有的某上市公司的股权用于抵押。根据《物权法》的规定，该质权设立的时间是（　　）。

A. 借款合同签订之日

B. 质押合同签订之日

C. 在工商行政管理部门办理出质登记之日

D. 在证券登记结算机构办理出质登记之日

21. 根据《公司法》的规定，下列关于股份有限公司股份转让的表述中，不正确的是（　　）。

A. 公司可以接受本公司的股票作为质押权的标的

B. 无记名股票的转让，由股东在依法设立的证券交易场所将股票交付给受让人后即发生转让效力

C. 发起人持有的本公司股份，自公司成立之日起1年内不得转让

D. 公司董事在任职期间每年转让的本公司股份不得超过其所持有本公司股份总数的25%

22. 根据票据法律制度的规定，下列各项中，不属于票据债务人可以对任何持票人行使票据抗辩的情形是（　　）。

A. 票据未记载绝对必要记载事项

B. 票据未记载相对必要记载事项

C. 票据债务人的签章被伪造

D. 票据债务人为无行为能力人

23. 下列争议中，可以适用《仲裁法》进行仲裁的是（　　）。

A. 某公司与某职工李某因解除劳动合同发生的争议

B. 高某与其弟弟因财产继承发生的争议

C. 某学校因购买电脑的质量问题与某商场发生的争议

D. 王某因不服某公安局对其作出的罚款决定与该公安局发生的争议

24. 某股份有限公司共有甲、乙、丙、丁、戊、己、庚七位董事。某次董事会会议，董事甲、乙、丙、丁、戊、己参加，庚因故未能出席，也未书面委托其他董事代为出席。该次会议通过一项违反法律规定的决议，给公司造成严重损失。该次会议的会议记录记载，董事戊在该项决议表决时表明了异议。根据《公司法》的规定，应对公司负赔偿责任的董事是（　　）。

A. 董事甲、乙、丙、丁、戊、己、庚

B. 董事甲、乙、丙、丁、戊、己

C. 董事甲、乙、丙、丁、己、庚

D. 董事甲、乙、丙、丁、己

25. 甲、乙两公司与郑某、张某欲共同设立一有限公司，并在拟订公司章程时约定了各自的出资方式。下列有关各股东的部分出资方式中，符合公司法律制度规定的是（　　）。

A. 甲公司以其获得的某知名品牌特许经营权评估作价20万元出资

B. 乙公司以其企业商誉评估作价30万元出资

C. 郑某以其享有的某项专利权评估作价40万元出资

D. 张某以其设定了抵押权的某房产作价50万元出资

二、多项选择题（本类题共20小题，每小题2分，共40分。每小题备选答案中，有两个或两个以上符合题意的正确答案。多选，少选、错选、不选均不得分。）

1. 根据中外合资经营企业法律制度的规定，下列各项中，属于合营企业董事会职权的有（　　）。

A. 决定是否同意合营一方将其部分出资额转让给第三者

B. 决定是否解聘合营企业副总经理

C. 决定合营企业发展规划

D. 决定合营企业的分立方案

2. 根据《合伙企业法》的规定，下列关于普通合伙企业合伙事务执行的表述中，正确的有（　　）。

A. 合伙人为法人的，由其委派的代表执行合伙企业的事务

B. 合伙人可以同他人合作经营与本合伙企业相竞争的事务

C. 合伙人不得自营与本合伙企业相竞争的业务

D. 经全体合伙人一致同意合伙人可同本合伙企业进行交易

3. 根据《合伙企业法》的规定，下列各项中，属于合伙企业应当解散的情形有（　　）。

A. 合伙人因决策失误给合伙企业造成重大损失

B. 合伙企业被依法吊销营业执照

C. 合伙企业的合伙人已有2个月低于法定人数

D. 合伙协议约定的合伙目的无法实现

4. 根据《个人独资企业法》的规定，下列各项中，属于个人独资企业应当解散的情形有（　　）。

A. 投资人死亡，继承人决定继承　　B. 投资人决定解散

C. 投资人被宣告死亡，无继承人　　D. 被依法吊销营业执照

5. 根据中外合作经营企业法律制度的规定，合作各方的下列出资方式中，正确的有（　　）。

A. 外国投资者以可自由兑换的外币出资

B. 中国投资者以其所有的工业产权作价出资

C. 外国投资者以已设定抵押的机器设备作价出资

D. 中国投资者以土地使用权作价出资

6. 根据企业破产法律制度的规定，在人民法院受理破产申请后，下列有关

破产申请受理的效力的表述中，正确的有（　　）。

A. 债务人不得对个别债权人的债务进行清偿

B. 债务人的债务人应当向破产管理人清偿债务

C. 有关债务人财产的执行措施应当终止

D. 有关债务人的民事诉讼只能向受理破产申请的法院提起

7. 甲与乙签订了一份买卖合同，约定甲将其收藏的一幅名画以20万元卖给乙。其后，甲将其对乙的20万元债权转让给丙并通知了乙。甲将名画依约交付给乙前，该画因不可抗力灭失。根据《合同法》的规定，下列判断中，不正确的有（　　）。

A. 乙对甲主张解除合同，并拒绝丙的给付请求

B. 乙对甲主张解除合同，但不得拒绝丙的给付请求

C. 乙不得对甲主张解除合同，但可以拒绝丙的给付请求

D. 乙不得对甲主张解除合同，且不得拒绝丙的给付请求

8. 当事人对第二审人民法院作出的民事判决不服，拟选择的下列做法中，符合法律规定的有（　　）。

A. 执行判决，同时向原审人民法院申请再审

B. 执行判决，同时向上一级人民法院申请再审

C. 不执行判决，并向一级人民法院申请上诉

D. 不执行判决，并向最高人民法院提起申诉

9. 根据《企业破产法》的规定，下列机构或人员中，可以担任破产管理人的有（　　）。

A. 依法设立的律师事务所　　B. 依法设立的会计师事务所

C. 因贪污罪而受过刑事处罚的人　　D. 破产企业的债权人

10. 根据《企业破产法》的规定，人民法院受理破产申请前1年内，下列涉及债务人财产的行为中，属于破产管理人有权请示人民法院予以撤销的有（　　）。

A. 债务人无偿转让财产的行为

B. 债务人以明显不合理的价格进行交易的行为

C. 债务人对未到期的债务提前清偿的行为

D. 债务人为逃避债务隐匿财产的行为

11. 某封闭式基金经管理人申请，国务院证券监督管理机构核准，拟在证券交易所上市交易。根据《证券投资基金法》的规定，下列各项中，符合该基金上市条件的有（　　）。

A. 基金募集期限届满，该基金募集的基金份额总额达到了核准规模的85%

B. 该基金持有人为1001人

C. 该基金募集金额为人民币3亿元

D. 该基金合同期限为12年

12. 根据《证券法》的规定，下列尚未公开的信息中，属于内幕信息的有（　　）。

A. 公司营业用主要资产的抵押一次达到该资产的20%

B. 公司经理的行为可能依法承担重大损害赔偿责任

C. 上市公司董事长发生变动

D. 公司债务担保的重大变更

13. 根据《证券法》的规定，上市公司的下列情形中，属于应当由证券交易所决定终止其股票上市交易的有（　　）。

A. 不按规定公开其财务状况，且拒绝纠正

B. 股本总额减至人民币5000万元

C. 最近3年连续亏损，在其后一个年度内未能恢复盈利

D. 对财务会计报告作虚假记载，且拒绝纠正

14. 根据上市公司收购法律制度的规定，下列各项中，属于不得收购上市公司的情形有（　　）。

A. 收购人负有数额较大债务，到期未清偿，且处于持续状态

B. 收购人最近3年涉嫌有重大违法行为

C. 收购人最近3年有严重的证券市场失信行为

D. 收购人为限制行为能力人

15. 根据票据法律制度的规定，汇票承兑生效后，承兑人应当承担到期付款的责任。下列关于该责任的表述中，正确的有（　　）。

A. 承兑人在汇票到期日必须向持票人无条件地支付汇票上的金额

B. 承兑人必须对汇票上的付款请求权人承担责任

C. 承兑人必须对汇票上的追索权人承担责任

D. 承兑人的票据责任不因持票人的未在法定期限提示付款而解除

16. 根据《票据法》的规定，下列各项中，属于可以行使追索权的情形有（　　）。

A. 汇票到期被拒绝付款的

B. 汇票到期日前被拒绝承兑的

C. 汇票到期日前承兑人逃匿的

D. 汇票到期日前付款人被依法宣告破产的

17. 根据《政府采购法》的规定，下列各项中，属于招标采购中出现的应予废标的情形有（　　）。

A. 对招标文件作实质响应的供应商不足2家

B. 供应商曾向采购人行贿进行询价

C. 投标人的报价均超过了采购预算，采购人不能支付

D. 招标过程中，采购项目因国家产业政策调整而取消

18. 根据《仲裁法》的规定，下列各项中，属于仲裁员必须回避的情形

有（　　）。

A. 仲裁员与本案有利害关系　　B. 仲裁员私自会见当事人

C. 仲裁员是本案代理人的近亲属　　D. 仲裁员接受当事人的请客送礼

19. 根据合同法律制度的规定，属于无效格式条款的有（　　）。

A. 有两种以上解释的格式条款

B. 恶意串通损害国家利益的格式条款

C. 损害社会公共利益的格式条款

D. 违反法律强制性规定的格式条款

20. 下列关于分公司法律地位的表述中，正确的有（　　）。

A. 分公司具有独立的法人资格

B. 分公司独立承担民事责任

C. 分公司可以依法独立从事生产经营活动

D. 分公司从事经营活动的民事责任由其总公司承担

三、判断题（本类题共 10 小题，每小题 1 分，共 10 分，请判断每小题的表述是否正确。每小题判断正确的得 1 分，答题错误的扣 0.5 分，不答题的不得分也不扣分。本类题最低得分为零分。）

1. 原告同时向两个以上有管辖权的人民法院提起诉讼的，由这些法院的共同上级法院指定管辖。（　　）

2. 被代理人甲曾对乙表示已将销售业务代理权授予丙，而实际上甲并未授权给丙。后丙以甲的名义与乙签订货物买卖合同，则甲应对丙签订该合同的行为承担法律责任。（　　）

3. 2007 年 5 月 1 日，甲到某商场购买一台价值为 20000 元的冰箱，双方约定采取分期付款的方式；5 月 1 日由甲先支付 6000 元并提货，6 月 1 日再付 6000 元，其余 8000 元在 7 月 10 前付清。6 月 1 日，甲未按期支付 6000 元价款。此时，该商场有权要求解除合同，并可以要求甲支付使用费。（　　）

4. 证券公司违反《证券法》的规定，应承担民事赔偿责任和缴纳罚款的，其财产不足以同时支付时，应先缴纳罚款。（　　）

5. 股份有限公司股东大会作出修改公司章程的决议，必须经出席会议的 2/3 以上的股东通过。（　　）

6. 合伙人的债权人不得以其债权抵销其对合伙企业无关的债务。（　　）

7. 为股票发行出具审计报告、资产评估报告或者法律意见书等文件的证券服务机构人员，在该股票承销期内和期满后 6 个月内，不得买卖该种股票。此说法符合法律规定。（　　）

8. 甲、乙等 6 人设立了一普通合伙企业，并委托甲和乙执行合伙企业事务，甲对乙执行的事务提出异议，其他合伙人对如何解决此问题也产生了争议，由于合伙协议未约定争议解决的表决办法，合伙人实行了一人一票的表决办法，后经全体合伙人过半数表决通过了同意甲意见的决定。上述解决争议的做法不符合法律规定。 （ ）

9. 持票人对汇票债务人中的一人或数人已经进行追索的，对其他汇票债务人仍可以行使追索权。 （ ）

10. 票据债务人不得以自己与持票人的前手之间的抗辩事由对抗持票人，但持票人明知存在抗辩事由而取得票据的除外。 （ ）

主观试题部分

四、简答题（本类题共 3 小题，每小题 5 分，共 15 分。）

1. 2006 年 8 月 20 日，A 公司向 B 公司签发了一张金额为 10 万元的商业汇票，该汇票载明出票后 1 个月内付款。C 公司为付款人，D 公司在汇票上签章作了保证，但未记载被保证人名称。

B 公司取得汇票后背书转让给 E 公司，E 公司又将该汇票背书转让给 F 公司，F 公司于当年 9 月 12 日向 C 公司提示承兑，C 公司以其所欠 A 公司债务只有 8 万元为由拒绝承兑。

F 公司拟行使追索权实现自己的票据权利。

要求：根据上述情况和票据法律制度的有关规定，回答下列问题：

(1) F 公司可行使追索权的追索对象有哪些？这些被追索人之间承担何种责任？

(2) C 公司是否有当然的付款义务？C 公司如果承兑了该汇票，能否以其所欠 A 公司债务只有 8 万元为由拒绝付款？简要说明理由。

(3) 本案中，汇票的被保证人是谁？简要说明理由。如果 D 公司对 F 公司承担了保证责任，则 D 公司可以向谁行使追索权？简要说明理由。

2. 甲、乙、丙、丁等 20 人拟共同出资设立一有限责任公司。股东共同制定了公司章程。在公司章程中，对董事任期、监事会组成、股权转让规则等事项作了如下规定：

(1) 公司董事任期为 4 年；

(2) 公司设立监事会，监事会成员为 7 人，其中包括 2 名职工代表；

(3) 股东向股东以外的人转让股权，必须经其他股东 2/3 以上同意。

要求：根据上述情况与《公司法》的有关规定，回答下列问题：

(1) 公司章程中关于董事任期的规定是否合法？简要说明理由。

(2) 公司章程中关于监事会职工代表人数的规定是否合法？简要说明理由。

(3) 公司章程中关于股权转让的规定是否合法？简要说明理由。

3. 张某拟设立个人独资企业。2007年3月2日，张某将设立申请书等申请设立登记文件提交到拟定设立的个人独资企业所在地工商行政管理机关，设立申请书的有关内容如下：张某以其房产、劳务和现金3万元出资；企业名称为A贸易有限公司。3月10日，该工商行政管理机关发给张某“企业登记驳回通知书”。

3月15日，张某将修改后的登记文件交到该工商行政管理机关。3月25日，张某领取了该工商行政管理机关于3月20日签发的个人独资企业营业执照。

该个人独资企业（以下简称A企业）成立后，张某委托王某管理A企业事务，并书面约定，凡金额在5000元以上的业务均须取得张某同意后执行。B企业明知张某与王某的约定，仍与代表A企业的王某签订了标的额为2万元的买卖合同。张某知道后以王某超出授权范围为由主张合同无效，但B企业以个人独资企业的投资人对受托人职权的限制不得对抗第三人为由主张合同有效。

要求：根据上述情况和个人独资企业法律制度的有关规定，回答下列问题：

（1）张某3月2日提交的设立申请书中有哪些内容不符合法律规定？

（2）A企业的成立日期是哪天？简要说明理由。

（3）B企业主张合同有效的理由是否成立？简要说明理由。

五、综合题（本类题共1题，共10分。）

甲公司拟购买一台大型生产设备，于2007年6月1日与乙公司签订一份价值为80万元的生产设备买卖合同。合同约定：

（1）设备直接由乙公司的特约生产服务商丙机械厂于9月1日交付给甲公司；

（2）甲公司于6月10日向乙公司交付定金16万元；

（3）甲公司于设备交付之日起10日内付清货款；

（4）合同履行过程中，如发生合同纠纷，向某市仲裁委员会申请仲裁。

合同签订后，丙机械厂同意履行该合同为其约定的交货义务。

6月10日，甲公司向乙公司交付定金16万元。

9月1日，丙机械厂未向甲公司交付设备。甲公司催告丙机械厂，限其在9月20日之前交付设备，并将履约情况告知乙公司。至9月20日，丙机械厂仍未能交付设备。因生产任务紧急，甲公司于9月30日另行购买了功能相同的替代设备，并于当天通知乙公司解除合同，要求乙公司双倍返还定金32万元，同时赔偿其他损失。乙公司以丙机械厂未能按期交付设备，致使合同不能履行，应由丙机械厂承担违约责任为由，拒绝了甲公司的要求。

10月10日，甲公司就此纠纷向法院提起诉讼。法院受理后，乙公司提交答辩状并参加了开庭审理。

要求：根据上述情况和合同法、担保法、仲裁法等法律制度的有关规定，回答下列问题：

(1) 甲公司是否有权解除合同？说明理由。

(2) 乙公司主张违约责任应由丙机械厂承担是否符合法律规定？说明理由。

(3) 甲公司与乙公司之间的买卖合同解除后，合同中的仲裁协议是否仍然有效？说明理由。

(4) 甲公司与乙公司约定的定金条款是否符合法律规定？说明理由。

(5) 法院是否有权审理该合同纠纷？说明理由。

2009年《经济法》全真模拟题（一）

客观试题部分

一、单项选择题（本类题共25小题，每小题1分，共25分。每小题备选答案中，只有一个符合题意的正确答案。多选、错选、不选均不得分。）

1. 根据我国《民事诉讼法》的规定，因合同的纠纷提起的诉讼，有权管辖的人民法院是（　　）。

A. 原告住所所在地人民法院

B. 被告住所所在地地人民法院

C. 原、被告住所所在地人民法院均可

D. 合同签订地人民法院

2. 公民李某为无民事行为能力人，其法定代理人张某于2008年1月10日知道李某的权利受到侵害，但由于工作繁忙一直未对侵权人贾某提起诉讼。2008年7月10日，张某因车祸死亡，直到2008年12月10日才由有关机关为李某指定新的代理人赵某。已知该项诉讼时效期间为1年，根据《民法通则》的规定，赵某应当在（　　）之前对贾某提起诉讼。

A. 2009年1月10日　　B. 2009年7月10日

C. 2009年12月10日　　D. 2009年6月10日

3. 南海市政府工业主管部门为了更好地促进经济发展，2008年8月作出决定，把工业部所属的甲公司的两个业务部分立出去，成立乙公司和丙公司，并在决定中明确该公司以前所负的债务由新设的乙公司承担。甲公司原欠马某货款10万元，现马某要求偿还，根据我国《合同法》的有关规定，应由（　　）公司来承担该项债务。

A. 由乙公司承担债务

B. 由甲公司承担债务

C. 由甲、乙、丙三个公司连带承担债务

D. 由甲、乙、丙三个公司分别承担债务

4. 建海公司是一家合伙企业，张某为该合伙企业的合伙人，因故欠合伙企业以外的赵某人民币20万元，无力用个人财产清偿。赵某在不满足于用张某从该合伙企业分得的收益偿还其债务的情况下，可以（　　）。

A. 要求抵销所欠建海公司的部分货款

B. 代位行使张某在建海公司的权利

C. 直接变卖张某在建海公司的财产份额用于清偿

D. 请求人民法院强制执行张某在建海公司的财产份额用于清偿

5. 根据我国《证券法》的有关规定，为股票发行出具审计报告的注册会计师在一定期限内不得购买该公司的股票，该期限为（　　）。

A. 该股票的承销期内和期满后 24 个月内

B. 该股票的承销期内和期满后 6 个月内

C. 出具审计报告后 12 个月内

D. 出具审讯报告后 8 个月内

6. 张某、赵某、李某于 2006 年 3 月出资设立建海有限责任公司。2007 年 4 月，该公司又吸收王某入股。2008 年 10 月，该公司因经营不善造成严重亏损，拖欠巨额债务，被依法宣告破产。人民法院在清算中查明：张某在公司设立时作为出资的房产，其实际价额明显低于公司章程所定价额；张某的个人财产不足以抵偿其应出资额与实际出资额的差额。按照我国《公司法》的有关规定，对张某不足出资的行为，正确的处理方法是（　　）。

A. 张某、赵某、李某、王某均不承担补交该差额的责任

B. 张某以个人财产补交其差额，不足部分由赵某、李某补足

C. 张某以个人财产补交其差额，不足部分待有财产时再补足

D. 张某以个人财产补交其差额，不足部分由赵某、李某、王某补足

7. 建海公司因经营不善，于 2008 年底宣告破产，该企业有 9 位债权人，债权总额为 1000 万元。其中债权人张某的债权额为 300 万元，有破产企业的房产作抵押。当债权人会议讨论和解协议草案时，下列情形可以通过的是（　　）

A. 有 6 位债权人同意，其代表的债权额为 350 万元

B. 有 5 位债权人同意，其代表的债权额为 500 万元

C. 有 4 位债权人同意，其代表的债权额为 450 万元

D. 有 3 位债权人同意，其代表的债权额为 750 万元

8. 2007 年 8 月 1 日张某以其自有的一辆汽车为抵押，与赵某签订为期 1 年的借款合同。2008 年 7 月 15 日，赵某将张某抵押的不动产作为标的与李某签订买卖合同，张某得知后对此表示反对。按照我国《合同法》的有关规定，赵某与李某双方所签订的合同在效力上属于（　　）。

A. 有效合同　　　　　　　　B. 无效合同

C. 可撤销合同　　　　　　　D. 效力待定合同

9. 根据我国《票据法》的有关规定，下列表述中，正确的是（　　）。

A. 付款人在出票人完成出票之日，即成为汇票上的主债务人

B. 汇票签发后，如付款人不予付款，出票人应当承担票据责任

C. 持票人变造汇票金额的，出票人不仅不对变造后汇票记载的内容承担责任，而且也不对变造前汇票记载的内容承担责任

D. 收款人在汇票金额的付款请求权不能满足时，仅享有对出票人的追索权

10. 建海公司是外商投资企业，2008年8月由外国投资者并购境内企业设立，注册资本500万美元，其中外国投资者以现金出资100万美元。下列有关该外国投资者出资期限的表述中，符合外国投资者并购境内企业有关规定的是（　　）。

A. 外国投资者应自外商投资企业营业执照颁发之日起3个月内缴清出资

B. 外国投资者应自外商投资企业营业执照颁发之日起8个月内缴清出资

C. 外国投资者应自外商投资企业营业执照颁发之日起10个月内缴清出资

D. 外国投资者应自外商投资企业营业执照颁发之日起15个月内缴清出资

11. 张某个人租住李某的住房一套。2008年6月1日，张某拒绝向李某支付到期租金，李某忙于工作一直未向张某主张权利。2008年9月，李某因出差遇车祸无法行使请求权的时间为20天。根据《民法通则》的有关规定，李某请求人民法院保护其权利的诉讼时效期间是（　　）。

A. 自2008年6月1日至2009年6月1日

B. 自2008年6月1日至2009年6月21日

C. 自2008年6月1日至2010年6月1日

D. 自2008年6月1日至2010年6月21日

12. 张某、李某双方在签订一份借款合同时，李某应张某的要求，由范某对李某履行合同提供保证担保，并另行签订保证合同。则该保证合同应由（　　）。

A. 张某与李某签订　　B. 张某与范某签订

C. 李某与范某签订　　D. 张某、李某、范某共同签订

13. 建海公司和荣丰公司两公司签订一份价值200万元的购销合同，双方在合同中约定违约金为总价款的15%。后因建海公司违约，荣丰公司虽及时采取措施，但仍发生35万元的实际损失。建海公司除应支付荣丰公司违约金外，还应支付给荣丰公司赔偿金（　　）万元。

A. 5　　B. 35

C. 30　　D. 0

14. 根据《民法通则》的有关规定，不列选项中，不属于无效民事行为的有（　　）。

A. 不满十周岁的丫丫自己决定将压岁钱500元捐赠给希望工程

B. 李某因认识上的错误为其儿子买回一双不能穿的鞋

C. 甲企业的业务员黄某自己得到乙企业给予的回扣款1000元而代理甲企业向乙企业购买了10吨劣质煤

D. 丙公司向丁公司转让一辆无牌照的走私车

15. 建海家具厂得知荣丰公司所建办公楼要购置一批办公桌椅，便于2008年8月1日致函荣丰公司以每套2000元的优惠价格出售办公桌椅。荣丰公司考虑到建海家具厂生产的家具质量可靠，便于8月2日回函订购100套桌椅，提出

每套价格1800元，同时要求三个月内将桌椅送至荣丰公司，验货后7日内电汇付款。建海家具厂收到函件后，于8月4日又发函给荣丰公司，同意荣丰公司提出的订货数量、交货时间及方式、付款时间及方式，但同时提出其每套桌椅售价2000元已属优惠价格，考虑荣丰公司所定桌椅数量较多，可以按每套桌椅1900元出售。荣丰公司8月6日发函表示同意。8月7日，建海家具厂电话告知荣丰公司收到8月6日函件。该合同的要约为（ ）。

A. 8月2日荣丰公司发出的函件　　B. 8月4日建海家具厂发出的函件

C. 8月6日荣丰公司发出的函件　　D. 8月1日建海家具厂发出的函件

16. 张某、王某、李某、赵某共同投资设立合伙企业，约定利润分配比例为4∶2∶2∶2。现张某、王某已退伙，李某、赵某未就现有合伙企业的利润分配约定新的比例，经过协商后也无法确定。依照我国《合伙企业法》的有关规定，现该合伙企业的利润在李某、赵某之间应（ ）。

A. 全部利润平均分配

B. 全部利润按二人的实际出资比例分配

C. 全部利润的40%按2∶2的比例分配，其余部分平均分配

D. 全部利润还按2∶2的比例分配，剩余的部分作为企业的基金

17. 下列有关股份有限公司监事会组成的表述中，符合公司法律制度规定的是（ ）。

A. 监事会成员必须全部由股东大会选举产生

B. 监事会中必须有职工代表

C. 未担任公司行政管理职务的公司董事可以兼任监事

D. 监事会成员任期为3年，不得连选连任

18. 2007年4月建海股份有限公司成功发行了三年期公司债券1200万元，1年期公司债券800万元。该公司截止到2008年9月30日的净资产额为8000万元，计划于2008年10月再次发行公司债券。根据有关规定，该公司此次发行的公司债券额最多不得超过（ ）万元。

A. 1500　　B. 2500

C. 3000　　D. 2000

19. 上市公司对其发生的，可能对上市公司股票交易价格产生较大影响而投资者未得知的重大事件，应根据《证券法》规定向有关部门报告并予公告，下列各项中属于上市公司重大事件的是（ ）。

A. 公司20%的董事发生变动

B. 公司的经营方针和经营范围发生重大变化

C. 公司遭受的损失达到净资产的8%

D. 持有公司4%股份的股东持股情况发生变动

20. 根据我国《中外合资经营企业法》的规定，中外合资经营企业的下列文件中，可以不经中国注册会计师验证和出具证明即可有效的是（ ）。

A. 季度会计报表 B. 年度会计报表

C. 企业清算的会计报表 D. 合营各方的出资证明书

21. 张某为建海有限责任公司的债权人，现建海有限责任公司股东会作出公司合并的决议，并依法向债权人发出通知，进行了公告。根据《公司法》的规定，张某在法定期间内有权要求建海有限责任公司清偿债务或者提供相应的担保。则该法定期间为（ ）。

A. 自接到通知书之日起30日内，未接到通知书的自公告之日起30日内

B. 自接到通知书之日起60日内，未接到通知书的自公告之日起60日内

C. 自接到通知书之日起30日内，未接到通知书的自公告之日起45日内

D. 自接到通知书之日起90日内，未接到通知书的自公告之日起120日内

22. 建海公司是一家国内企业，2008年7月与美籍华人张某共同投资设立中外合资经营企业——荣发公司。其中建海公司出资60%，张某出资40%；投资总额为380万美元。根据中外合资经营企业法律制度的规定，下列有关建海公司、张某出资额的表述中，正确的是（ ）。

A. 建海公司至少应出资126万美元，张某至少应出资84万美元

B. 建海公司至少应出资150万美元，张某至少应出资80万美元

C. 建海公司至少应出资168万美元，张某至少应出资112万美元

D. 建海公司至少应出资200万美元，张某至少应出资160万美元

23. 根据我国《合同法》的有关规定，同一债务有两个以上保证人，而保证人没有约定保证份额的，保证人承担（ ）。

A. 连带责任 B. 全部责任

C. 同一责任 D. 按份责任

24. 甲、乙、丙和丁共同设立了一家合伙企业，甲被委托单独执行合伙企业事务。甲因重大过失给合伙企业造成了较大的损失，但自己并未牟取私利。为此，乙、丙和丁一致同意将甲除名，并作出除名决议，书面通知甲本人。对于该除名决议的下列表述中，正确的是（ ）。

A. 如果甲对除名决议没有异议，该除名决议自作出之日起生效

B. 如果甲对除名决议有异议，可以在接到除名通知之日起30日内，向人民法院提起诉讼

C. 如果甲对除名决议有异议，可以在接到除名通知之日起30日内，请求工商行政管理机关作出裁决

D. 乙、丙和丁不能决议将甲除名，但可以终止对甲单独执行合伙事务的委托

25. 甲企业因经营不善申请破产，乙企业拟行使取回权取回临时出租给甲企业的机器设备。乙企业行使取回权的下列方式中，符合企业破产法律制度规定的是（ ）。

A. 自行取回 B. 通过甲企业的法定代表人取回

C. 通过管理人取回　　D. 通过人民法院取回

二、多项选择题（本类题共 20 小题，每小题 2 分，共 40 分。每小题备选答案中，有两个或两个以上符合题意的正确答案。多选、少选、错选、不选均不得分。）

1. 根据我国经济法律制度的规定，下列各项中，可以成为经济法主体的是（　　）。

A. 某市国家税务机关　　B. 某研究院

C. 某公司的子公司　　D. 某市社会团体

2. 根据我国《仲裁法》的有关规定，平等主体的公民、法人和其他组织之间发生的合同纠纷和其他财产纠纷，可以仲裁解决。下列各项中，不能申请仲裁解决的是（　　）。

A. 张某、李某两人的继承遗产纠纷

B. 张某与银行签订的流动资金贷款合同纠纷

C. 张某与村委员会签订的土地承包合同纠纷

D. 张某与其任职单位的劳动合同争议

3. 建海公司 2008 年 8 月依法成立，注册资本为 280 万元，2008 年度的股东会议中对修改公司章程的事项作出决议，以下说法正确的是（　　）。

A. 该决议必须经出席会议的股东所持表决权的 2/3 以上通过

B. 该公司是股份有限公司

C. 该决议必须经代表 2/3 以上表决权的股东通过

D. 该公司是有限责任公司

4. 根据《合伙企业法》的有关规定，下列有关普通合伙企业的说法错误的是（　　）。

A. 合伙人为自然人的，可以是限制民事行为能力人

B. 利润分配和亏损分担办法是合伙协议必须记载的事项

C. 合伙企业解散清算委托第三人担任清算人的，需要经全体合伙人一致同意

D. 合伙人之间约定的合伙企业亏损的分担比例对合伙人和债权人均有约束力

5. 建海公司是一家中外合资经营企业，注册资本为 1500 万美元，合营企业合同约定合营双方分期缴纳出资，2008 年 6 月 1 日建海公司取得企业法人营业执照。下列选项中，表述正确的有（　　）。

A. 在 2008 年 6 月 1 日，建海公司实收资本可以为零

B. 在 2008 年 9 月 1 日，建海公司实收资本不得少于 230 万美元

C. 在 2008 年 10 月 1 日，中方合营者已缴付出资 750 万美元，若无特殊情况，外方合营者也应缴付出资 750 万美元

D. 在 2011 年 6 月 1 日，建海公司实收资本不得少于 1500 万美元

6. 根据外商投资企业有关法律制度的规定，下列关于中外合资经营企业与

中外合作经营企业区别的表述正确的有（　　）。

A. 合营企业按照出资比例分配收益，而合作企业按照合同约定分配收益

B. 合营企业必须是依法取得法人资格的企业，而合作企业可以具备法人资格，也可以不具备法人资格

C. 合营企业在经营期间内外方不得先行收回投资，而合作企业在经营期间内外方在一定条件下可以先行收回投资

D. 合营企业外方投资比例不得低于注册资本的 25%，而合作企业外方投资比例没有限制

7. 根据《企业破产法》的有关规定，下列对于债权人取得的附生效条件的债权，说法正确的是（　　）。

A. 管理人应该依法提存对其的分配额

B. 在最后分配公告日生效条件未成就的，应当分配给其他债权人

C. 在最后分配公告日生效条件成就的，应当将相应财产交付给债权人

D. 管理人不得将破产企业的财产进行分配

8. 根据有关规定，下列选项中，证券交易所可以决定暂停上市公司股票上市的情形有（　　）。

A. 公司不按照规定公开其财务状况

B. 公司最近 2 年连续亏损

C. 公司编制虚假的财务会计报告

D. 公司股本总额由 1 亿元减少到 3000 万元

9. 根据我国《票据法》的有关规定，持票人行使追索权，可以请求被追索人就下列费用予以清偿的是（　　）。

A. 被拒绝付款的汇票金额

B. 汇票金额自到期日或者提示付款日起至清偿日止的利息

C. 取得有关拒绝证明和发出通知书的费用

D. 被拒绝付款后，给持票人造成的经济损失

10. 建海公司向南海市工商银行借款，请荣发公司为担保人。借款到期时建海公司不能偿还借款，工商银行向南海市人民法院提起诉讼。南海市人民法院审理尚未判决时，建海公司被其他债权人申请破产，西京市人民法院受理了破产申请。下面表述正确的有（　　）。

A. 如果荣发公司没有为建海公司设立担保，应当中止诉讼

B. 如果荣发公司为建海公司设立了担保，应当终结诉讼

C. 如果荣发公司为建海公司设立了担保，应当中止诉讼

D. 如果荣发公司没有为建海公司设立担保，应当终结诉讼

11. 根据票据法律制度的规定，下列各背书情形中，属于背书无效的有（　　）。

A. 将汇票金额全部转让给甲某

B. 将汇票金额的一半转让给甲某

C. 将汇票金额分别转让给甲某和乙某

D. 将汇票金额转让给甲某但要求甲某不得对背书人行使追索权

12. 张某、李某2008年3月成立了合伙企业，2008年7月马某欲加入张某、李某的合伙企业。以下各项要求中，（ ）是马某入伙时应满足的条件。

A. 马某应向张某、李某说明自己的个人负债情况

B. 马某对入伙前的该合伙企业的债务不承担连带责任

C. 张某、李某一致同意，并与马某签订书面的入伙协议

D. 张某、李某向马某告知合伙企业的经营状况和财务状况

13. 根据个人独资企业法律制度的规定，下列各项中，可以作为个人独资企业出资的有（ ）。

A. 投资人的知识产权　　B. 投资人的劳务

C. 投资人的土地使用权　　D. 投资人家庭共有的房屋

14. 张某、李某、王某三人于2007年8月成立一家合伙企业，合伙协议约定合伙人之间承担债务的比例是5∶3∶2。该合伙企业2008年5月欠甲公司货款30万元，合伙企业财产价值为20万元。甲公司在得到合伙企业财产20万元之后，其余10万元可以要求（ ）。

A. 张某、李某、王某任何一个有经济能力的人来偿还

B. 由承担债务比例最大的张某来偿还

C. 由承担债务比例最少的王某来偿还

D. 张某偿还5万元，李某偿还3万元，王某偿还2万元

15. 根据我国公司法的有关规定，下列有关股份有限公司股份转让的行为中，符合《公司法》规定的有（ ）。

A. 公司在股市上收购本公司股票一批，作为奖励派发给优秀员工

B. 国家授权投资的机构依法将其持有的某公司股份全部转让给另一公司

C. 与持有本公司股份的其他公司合并时，回购本公司的股份

D. 公司成立半年后，某发起人将其持有的本公司股份卖给另一发起人

16. 根据《合同法》的规定，下列各项中，可导致合同权利义务终止的情形有（ ）。

A. 合同被解除　　B. 债务相互抵销

C. 合同已按约履行　　D. 债权债务同归于一人

17. 根据《公司法》的规定，下列各项中，属于有限责任公司董事会职权的有（ ）。

A. 决定公司的经营方针和投资计划

B. 决定公司的经营计划和投资方案

C. 决定公司内部管理机构的设置

D. 修改公司章程

18. 根据票据法律制度的规定，票据持票人应在法定期限内向付款人提示付

款。关于票据提示付款期限的下列表述中，正确的有（　　）。

A. 商业汇票自到期日起1个月内提示付款

B. 银行汇票自出票日起2个月内提示付款

C. 银行本票自出票日起2个月内提示付款

D. 支票自出票日起10日内提示付款

19. 下列各项中，属于民事责任形式的有（　　）。

A. 返还财产　　B. 支付违约金

C. 责令停产停业　　D. 罚金

20. 根据《合同法》的规定，当事人在订立合同过程中实施的下列行为，属于缔约过失的有（　　）

A. 假借订立合同，恶意进行磋商

B. 明知对方为限制行为能力人而与其进行合同磋商

C. 故意隐瞒与订立合同有关的重要事实

D. 提供与订立合同有关的虚假信息

三、判断题（本类题共10小题，每小题1分，共10分。每小题判断结果正确的得1分，判断结果错误的扣0.5分，不判断的不得分也不扣分。本类题最低得分为零分。）

1. 外国企业和其他经济组织在中国境内设立的分支机构，同样属于我国《外商投资企业法》的调整范围。（　　）

2. 建海公司开出一张汇票用以支付货款，后发现金额有误，便涂改后重新填写，该行为属于票据的变造。（　　）

3. 张某、李某、王某三人设立有限责任公司，注册资本为600万元，张某以货币200万元出资，李某以商标权评估作价150万元出资，王某以专利权作价50万元和货币200万元出资，该有限责任公司的出资是符合规定的。（　　）

4. 仲裁裁决作出后，当事人若不服裁决的，可以就同一纠纷再申请仲裁或向人民法院起诉。（　　）

5. 在企业破产法律制度中，债权人在和解协议中对债务人所作的减免债务，效力不及于其保证人，保证人仍应按照原来的约定承担保证责任。（　　）

6. 银行汇票被拒绝承兑后，持票人即使未按照规定期限通知其前手，该持票人仍可向其前手行使追索权。（　　）

7. 某中外合资经营企业的投资总额为250万美元，注册资本至少应有100万美元。（　　）

8. 债权人张某与债务人李某约定由李某向赵某履行债务，李某未履行，则李某应向赵某承担违约责任。（　　）

9. 建海公司因不能清偿到期债务被债权人申请破产，此前建海公司欠金星公司10万元的劳务费一直没有支付。金星公司知道建海公司被申请破产后，遂向建海公司购买10万元货物，但迟迟不支付货款。人民法院受理建海公司的破产申请后，金星公司可以主张以此10万元货款抵销建海公司欠付的10万元的劳务费。 （ ）

10. 金星公司是一家上市公司，2008年初公司未弥补的亏损达股本总额的1/3，根据《公司法》的规定，该上市公司应当在2个月内召开临时股东大会。 （ ）

主观试题部分

四、简答题（本类题共3小题，每小题5分，共15分。）

1. 金星公司为一家国内企业，2008年10月与国外一家公司W合资在南海市兴建一大型电子公司。双方合同的主要内容有：总投资额4200万美元，其中注册资本为1000万美元。注册资金分期缴纳，第一期在营业执照签发之日起4个月内缴清。双方可在合资企业成立后以合资企业的名义贷款200万美元作为各自的出资。董事长由外方委派，副董事长可由外方也可由中方委派，董事会成员为7人，有关注册资本的增加或减少需经2/3以上董事同意才可通过。

要求：根据上述事实，回答下列问题：

双方签订的合同是否有不合法之处？分别说明理由。

2. 2008年3月，甲、乙、丙、丁设立一合伙企业。为提高企业运作效率，经全体合伙人商议决定，委托甲单独执行合伙企业事务，乙、丙、丁不参加执行合伙企业事务。

2008年8月，乙与丙达成协议，将其在合伙企业中的全部财产份额转让给丙。随后通知甲、丁，但丁表示不同意。

2008年9月，该合伙企业与大地公司签订一买卖合同，大地公司依约交付货物后，合伙企业迟迟未交付货款。因联系上的便利，且认为合伙人需对合伙企业的债务承担无限连带责任，大地公司遂直接向丙要求以丙个人财产清偿货款。

要求：根据上述情况和《合伙企业法》的有关规定，回答下列问题：

（1）由甲单独执行合伙企业事务是否符合法律规定？简要说明理由。

（2）乙、丙之间转让财产份额的行为是否符合法律规定？简要说明理由。

（3）大地公司直接要求丙以其个人财产清偿货款的作法是否符合法律规定？简要说明理由。

3. 建海公司拟向荣丰公司订购一批电子设备，授权本单位员工马某携带一张记载有本单位签章、出票日为2008年5月9日、票面金额为18万元的转账支票（同城使用，下同）前往采购。5月10日，马某代表建海公司与荣丰公司签订了价值 18 万元的买卖合同。该合同约定：建海公司于合同签订当日以支票方式一次付款；荣丰公司应当在 6 月 10 日前向建海公司交付所购全部产品。马某在向荣丰公司交付支票时，声明该支票未记载收款人，由荣丰公司自行填写。

荣丰公司在收到该支票后，未在该支票收款人栏内记载自己的名称，而是直接在该栏内填写了金星公司的名称，由金星公司存入其开立账户的丁银行。以便利用金星公司的银行账户提取现金。为此，金星公司将按照支票金额的 5%提取管理费。

5 月 15 日，该银行通知金星公司，其存入的上述支票的款项已于 5 月 14 日到账，但却不能支取使用。主要原因是：该支票上记载有在建海公司收到荣丰公司交付货款之次日，持票人才能支取使用该资金。荣丰公司于 6 月 8 日向建海公司交付所购电子设备，金星公司于第二天才得以开始分批从其账户中支取该资金并交付荣丰公司。

要求：根据上述事实，回答下列问题：

（1）建海公司交付给荣丰公司的支票未记载收款人，该支票是否有效？并说明理由。

（2）荣丰公司利用金星公司账户存取款项的行为是否符合有关规定？并说明理由。如不符合有关规定，应当由谁承担何种责任？

（3）银行通知金星公司不能支取使用到账资金的理由是否成立？并说明理由。如银行的理由不能成立，其应当承担何种法律责任？

五、综合题（本类题共 1 题，共 10 分。）

甲企业书面授权其代理人张某以 7～8 元的单价与乙企业签订买卖合同。但张某在与乙企业的合同谈判过程中，认为甲企业的最高授权价格仍比正常的市场价格低，于是在与乙企业反复磋商下，于 2008 年 7 月 1 日与乙企业签订了单价为 8.50 元、合同标的额为 200 万元的买卖合同。最近 3 年，乙企业一直通过张某与甲企业签订买卖合同，但乙企业并不知道在该买卖合同中代理人张某已超越了其代理权。

根据合同约定，甲企业在 2008 年 9 月 1 日～5 日期间向乙企业提供全部货物，乙企业收到货物在 10 天内对货物进行检验，并于 10 月 1 日前向甲企业支付全部货款 200 万元。2008 年 9 月 5 日，甲企业按照合同约定将全部货物交给乙企业，乙企业于 9 月 7 日对货物进行检验时，发现部分货物质量有问题，但未通知甲企业。10 月 2 日，甲企业要求乙企业支付 200 万元的货款，乙企业以部分货物质量有问题为由表示拒绝。

甲企业在对乙企业的调查中发现，乙企业拒绝付款的真正原因是乙企业已丧失支付能力，乙企业同时欠丙企业到期债务 200 万元。但乙企业享有对丁企业的到期债权 200 万元，由于乙企业管理混乱，乙企业一直没有对丁企业主张其债权。

2008 年 10 月 20 日，甲企业向人民法院请示以自己的名义代位行使乙企业对丙企业的到期债权 200 万元。人民法院经审理后认定代位权成立，甲企业胜诉。裁定由丁企业向甲企业履行清偿义务，同时甲与乙、乙与丁的债权债务关系消灭。

丙企业得知人民法院的裁定后，向甲企业主张应由甲、丙平均分配丁企业偿还的 200 万元，甲企业表示拒绝。

要求：根据《合同法》的有关规定，分析回答下列问题：

（1）甲、乙企业的买卖合同是否成立？并说明理由。

（2）乙企业拒绝付款的理由是否成立？并说明理由。

（3）人民法院的裁定是否符合有关规定？

（4）如甲企业代位权诉讼的诉讼费为 2 万元，该诉讼费应由谁承担？

（5）丙企业的主张是否成立？并说明理由。

2009 年《经济法》全真模拟题（二）

客观试题部分

一、单项选择题（本类题共 25 小题，每小题 1 分，共 25 分。每小题备选答案中，只有一个符合题意的正确答案。多选、错选、不选均不得分。）

1. 根据《仲裁法》的有关规定，下列各项中，符合《仲裁法》规定的有（　）。

A. 当事人不服仲裁裁决可以向当地人民法院起诉

B. 仲裁实行自愿原则

C. 仲裁当事人只能是法人单位

D. 只要当事人双方同意，任何纠纷都可以仲裁

2. 根据《企业破产法》的规定，破产财产在清偿破产费用和共益债务后首先予以清偿的是（　）。

A. 破产企业所欠其他企业债务　B. 破产企业所欠的税务部门的税款

C. 破产企业所欠银行的贷款　D. 破产企业所欠职工工资

3. 根据《合伙企业法》的规定，合伙企业解散后，原合伙人对合伙企业存续期间的债务仍应承担连带清偿责任，但债权人在法定期间内未向债务人提出清偿请求的，该债务人的清偿责任归于消灭。该法定期限为（　）。

A. 连续 2 年　B. 连续 4 年

C. 连续 5 年　D. 连续 8 年

4. 根据票据法律制度的规定，下列各项中，不属于支票绝对必要记载事项的是（　）。

A. 无条件支付的委托　B. 付款人名称

C. 出票地　D. 出票日期

5. 在破产过程中，债务人与债权人会议达成的和解协议发生效力后，应受和解协议约束的债权人是（　）。

A. 和解协议成立前产生的有财产担保的债权人

B. 和解协议成立后产生的无财产担保的债权人

C. 和解协议成立后产生的有财产担保的债权人

D. 人民法院受理破产申请时的无财产担保的债权人

6. 2008 年 3 月张某以一栋房产作价 38 万元与李某、王某成立了合伙企业，合伙协议中未约定合伙继承、损益分担和财产份额退还办法。2008 年 10 月张某

在一次车祸中死亡，其未成年的儿子张小某成为其唯一继承人，夏某为张小某未成年时的监护人。张某死亡时，合伙企业债务为15万元。根据我国合伙企业法律制度的有关规定，下列各项中，说法正确的是（　　）。

A. 张某自死亡时自然退伙，张小某因继承自然成为合伙人

B. 张某自死亡时自然退伙，经李某、王某同意，张小某可以成为合伙人，暂由夏某代为行使其权利

C. 若合伙协议未约定，李某、王某也不同意夏某代为行使张小某在合伙企业中的权利的情况下，夏某仍然有权代为行使张小某在合伙企业中的权利

D. 若张小某不愿意成为合伙人，则李某、夏某应该将张某在合伙企业中的财产份额收归本企业所有

7. 建海公司与荣丰公司于2007年8月签订了一买卖合同，约定2008年4月30日由建海公司向荣丰公司提供建筑钢材100吨。2008年2月初，建海公司所在地发生地震灾害，建海公司未将灾情之事及时通知荣丰公司。2008年4月底，荣丰公司催促交货，建海公司未交。2008年6月30日，建海公司交货，同时致函荣丰公司，表明因受灾而致迟延交货事实。荣丰公司因迟延收到建材而影响工程进度，被发包方扣罚工程款10万元。有关该案的正确表述是（　　）。

A. 建海公司因不可抗力而迟延交货，对荣丰公司被扣罚的10万元损失，不应承担赔偿责任

B. 建海公司因不可抗力而迟延交货，对荣丰公司被扣罚的10万元损失，应只承担部分赔偿责任

C. 建海公司在取得主管机关有关灾情的证明后，免予承担赔偿荣丰公司10万元损失的责任

D. 由于建海公司未能及时通知荣丰公司不能按时交货，故应向荣丰公司承担10万元损失的赔偿责任

8. 深发公司是一家以募集方式设立的股份有限公司。2008年确定的股份总数为1800万股。根据我国《公司法》的有关规定，深发公司的发起人应认购的股份不得少于（　　）万股。

A. 180　　　　B. 300

C. 600　　　　D. 630

9. 顺风公司是一家合伙企业，有甲、乙和丙三个合伙人，因该企业经营不善，甲准备退出合伙企业，并通知其他合伙人决定将其出资的一台机器设备卖给其朋友丁。下列说法正确的有（　　）。

A. 如果乙和丙不同意，甲可以将该机器设备卖给丁

B. 如果乙不同意，甲不得将该机器设备卖给丁

C. 如果乙不同意，丙愿意以同等价格购买，甲可以将该机器设备卖给丁

D. 合伙企业对甲的行为无权干涉

10. 南海市政府依夏某申请，作出行政复议决定，撤销该市国土房管局对夏某房屋的错误登记，并责令市国土房管局限期重新登记。市国土房管局拒不执行该行政复议决定，此时，夏某有权（　　）。

A. 申请行政复议机关或有关上级行政机关强制执行复议决定

B. 申请人民法院强制执行复议决定

C. 对市国土房管局的行政不作为再次申请行政复议

D. 要求行政复议机关或有关上级行政机关责令市国土房管局限期履行行政复议

11. 根据我国《公司法》的有关规定，有限责任公司的下列行为中，符合我国《公司法》规定的有（　　）。

A. 公司章程规定其董事每届任期不得超过3年

B. 在法定会计账册之外另设会计账册

C. 将公司资金以个人名义开立账户存储

D. 股东会以财务负责人熟悉财务为由指定其兼任监事

12. 根据《合伙企业法》的规定，申请设立合伙企业，企业登记机关应当自收到申请人提交所需的全部文件之日起一定期间内作出是否登记的决定。该期间是（　　）。

A. 10日　　B. 15日

C. 20日　　D. 30日

13. 建海公司以其所持有的荣丰上市公司依法可转让股票出质向银行贷款，并与银行订立了书面质押合同。根据《担保法》的规定，该质押合同生效的时间为（　　）。

A. 向登记机构办理出质登记之日　　B. 贷款合同签订之日

C. 质押合同签订之日　　D. 权利凭证交付之日

14. 根据我国《公司法》的有关规定，下列有关有限责任公司股东出资的表述中，正确的是（　　）。

A. 不按规定缴纳所认缴出资的股东，应对已足额出资的股东承担违约责任

B. 股东在认缴出资并经法定验资机构验资后，不得抽回出资

C. 股东向股东以外的人转让出资，须经全体股东2/3以上同意

D. 经全体股东同意，股东可以用劳务出资

15. 下列关于股票和公司债券法律特征的表述中，不正确的是（　　）。

A. 股票和公司债券都属于有价证券

B. 公司债券持有人在公司破产时，优先于股票持有人得到清偿

C. 发行股票和发行公司债券有不同的法律要求

D. 公司债券持有人和股票持有人均与公司之间形成债务关系

16. 下列财产中，可以用作抵押的是（　　）。

A. 土地所有权　　B. 所有权有争议的财产

C. 依法被扣押的财产　　D. 抵押人所有的厂房

17. 不同法的形式具有不同的效力等级，下列各项中，效力低于地方性法规的是（　　）。

A. 宪法　　B. 同级政府规章

C. 法律　　D. 行政法规

18. 荣丰公司是一家中外合资经营企业，该公司的投资总额为 450 万美元，根据我国法律的规定，该中外合资经营企业的注册资本不得低于（　　）万美元。

A. 450　　B. 100

C. 200　　D. 225

19. 建海公司是一家国内企业，2007 年 10 月 1 日由外国投资者张某收购 51%的股权，并于 2007 年 10 月 8 日依法变更为中外合资经营企业，并改名为荣丰公司。经审批机关批准后，张某于 2008 年 1 月 15 日支付了购买股权总金额 50%的款项，于 2008 年 3 月 20 日支付了购买股权总金额 20%的款项，于 2008 年 10 月 5 日支付了剩余的购买股权款项。根据中外合资经营企业法律制度的规定，张某取得荣丰公司控股权的时间是（　　）。

A. 2008 年 1 月 15 日　　B. 2008 年 3 月 20 日

C. 2008 年 10 月 5 日　　D. 2007 年 10 月 8 日

20. 建海公司是一家国内企业，2008 年初与美国的荣丰公司共同投资设立一家中外合资经营企业，注册资本为 500 万美元，合营合同规定投资者采取分期出资方式。2008 年 4 月 10 日，该中外合资经营企业取得工商行政管理机关当日签发的营业执照。按照我国《中外合资经营企业法》及其实施条例的规定，该合营企业各方缴清第一期出资额的最后期限是（　　）。

A. 2008 年 7 月 10 日　　B. 2008 年 8 月 10 日

C. 2008 年 9 月 10 日　　D. 2008 年 10 月 10 日

21. 根据《企业破产法》的有关规定，债权人会议应当以表决方式确定是否通过和解协议草案并形成决议。债权人会议通过和解协议草案决议的法定条件是（　　）

A. 出席会议的有表决权的债权人过半数通过，并且其所代表的债权额占全部债权总额的 2/3 以上

B. 全体有表决权的债权人过半数通过，并且其所代表的债权额占无财产担保债权总额的 2/3 以上

C. 全体有表决权的债权人过半数通过，并且其所代表的债权额占全部债权总额的 2/3 以上

D. 出席会议的有表决权的债权人过半数通过，并且其所代表的债权额占无财产担保债权总额的 2/3 以上

22. 建海公司是中外合资经营企业，2008年底其投资总额为1200万美元，根据我国法律的有关规定，该中外合资经营企业的注册资本中，外国投资者认缴的出资额最少不得低于（　　）万美元。

A. 150　　　　B. 120

C. 125　　　　D. 155

23. 根据《公司法》的规定，股份有限公司董事长的产生方式是（　　）。

A. 由股东大会选举产生

B. 由持有股份最多的股东推举产生

C. 由董事会以全体董事的过半数选举产生

D. 由董事会以出席会议董事的过半数选举产生

24. 甲于2月14日向乙发出签订合同的要约，乙于2月28日承诺同意，甲、乙双方在3月13日签订合同，合同中约定该合同于3月25日生效。根据《合同法》的规定，该合同的成立时间是（　　）。

A. 2月14日　　　　B. 2月28日

C. 3月13日　　　　D. 3月25日

25. 根据企业破产法律制度的规定，国有企业破产清算时，应优先从破产财产中拨付的款项是（　　）。

A. 共益债务　　　　B. 所欠税款

C. 所欠债务　　　　D. 所欠职工工资

二、多项选择题（本类题共20小题，每小题2分，共40分。每小题备选答案中，有两个或两个以上符合题意的正确答案。多选、少选、错选、不选均不得分。）

1. 根据《合同法》的规定，下列各项中，可以成为合同标的的有（　　）。

A. 建设工程　　　　B. 专利使用权

C. 代理行为　　　　D. 有价证券

2. 我国《公司法》规定了不得担任公司董事或经理的情形，其中包括（　　）。

A. 无民事行为能力者

B. 曾担任因经营不善破产清算的公司经理

C. 因犯有贪污罪，被判处刑罚，执行期满未逾3年的人

D. 国家公务员

3. 建海有限责任公司注册资本为100万元，股东人数为4人，董事会成员为9人，监事会成员为3人。该公司出现下列情形应当召开临时股东会的是（　　）。

A. 1名监事提议召开　　　　B. 未弥补的亏损为40万元

C. 4名董事提议召开　　　　D. 出资额为30万元的股东提议召开

4. 张某、李某、王某于2007年2月分别出资80万元、60万元、40万元设立一家有限责任公司，2008年6月查实张某的机器设备80万元在出资时仅值40万元，下列说法正确的是（　　）。

A. 张某应补交其差额40万元

B. 如果张某的财产不足补交差额的，必须退出有限责任公司

C. 如果张某的财产不足补交差额的，由李某和王某承担连带责任

D. 张某的行为属于出资不实

5. 根据《合伙企业法》的规定，下列人员中，应对合伙企业债务承担连带责任的有（　　）。

A. 合伙企业债务发生后办理入伙的合伙人

B. 合伙企业债务发生后办理退伙的合伙人

C. 合伙企业聘用的经营管理人员

D. 合伙企业全体合伙人

6. 根据票据法律制度的规定，下列各项中，属于汇票到期日前持票人可以行使票据追索权的情形有（　　）。

A. 汇票被拒绝承兑　　B. 付款人因违法被责令停业

C. 承兑人逃匿　　D. 付款人破产

7. 根据我国公司法的有关规定，股份有限公司申请其股票上市的条件有（　　）。

A. 股票已经核准公开发行

B. 公司股本总额不少于人民币3000万元

C. 向社会公开发行的股份必须达公司股份总数的25%以上

D. 公司最近3年无重大违法行为

8. 关于仲裁协议的效力，下列说法正确的是（　　）。

A. 仲裁协议中为当事人设定的一定义务，不能任意更改、终止或撤销

B. 在当事人双方发生协议约定的争议时，任何一方都不可以向法院起诉

C. 对于仲裁组织来说，仲裁协议具有排除诉讼管辖权的作用

D. 合同的变更、解除、终止或无效，影响仲裁协议的效力

9. 根据合伙企业法律制度的规定，合伙企业出现亏损时，须由合伙人分担责任。下列有关亏损分担的表述中，正确的有（　　）。

A. 合伙协议没有约定比例的，可以直接按照实缴出资比例分担

B. 合伙协议没有约定比例的，由各合伙人协商确定

C. 合伙协议没有约定比例，无法协商并且不能确定出资比例的，合伙人平均承担

D. 由执行合伙企业事务的合伙人承担

10. 根据中外合资企业法的有关规定，下列关于中外合资经营企业财务与会计管理的说法中，正确的是（　　）。

A. 合营企业必须设审计师，负责审查、稽核合营企业的财务收支和会计账目，向董事会、总经理提出报告

B. 合营各方的出资证明书应当经中国注册会计师验证和出具证明，方为有效

C. 合营企业原则上采用人民币为记账本位币，但经合营各方商定也可采用某一种外国货币为记账本位币。以外国货币记账的合营企业，无须另编折算成人民币的会计报表

D. 合营企业设总会计师，必要时可以设副总会计师

11. 建海股份有限公司的董事会由11人组成，其中董事长1人，副董事长2人。该董事会某次会议发生的下列行为不符合《公司法》规定的有（　　）。

A. 因董事长不能出席会议，董事长指定一位董事会成员赵某主持该次会议

B. 通过了增加公司注册资本的决议

C. 通过了解聘公司现任经理，由副董事长王某兼任经理的决议

D. 会议所有议决事项均载入会议记录后，由主持会议的副董事长王某和记录员签名存档

12. 根据《行政复议法》的规定，下列情形中，公民、法人或者其他组织可以申请行政复议的有（　　）。

A. 对行政机关作出的没收违法所得行政处罚决定不服的

B. 申请行政机关履行保护财产权利的法定职责，行政机关没有依法履行的

C. 认为行政机关侵犯其合法的经营自主权的

D. 不服行政机关对民事纠纷作出的调解的

13. 根据个人独资企业法律制度的规定，下列人员中，不能投资设立个人独资企业的有（　　）。

A. 法官　　B. 警官

C. 商业银行工作人员　　D. 国有工业企业工人

14. 附条件的法律行为中所附的条件可以是事件，也可以是行为，此外还需要具备的条件有（　　）。

A. 是将来发生的事实　　B. 是不确定的事实

C. 是当事人任意选定的事实　　D. 是合法的事实

15. 建海股份有限公司于2001年10月10日成立，张某为该公司的发起人之一，但未担任公司任何职务。2005年10月10日，张某被选为公司监事。2008年10月10日张某的监事任期届满，未能连任，亦未担任公司其他职务。张某拟转让其所持有的该公司股份。下列转让时间中，符合《公司法》规定的有（　　）。

A. 张某在2003年10月10日转让股份

B. 张某在2004年10月11日转让股份

C. 张某在2007年11月20日转让股份

D. 张某在2008年11月20日转让股份

16. 根据个人独资企业法的有关规定，个人独资企业有下列（　　）情形的，应当解散。

A. 投资人死亡且无继承人　　B. 拖欠甲公司货款近1年，无力偿还

C. 被依法吊销营业执照　　D. 投资人决定解散

17. 美国W公司收购境内公司部分资产，并以该资产作为出资于2008年3月1日成立了一家中美合资经营企业。W公司收购中国公司部分资产的价款为120万美元。下列说法中，不符合规定的是（　　）。

A. W公司于2009年2月28日向中国公司一次支付120万美元

B. W公司于2008年5月30日向中国公司支付60万美元，2009年2月28日支付60万美元

C. W公司于2008年5月30日向中国公司一次支付120万美元

D. W公司于2008年8月30日向中国公司支付80万美元，2009年8月30日支付40万美元

18. 在下列企业中，按照我国规定可以不设职工代表大会的有（　　）。

A. 合伙企业　　B. 个人独资企业

C. 国有企业　　D. 外商独资企业

19. 根据《企业破产法》的规定，在人民法院召开第一次债权人会议后，出现下列情形时，应当召开债权人会议的有（　　）。

A. 债权人会议主席认为必要时　　B. 1/2以上的债权人要求时

C. 全体债权人要求　　D. 人民法院认为必要时

20. 下列4份借款合同，双方对支付利息的期限均无约定，事后亦不能达成补充协议，依照合同法的规定，借款人支付利息的义务应（　　）。

A. 甲合同的约定借款期限为6个月，则应当在返还借款时一并支付利息

B. 乙合同的约定借款期限为1年，则应当每满6个月时支付一次利息

C. 丙合同的约定借款期限为30个月，则应当分别在满12个月、24个月和30个月时支付利息

D. 丁合同的约定借款期限为50个月则应当分别在满12个月、24个月、36个月、48个月和50个月时支付利息

三、判断题（本类题共10小题，每小题1分，共10分。每小题判断结果正确的得1分，判断结果错误的扣0.5分，不判断的不得分也不扣分。本类题最低得分为零分。）

1. 上市公司发行股票募集资金，必须按照招股说明书所列资金用途使用。未经国务院证券监督管理委员会批准，不得改变招股说明书所列资金用途。

（　　）

2. 在政府采购合同履行中，采购人需追加与合同标的相同的货物、工程或者服务的，在不改变合同其他条款的前提下，可以与供应商协商签订补充合同，但所有补充合同的采购金额不得超过原合同采购金额的10%。（ ）

3. 张某与李某订立了一份钢材购销合同，约定张某向李某交付20万公斤钢材，货款为40万元，李某向张某支付定金4万元；如任何一方不履行合同应支付违约金6万元。张某因将钢材转卖给王某而无法向李某交付钢材，则李某可向法院请求张某支付违约金6万元，同时请求返还支付的定金4万元。（ ）

4. 中外合资经营企业召开董事会，董事不能出席时，只能书面委托其他董事，不能委托非董事代表其出席并表决。（ ）

5. 申请破产的企业为他人担任保证人的，人民法院受理破产案件后，债权人未申报债权、参加破产程序的，破产企业所承担的担保义务从债权期限届满之日起终止。（ ）

6. 张某以欺诈手段订立合同，损害国家利益，该合同应属于可撤销合同。（ ）

7. 要约是只能向特定的人发出的、邀请他人与自己订立合同的意思表示。（ ）

8. 公民、法人或其他组织向人民法院提起行政诉讼后，无论人民法院是否已经受理，都可以同时申请行政复议。（ ）

9. 行政复议决定书一经送达，即发生法律效力。（ ）

10. 法律、行政法规规定采用书面形式订立合同，当事人未采用书面形式但一方已经履行主要义务，对方接受的，该合同成立。（ ）

主观试题部分

四、简答题（本类题共3小题，每小题5分，共15分。）

1. 建海股份有限公司（以下简称建海公司）于2008年3月1日召开董事会会议，该次会议召开情况及讨论决议事项如下：

（1）建海公司董事会的7名董事中有6名出席该次会议。董事张某因病不能出席会议，电话委托董事夏某代为出席会议并行使表决权。

（2）建海公司与荣丰公司有业务竞争关系，但建海公司总经理李某于2007年下半年擅自为荣丰公司从事经营活动，损害建海公司的利益，故董事会作出如下决定：解聘公司总经理李某；将李某为荣丰公司从事经营活动所得的收益收归建海公司所有。

（3）为完善公司经营管理制度，董事会会议通过了修改公司章程的决议，并决定从通过之日起执行。

要求：根据上述情况和《公司法》的有关规定，回答下列问题：

(1) 董事张某电话委托董事夏某代为出席董事会会议并行使表决权的做法是否符合法律规定？简要说明理由。

(2) 董事会作出解聘建海公司总经理的决定是否符合法律规定？简要说明理由。

(3) 董事会作出将李某为荣丰公司从事经营活动所得的收益收归建海公司所有的决定是否符合法律规定？简要说明理由。

(4) 董事会作出修改公司章程的决议是否符合法律规定？简要说明理由。

2. 自然人张某（系中国公民）于2008年10月21日以家庭共有财产申报设立一家个人独资企业——建海公司，主要经营快餐店，随着业务的扩大，建海公司又分别设立了3家分店，并招聘了3名店长负责分店经营。因分店是以总店名义开展经营活动，故分店未再行办理任何登记手续，企业也未与店长就聘用事项签订书面合同。半年后，张某出国，建海公司交由其妻宋某管理，由于宋某管理经验不足，企业经营每况愈下，其中A分店店长李某还经营另外一家从事贸易的个人独资企业，李某在张某和宋某不知情的情况下，以自己的名义与分店签订了一年的食品供应合同，B分店店长擅自与亲戚合开了一家快餐店，并任经理，主要工作精力转移。C分店拖欠承租房屋业主的租金，被起诉至法院，宋某应诉时以C分店店长是承包经营，其债务与建海公司无关为由抗辩。2009年1月，宋某未经清算便决定解散建海公司，意欲逃避企业债务。

要求：根据我国《个人独资企业法》的有关规定，回答下列问题：

(1) 个人独资企业是否可以家庭共有财产申报出资？

(2) 个人独资企业设立分支机构是否应办理登记手续？

(3) 个人独资企业投资人委托或聘用他人管理其企业事务，是否需要与受托人签订书面合同？

(4) A分店店长李某的行为是否违反法律规定？

(5) B分店店长的行为是否违反法律规定？

(6) 承租房屋业主请求支付租金的诉讼时效期间为多长时间？宋某的抗辩理由能否成立？请说明理由。

(7) 宋某解散建海公司的行为是否合法？建海公司解散后，宋某能否逃避该企业的债务？

3. 甲、乙、丙、丁四位股东拟共同出资人民币300万元设立有限责任公司，公司章程主要内容如下：

(1) 甲以货币84万元出资，乙、丙分别以实物42万元、57万元出资，丁以专利技术作价117万元出资。

(2) 乙、丙、丁三方出资均按协议作价。

(3) 公司不设董事会，甲为执行董事，乙为公司财务负责人兼监事。公司设立后，出现以下情况，导致股东之间矛盾不断：

① 丁投入的专利技术实际价值只有110万元，工商部门要求公司必须规范；

② 公司经营一段时间后，丁决定将持有本公司的股份转让给戊，并在办妥转让手续后，书面通知其他三位股东；

③ 公司为了保证股东多分配利润，第一年暂不提取法定盈余公积。

要求：根据上述资料，回答下列问题并说明理由。

(1) 公司设立时，拟出资的数额是否符合《公司法》的规定？

(2) 该公司的货币出资额是否符合规定？

(3) 乙、丙、丁的协议作价出资方式是否符合规定？

(4) 乙为公司财务负责人并兼任监事是否合法？

(5) 公司设立后，在经营和管理过程中，有哪些方面不符合《公司法》的规定？说明理由或处理方法。

五、综合题（本类题共1题，共10分。）

2008年3月2日，建海公司与荣发公司签订了一份150万元的电子设备买卖合同。该合同约定：建海公司于3月3日向荣发公司签发一张金额为人民币20万元的银行承兑汇票作为定金；荣发公司于3月10日交付电子设备；建海公司于荣发公司交付设备之日起3日内付清货款；任何一方违约，应当依照合同金额的20%向守约方支付违约金。

3月3日，建海公司向荣发公司签发了一张由工商银行承兑和付款的金额为20万元的银行承兑汇票，荣发公司在收到该汇票后，于3月4日将其背书转让给金星公司。3月10日，荣发公司未向建海公司交付电子设备，经建海公司催告后至3月15日，荣发公司仍未交货，建海公司遂于3月18日另行购买了设备，并通知荣发公司解除合同，要求荣发公司双倍返还定金40万元，同时支付违约金30万元。荣发公司收到建海公司通知后未就解除合同提出异议，但不同意建海公司提出的双倍返还定金和支付违约金的要求。

3月9日，金星公司取得的上述汇票不慎被盗，同日，金星公司到工商银行办理了挂失止付手续。3月10日，夏某用盗得的上述汇票以金星公司的名义向华昌公司购买汽车一辆，并以金星公司的名义将该汇票签章背书转让给华昌公司作为支付购买汽车的价款。3月12日，华昌公司为支付红旗公司货款，又将该汇票背书转让给红旗公司。4月5日，红旗公司在该汇票到期日向工商银行提示付款，工商银行以买卖合同已经解除、汇票被伪造为由拒绝支付票款。

要求：根据上述事实，回答下列问题：

(1) 建海公司解除合同的主张是否符合《合同法》的规定？并说明理由。

(2) 建海公司要求荣发公司双倍返还定金40万元，同时支付违约金30万元是否符合《合同法》的规定？并说明理由。

(3) 夏某以金星公司的名义将汇票签章背书转让给华昌公司的行为是否有效？并说明理由。

(4) 在红旗公司向工商银行提示付款时，金星公司已采取的挂失止付补救措施是否可以补救其票据权利？并说明理由。

(5) 工商银行以买卖合同已经解除、汇票被伪造为由拒绝支付票款，这两个理由是否成立？并说明理由。如果工商银行拒绝付款的理由不成立，其应承担何种法律责任？

(6) 持票人红旗公司被拒绝付款后，能否对金星公司、夏某行使追索权？并说明理由。

2009 年《经济法》全真模拟题（三）

客观试题部分

一、单项选择题（本类题共 25 小题，每小题 1 分，共 25 分。每小题备选答案中，只有一个符合题意的正确答案。多选、错选、不选均不得分。）

1. 在仲裁中，当事人如果采取仲裁方式解决纠纷，必须首先由双方自愿达成仲裁协议，没有仲裁协议，一方申请仲裁的，仲裁组织不予受理。这体现仲裁的原则是（　　）。

A. 一裁终局　　B. 两审终审制

C. 仲裁组织依法独立行使仲裁权　　D. 自愿原则

2. 根据《民法通则》的规定，下列选项中，属于无效民事行为的是（　　）。

A. 恶意串通损害第三人利益的民事行为

B. 所附条件尚未成就的附条件民事行为

C. 因重大误解而实施的民事行为

D. 限制民事行为能力人实施的其可以独立实施的民事行为

3. 根据诉讼法的有关规定，下列有关诉讼时效的表述中，正确的是（　　）。

A. 权利人提起诉讼是诉讼时效中止的法定事由之一

B. 只有在诉讼时效期间的最后 6 个月内发生诉讼时效中止的法定事由，才能中止时效的进行

C. 诉讼时效中止的法定事由发生之后，已经经过的时效期间统归无效

D. 诉讼时效期间从权利人的权利被侵害之日起计算

4. 根据我国《外商投资企业法》的有关规定，中外合资经营企业中可以提议召开董事会临时会议的有（　　）。

A. 1/3 以上的股东　　B. 1/2 以上的董事

C. 1/4 以上的股东　　D. 1/3 以上的董事

5. 根据政府采购法律制度的规定，采购供应商认为采购文件使自己的权益受到损害的，可以提出质疑的期限是（　　）。

A. 事实发生之日起 10 个工作日内

B. 事实发生之日起 15 个工作日内

C. 知道或者应知其权益受到损害之日起 7 个工作日内

D. 知道或者应知其权益受到损害之日起15个工作日内

6. 根据证券法律制度的规定，中国证监会应当自受理股票发行申请之日起（ ）内，依照法定条件和法定程序作出予以核准或者不予核准的决定。

A. 半个月　　B. 1个月

C. 3个月　　D. 5个月

7. 建海公司是一家个人独资企业。由张某2007年初以个人财产出资设立。2008年3月该企业因经营不善被解散，其财产不足以清偿所欠债务，对尚未清偿的债务，下列处理方式中，符合《个人独资企业法》规定的是（ ）。

A. 以张某的其他财产予以清偿，仍不足清偿的，则不再清偿

B. 以张某的家庭共有财产予以清偿，仍不足清偿的，则不再清偿

C. 债权人在企业解散后5年内未提出偿债请求的，张某不再承担清偿责任

D. 建海公司破产后就不再清偿破产前的债务了

8. 华昌公司是一家国有企业，2008年初与其职工宋某签订劳动合同时附加如下条款，若宋某在本企业工作到2011年，则加薪20%。则该行为属于（ ）的法律行为。

A. 附解除条件　　B. 附生效期限

C. 附解除期限　　D. 附生效条件

9. 华昌公司是一家国有企业，2008年底因经营不善进入破产程序。与该公司有关的下列款项或费用属于破产费用的是（ ）。

A. 债权人建海公司因参加破产程序花费的10万元

B. 破产宣告时华昌公司欠金星公司5万元货款，离偿付日期还有30天

C. 管理人王某聘用工作人员支付的工资2万元

D. 债权人张某因参加破产程序而花费的2万元

10. 夏某于2008年10月1日从金星商场购买了一台电冰箱，10月10日在使用过程中因产品质量问题身体受到伤害，根据我国《民事诉讼法》的规定，夏某有权向人民法院提起诉讼的期间为（ ）。

A. 2008年10月1日至2009年9月30日

B. 2008年10月1日至2010年9月30日

C. 2008年10月10日至2009年10月9日

D. 2008年10月10日至2010年10月9日

11. 华昌股份有限公司申请公开发行股票，拟发行20000万股，每股面值5元，则其向社会公众发行的部分不得低于（ ）万元。

A. 10000　　B. 15000

C. 7500　　D. 4500

12. 对虚报注册资本构成犯罪的，处3年以下有期徒刑或者拘役，并可以并处或者单处的罚金为（ ）。

A. 未缴纳的注册资本额

B. 已经缴纳的注册资本额

C. 虚报注册资本金额的1%以上5%以下

D. 虚报注册资本金额的5%

13. 华昌股份有限公司2007年3月发行3年期公司债券3000万元，1年期公司债券800万元。2008年10月，该公司鉴于到期债券已偿还且具备再次发行公司债券的其他条件，计划再次申请发行公司债券。经审计确认该公司2007年12月末净资产额为7000万元。则该公司此次发行公司债券额最多不得超过（　）万元。

A. 2000　　B. 2200

C. 3200　　D. 1200

14. 美籍华人张某协议购买境内公司股东的股权，将境内公司变更为外商投资企业，该外商投资企业的注册资本为1000万美元。根据外国投资者并购境内企业的有关规定，该外商投资企业的投资总额的上限是（　）万美元。

A. 1200　　B. 1500

C. 2500　　D. 2000

15. 甲为合伙企业的合伙人，乙为甲个人债务的债权人，当甲的个人财产不足以清偿乙的债务时，根据合伙企业法律制度的规定，乙可以行使的权利是（　）。

A. 代位行使甲在合伙企业中的权利

B. 依法请求人民法院强制执行甲在合伙企业中的财产份额用于清偿

C. 自行接管甲在合伙企业中的财产份额

D. 以对甲的债权抵销其对合伙企业的债务

16. 根据担保法律制度的规定，下列各项中，可以为合同债务人的债务履行作保证人的是（　）

A. 学校　　B. 医院

C. 企业　　D. 残疾人联合会

17. 甲、乙签订一合同。为保证合同的履行，除约定违约金外，乙方还向甲方支付定金作为合同的担保。后乙方违约。根据合同法律制度的规定，甲方追究乙方违约责任的形式是（　）。

A. 合并适用违约金和定金条款　　B. 选择适用违约金或者定金条款

C. 只能适用违约金条款　　D. 只能适用定金条款

18. 根据《公司法》的规定，负责召集股份有限公司股东大会会议的是（　）。

A. 董事长　　B. 董事会

C. 监事会　　D. 总经理

19. 根据《合同法》的规定，对于可撤销合同的撤销，具有撤销权的当事人自知道或应当知道撤销事由之日起一定期间内没有行使撤销权，则该撤销权消灭。该期间是（　）。

A. 1个月　　B. 3个月

C. 1 年　　D. 5 年

20. 某公司签发一张商业汇票。根据《票据法》的规定，该公司的下列签章行为中，正确的是（　　）。

A. 公司盖章

B. 公司法定代表人李某盖章

C. 公司法定代表人李某签名加盖章

D. 公司盖章加公司法定代表人李某盖章

21. 根据《公司法》的规定，股份有限公司的董事、监事、经理持有本公司的股份在一定期间内不得转让，该期间是（　　）。

A. 自公司成立之日起 3 年内　　B. 自公司成立之日起 5 年内

C. 在公司任职期间人　　D. 离职 1 年内

22. 甲与乙签订了标的额为 20 万元的买卖合同，为保障合同的履行，合同中附加了定金条款。根据《合同法》的规定，该合同的定金数额最多不得超过（　　）万元。

A. 4　　B. 6

C. 8　　D. 10

23. 根据我国证券法的有关规定，下列关于股票和公司债券法律特征的表述中，不正确的是（　　）。

A. 公司债券持有人和股票持有人均与公司之间形成债权债务关系

B. 发行股票和发行公司债券有不同的法律特征

C. 公司债券持有人在公司破产时，优先于股票持有人得到清偿

D. 股票和公司债券都属于有价证券

24. 华昌公司注册资本为 2000 万元，2007 年末的净资产为 4000 万元，法定盈余公积金余额为 1500 万元，2008 年初，经股东大会决议通过，拟将法定盈余公积金转增股本，本次转增股本最多不得超过（　　）万元。

A. 1000　　B. 1500

C. 4000　　D. 2000

25. 根据《民法通则》的规定，被代理人出具的授权委托书授权不明的，应当由（　　）。

A. 被代理人对第三人承担民事责任，代理人不负责任

B. 代理人对第三人承担民事责任，被代理人不负责任

C. 被代理人对第三人承担民事责任，代理人负连带责任

D. 先由代理人对第三人承担民事责任，代理人无法承担责任的，由被代理人承担责任

二、多项选择题（本类题共 20 小题，每小题 2 分，共 40 分。每小题备选答案中，有两个或两个以上符合题意的正确答案。多选、少

选、错选、不选均不得分。）

1. 根据外国投资者并购境内企业的有关规定，下列各项中，并购一方当事人可以向商务部和国家工商行政管理总局申请审查豁免的是（　　）。

A. 可以改善环境的

B. 可以改善市场公平竞争条件的

C. 重组亏损企业并保障就业的

D. 引进先进技术和管理人才并能提高企业国际竞争力的

2. 根据中外合资经营企业法律制度的规定，中外合资经营企业的下列事项中，必须经审批机构批准的有（　　）。

A. 增加注册资本　　B. 减少注册资本

C. 聘请企业总经理　　D. 合营一方向第三者转让出资

3. 根据《公司法》的规定，股份有限公司在发生下列事项时，可以收购本公司股份的有（　　）。

A. 与持有本公司股份的其他公司合并

B. 将股份奖励给本公司职工

C. 股东因对股东大会作出的公司合并、分立决议持异议，要求公司收购其股份

D. 减少公司注册资本

4. 美籍华人张某并购境内企业，发生下列情形时，应当向商务部和国家工商行政管理总局报告的有（　　）。

A. 1年内并购国内关联行业的企业达到8个

B. 并购导致并购一方当事人在中国的市场占有率达到25%

C. 并购一方当事人当年在中国市场的营业额超过15亿人民币

D. 并购一方当事人在中国市场的占有率已经达到15%

5. 夏某以自有的价值20万元的房屋为抵押，向建设银行贷款5万元，1个月后又以该房屋为抵押，向工商银行贷款15万元，均未办理抵押物登记。如果夏某到期不能还款，该房屋拍卖所得为16万元，下列说法错误的有（　　）。

A. 拍卖所得优先偿还建设银行的贷款，剩余偿还工商银行的贷款

B. 由于贷款未办理抵押物登记，两项抵押均无效

C. 第二次抵押无效

D. 应偿还建设银行的4万元，偿还工商银行的12万元

6. 根据《合伙企业法》的有关规定，在有限合伙企业中，当有限合伙企业的财产不足以清偿其债务时，下列人员中，应对有限合伙企业的债务承担无限连带责任的有（　　）。

A. 有限合伙企业债务发生后退伙的有限合伙人

B. 有限合伙企业债务发生后新入伙的普通合伙人

C. 不参加执行有限合伙企业事务的普通合伙人

D. 有限合伙企业债务发生后新入伙的有限合伙人

7. 根据合同法的有关规定，下列说法正确的是（　　）。

A. 保管合同自保管物交付时成立，但当事人另有约定的除外

B. 保管人可以将保管物转交第三人保管

C. 有偿保管合同，因保管人保管不善造成保管物毁损、灭失的，保管人应当承担损害赔偿责任

D. 除当事人另有约定外，保管人不得使用或者许可第三人使用保管物

8. 根据我国证券法的有关规定，下列股票交易行为中，属于国家有关证券法律、法规禁止的有（　　）。

A. 甲上市公司的董事乙离职后第 4 个月，转让其所持甲公司的股票

B. 因包销购入售后剩余股票而持有丙上市公司 5%股份的丁证券公司，第 3 个月转让其所持丙公司的股票

C. 戊上市公司的收购人，在收购行为完成后的第 8 个月，转让其所购股票的 1/3

D. 庚上市公司持股 8%的股东，将其持有的庚公司股票在买入后 4 个月内卖出

9. 根据政府采购法律制度的规定，在招标采购中，下列情形中，应予废标的是（　　）。

A. 符合专业条件的供应商不足 5 家

B. 出现影响采购公正的违法、违规行为

C. 投标人的报价均超过了采购预算，采购人不能支付

D. 因重大变故，采购任务取消

10. 根据《合伙企业法》的规定，下列情形中，经其他合伙人一致同意，可以决议将其除名的有（　　）。

A. 普通合伙人张某在执行事务中有贪污合伙企业财产的行为

B. 普通合伙人李某未履行出资义务

C. 普通合伙人赵某因故意给合伙企业造成重大损失

D. 普通合伙人宋某参加了另一同类营业的合伙组织

11. 根据《票据法》的规定，下列选项中，属于因时效而致使票据权利消灭的情形有（　　）。

A. 张某持有一张本票，出票日期为 2007 年 3 月 20 日，于 2008 年 3 月 27 日行使票据的付款请求权

B. 李某持有一张为期 30 天的汇票，出票日期为 2007 年 3 月 20 日，于 2008 年 3 月 27 日行使票据的付款请求权

C. 王某持有一张见票即付的汇票，出票日期为 2006 年 3 月 20 日，于 2008 年 3 月 27 日行使票据的付款请求权

D. 赵某持有一张支票，出票日期为2006年3月20日，于2008年4月27日行使票据的付款请求权

12. 根据合同法律制度的规定，下列有关保证责任诉讼时效的表述，正确的是（　　）。

A. 一般保证中，主债务诉讼时效中断，保证债务诉讼时效不中断

B. 连带责任保证中，主债务诉讼时效中断，保证债务诉讼时效中断

C. 连带责任保证中，主债务诉讼时效中断，保证债务诉讼时效不中断

D. 一般保证中，主债务诉讼时效中断，保证债务诉讼时效中断

13. 根据国有资产管理法律制度的规定，下列情形中，事业单位应当对国有资产进行评估的是（　　）。

A. 确定诉讼资产价值

B. 整体或者部分资产租赁给非国有单位

C. 经批准事业单位整体或者部分资产无偿划转

D. 行政、事业单位下属的事业单位之间的合并、分立、清算

14. 下列关于个人独资企业的说法中，正确的有（　　）。

A. 个人独资企业不能设立分支机构

B. 个人独资企业可以家庭共有财产出资

C. 个人独资企业清偿债务时，应首先清偿所欠职工工资

D. 个人独资企业解散时，可由投资人自行清算，也可由债权人申请人民法院指定清算人进行清算

15. 根据《行政复议法》的规定，下列各项中，不能申请行政复议的有（　　）。

A. 不服行政机关作出的行政处分

B. 不服行政机关作出的人事决定

C. 不服行政机关对民事纠纷作出的调解

D. 不服行政机关作出的收回土地使用权的决定

16. 下列关于一人有限责任公司的表述中，符合《公司法》规定的是（　　）。

A. 一个自然人可以设立多个一人有限责任公司

B. 一人有限责任公司的注册资本最低限额为人民币10万元，股东应当一次足额缴纳公司章程规定的出资额

C. 一人有限责任公司应当在公司登记中注明自然人独资或者法人独资，并在公司营业执照中载明

D. 一人有限责任公司的股东不能证明公司财产独立于股东自己财产的，应当对公司债务承担连带责任

17. 下列各项中，根据《公司法》规定，不得担任公司董事的有（　　）。

A. 担任因经营不善破产清算的公司、企业的董事或者厂长、经理，自该

公司、企业破产清算完结之日起未逾3年的人

B. 担任因违法被停业整顿或被吊销营业执照的公司、企业的法定代表人，自该公司、企业被停业整顿或被吊销营业执照之日起未逾3年的人

C. 个人负债达10万元且到期仍未清偿的人

D. 因犯有贪污、贿赂、侵占财产、挪用财产罪或者破坏社会经济秩序罪，被判处刑罚，执行期满未逾5年的人

18. 根据《中外合资经营企业法》的规定，合营企业的董事会应符合以下规定（　　）。

A. 董事会的成员不得少于5人

B. 董事会每年至少应召开一次董事会议

C. 经1/3以上董事会提议，可以召开临时会议

D. 董事会会议应有2/3以上董事出席

19. 根据票据法律制度的规定，下列涉外票据的票据行为中，可以适用行为地法律的有（　　）。

A. 票据追索权行使期限的确定　B. 票据的背书

C. 票据的付款　D. 票据的承兑

20. 甲、乙、丙共同出资设立一合伙企业，在合伙企业存续期间，甲拟以其在合伙企业中的财产份额出质借款。根据合伙企业法律制度的规定，下列表述中正确的有（　　）。

A. 无需经乙、丙同意，甲可以出质

B. 经乙、丙同意，甲可以出质

C. 未经乙、丙同意，甲私自出质的，其行为无效

D. 未经乙、丙同意，甲私自出质，给善意第三人造成损失的，合伙企业应承担连带赔偿责任

三、判断题（本类题共10小题，每小题1分，共10分。每小题判断结果正确的得1分，判断结果错误的扣0.5分，不判断的不得分也不扣分。本类题最低得分为零分。）

1. 当事人不服地方人民法院第一审裁定的，有权在裁定书送达之日起15日内向上一级人民法院提起上诉。（　　）

2. 某个人独资企业投资人聘用甲管理企业事务，在个人独资企业经营中，甲有权决定将该企业的商标有偿转让给他人使用（　　）

3. 华昌公司的注册资本为人民币5000万元，法定盈余公积金累计为2500万元，该公司可以不再提取法定盈余公积金。（　　）

4. 华昌公司是一家上市公司。董事会秘书张某将公司收购计划告知同学李某，李某据此买卖该公司股票并获利10万元。该行为属于内幕交易行为。（　　）

5. 公司债券可以转让，转让价格由转让人与受让人约定。（　　）

6. 合伙企业的合伙人之间约定的债务分担比例在合伙人之间是有约束力的，

对债权人也是有约束力的。（ ）

7. 2008年10月1日，南海市工商管理部门对华昌公司作出吊销营业执照的决定，并于当日以信函方式寄出，华昌公司于10月5日收到该信函。根据我国《行政复议法》的有关规定，华昌公司对南海市工商管理部门的决定不服，那么可以在10月1日起60日内提出行政复议申请。（ ）

8. 中国某公司拟与外国某公司共同投资设立一中外合资经营企业，双方约定，企业总投资额为1200万美元，注册资本为520万美元。其中，中方出资360万美元，外方出资160万美元。各方出资自企业营业执照签发之日起6个月内一次缴清。中外双方这一约定，符合中外合资经营企业法律制度的规定。

（ ）

9. 王某为甲有限责任公司的董事兼总经理，甲公司主要经营办公家具销售业务。任职期间，王某代理乙公司从国外进口一批办公家具并将其销售给丙公司。甲公司股东会认为，王某的行为违反了公司法律制度的规定，决定将其从事上述行为所得收入收归本公司所有，甲公司股东会的决定是正确的。（ ）

10. 在政府采购合同履行中，采购人需追加与合同标的相同的货物、工程或者服务的，在不改变合同其他条款的前提下，可以与供应商协商签订补充合同，但所有补充合同的采购金额不得超过原合同采购金额的10%。（ ）

主观试题部分

四、简答题（本类题共3小题，每小题5分，共15分。）

1. 华昌公司由于生产经营的需要，将持有的三张票据分别转让。

（1）第一张票据是向建海公司开具15万元的支票，并在支票上注明，若建海公司不能按期供货，则该出票行为无效。建海公司收到票据后，将支票背书转让，建海公司未供货给华昌公司，但银行将票据款项支付给了该支票的持票人。华昌公司认为银行的代理付款行为无效。

（2）第二张票据是面值300万元的商业汇票，背书转让时注明其中110万元给荣发公司，剩余190万元给金星公司。荣发公司将收到的票据交银行承兑。银行认为该背书行为无效，拒绝付该笔款项。

（3）第三张汇票为华昌公司开出面值80万元的汇票支付红旗公司的货款，并在汇票正面注明“禁止转让”，红旗公司收到票据后又背书转让给环海公司，以抵销红旗公司所欠环海公司的货款。环海公司请求华昌公司支付票据款项时，华昌公司拒付。

问题：

（1）第一张汇票兑付中，华昌公司的观点是否正确？并说明理由。

（2）第二张汇票兑付中，银行的观点是否正确？并说明理由。

（3）第三张汇票兑付中，华昌公司的行为是否合法？并说明理由。

2. 2008年1月20日，华昌公司与建海公司签订一份买卖合同，该合同约定：华昌公司向建海公司购买5000吨螺纹钢材，每吨价格为1800元（含增值税）；并由金星公司于2008年7月20日前一次向华昌公司交货；华昌公司在合同签订之日起7日内以银行承兑汇票方式一次付清900万元价款，该银行承兑汇票的付款日期为承兑后6个月。2008年1月28日，华昌公司向其开户的工商银行申请银行承兑汇票承兑，并获该银行同意，同日开出于2008年7月28日付款、金额为900万元的银行承兑汇票。建海公司收到该汇票后，即将其背书转让给环海公司，以支付所欠货款。华昌公司为开出上述银行承兑汇票，向工商银行交付了该汇票金额50%的保证金。

2008年5月，因钢材价格上涨，金星公司以此为由而未按时向华昌公司交货。华昌公司在上述银行承兑汇票付款到期日，未按照约定在工商银行开户的账户内存足除保证金之外的900万元承兑金额。环海公司持上述银行承兑汇票请求工商银行付款时，工商银行以华昌公司未存足承兑金额为由拒绝付款。

要求：

（1）华昌公司与建海公司在合同中约定由金星公司交货是否符合规定？如果金星公司不按时交货，华昌公司应当向谁请求承担违约责任？并说明理由。

（2）工商银行拒绝向环海公司付款的理由是否成立？并说明理由。

（3）如果工商银行拒绝付款的理由不成立，根据《票据法》的规定，环海公司可以请求工商银行清偿的款项包括哪些内容？

3. 我国某空调制造厂欲引进国外先进技术生产空调，经与美国一家空调公司协商，达成共同投资开办中外合资经营企业的协议。该协议的主要内容包括，双方投资总额为400万美元，其中注册资金为200万美元；中方的空调制造厂以货币、厂房、土地使用权出资，出资额为150万美元；外方以设备和空调生产的专利技术作价100万美元作为出资，以合营企业名义向中国银行贷款150万美元作为对合资企业的投资，此笔贷款由拟设立的合营企业所在地的市财政局提供担保；在合营期内如合营双方认为有必要时，可在协商一致的基础上适当减少合营企业的注册资本；双方同意适用美国法律。

审批机构在审查合同时，提出了协议存在的问题，经修改后，签发了批准证书。后经登记，该合营企业正式成立。

要求：据上述内容，分别回答以下问题：

（1）该合资经营企业协议中存在哪些不符合法律规定的地方？

（2）假设该合营企业与国内某公司签订空调购销合同，合营企业向该公司提供空调，后因该公司拒付货款发生争议。争议双方达成仲裁协议，并一致同意适用美国法律，向国际经济贸易仲裁委员会申请仲裁。该协议是否有效？应如何处理？

（3）假定合营企业经营两年后，经董事会会议决定，从利润中拨出10万美元先行返还美国公司的投资，此决议是否正确？为什么？

（4）假定不允许外方先行收回投资，外方可否将其所持股份转让给一个英国企业？

五、综合题（本类题共1题，共10分。）

2007年2月1日，华昌房地产开发公司（以下简称“华昌公司”）与建设银行签订借款合同。该借款合同约定：借款总额为2亿元；借款期限为2年6个月；借款利率为年利率5.8%，2年6个月应付利息在发放借款之日预先一次从借款本金中扣除；借款期满时一次全额归还所借款项；借款用途为用于南海市房地产项目（以下简称南海项目）开发建设；华昌公司应当按季向建设银行提供有关财务会计报表和借款资金使用情况；任何一方违约，违约方应当向守约方按借款总额支付1%的违约金。

在华昌公司与建设银行签订上述借款合同的同时，建设银行与华昌公司和建海公司分别签订了抵押合同和保证合同。建设银行与华昌公司签订的抵押合同约定：华昌公司以正在建造的南海项目作为抵押，如果华昌公司不能按时偿还借款或不能承担违约责任，建设银行有权用抵押的南海项目变现受偿。建设银行与建海公司签订的保证合同约定：如果华昌公司不能按时偿还借款或不能承担违约责任，而用华昌公司抵押的南海项目变现受偿后仍不足以补偿建设银行遭受的损失时，建海公司保证承担相应的补偿责任。

建设银行依照约定于2007年2月6日向华昌公司发放借款，并从发放的借款本金中扣除了2年6个月的借款利息。2008年4月5日，建设银行从华昌公司提供的相关财务会计资料中发现华昌公司将借款资金挪作他用，遂要求华昌公司予以纠正，华昌公司以借款资金应当由自己自行支配为由未予纠正。同年5月，建设银行通知华昌公司，要求华昌公司提前偿还借款，华昌公司以借款尚未到期为由拒绝偿还借款。同年8月，建设银行向人民法院提起诉讼；要求解除借款合同，并要求华昌公司提前偿还借款，将用于抵押的南海项目变现受偿，同时要求建海公司承担保证责任。

经查：华昌公司实际投入南海项目的资金为3800万元，挪用资金15000万元；南海项目经评估后的可变现价值为3500万元；南海项目建设取得了一切合法的批准手续，但在抵押时未办理抵押登记；建海公司是华昌公司控股的子公司，建海公司与建设银行签订保证合同时未获除华昌公司之外的其他股东认可，并隐瞒了与华昌公司的关联关系。

要求：根据上述事实，回答下列问题：

（1）借款合同约定借款利息预先从借款本金中扣除是否符合有关规定？如何

处理？

（2）根据上述提示内容，华昌公司应当如何向建设银行支付利息？

（3）建设银行与华昌公司签订的抵押合同是否有效？并说明理由。

（4）建设银行与建海公司签订的保证合同是否有效？并说明理由。

（5）建设银行可否要求解除借款合同？并说明理由。

（6）建设银行可否要求建海公司承担民事责任？为什么？

2009 年《经济法》全真模拟题（四）

客观试题部分

一、单项选择题（本类题共 25 小题，每小题 1 分，共 25 分。每小题备选答案中，只有一个符合题意的正确答案。多选、错选、不选均不得分。）

1. 根据我国《仲裁法》的规定，下列纠纷中可以适用《仲裁法》规定的仲裁程序解决的是（　　）。

A. 家庭成员的财产继承纠纷　　B. 医院和患者的纠纷

C. 租赁合同纠纷　　D. 劳资争议纠纷

2. 华昌公司是一家中外合资经营企业，2008 年底投资总额为 1200 万美元，根据我国中外合资经营企业法律制度的规定，该中外合资经营企业的注册资本不得低于（　　）万美元。

A. 250　　B. 300

C. 400　　D. 500

3. 设立有限责任公司必须报经批准的，应当自批准之日起（　　）日内向公司登记机关申请设立登记。

A. 15　　B. 35

C. 40　　D. 90

4. 王海和李明在谈论个人独资企业法的有关规定时，讲到以下内容，其中不正确的有（　　）。

A. 个人独资企业可以设立分支机构

B. 个人独资企业解散时，可由投资人自行清算，也可由债权人申请人民法院指定清算人进行清算

C. 个人独资企业解散清偿债务时，所欠职工工资和社会保险费用应作为第一顺序清偿

D. 设立个人独资企业时，投资人可以以个人财产出资，也可以家庭其他成员的财产作为个人出资

5. 中国华昌公司与英国建海公司拟在中国境内共同投资设立一家中外合资经营企业，在其拟订的中外合资经营企业合同中，有关其出资方式部分的提法，符合《中外合资经营企业法》的有（　　）。

A. 华昌公司以已设定抵押的厂房作为出资

B. 华昌公司以一项技术难度较大的劳务作为出资

C. 建海公司以合营企业名义租赁的机器设备作为出资

D. 建海公司以其境外的母公司为担保人向英国某银行取得的贷款作为出资

6. 华昌公司是一家上市公司，经批准增发新股，会计师张某受聘为该公司增发新股的行为出具审计报告。此次增发新股的承销期自2008年9月1日起至10月31日止，则会计师张某在（　　）期间不得买卖该公司的股票。

A. 2008年9月1日～2008年11月30日

B. 2008年11月1日～2009年5月1日

C. 2008年9月1日～2009年1月31日

D. 2008年9月1日～2009年4月30日

7. 下列关于个人独资企业的说法中，正确的是（　　）。

A. 个人独资企业虽然不具备法人资格，但可以独立承担民事责任

B. 个人独资企业的投资人对企业的债务承担无限责任

C. 个人独资企业的投资人可以劳务作为出资

D. 投资人可以家庭其他成员的财产作为个人出资

8. 2008年4月30日，甲到某商店买衣服，该商店故意隐瞒实情，将一件有隐蔽质量问题的衣服卖给了甲，甲仔细检查后未发现。5月6日甲穿该服装上班，单位同事发现该服装存在质量问题。甲找商店退货，被拒绝。于是甲于6月1日向人民法院起诉了该商店。根据《民法通则》的规定，下述观点正确的是（　　）。

A. 甲的诉讼时效期间为2年

B. 诉讼时效期间自2008年4月30日开始计算

C. 诉讼时效自甲向人民法院提起诉讼时中止

D. 诉讼时效自甲向人民法院提起诉讼时中断

9. 个人独资企业投资人王某聘用叶某管理事务，同时对叶某的职权予以限制，凡叶某对外签订超过10万元的合同，须经王某同意。2008年8月5日叶某未经王某同意，与善意第三人华昌公司签订了一份12万元的买卖合同。该合同（　　）。

A. 为可撤销合同，可请示人民法院予以撤销

B. 无效，如果给王某造成损害，由叶某承担民事赔偿责任

C. 有效，如果给王某造成损失，由叶某承担民事赔偿责任

D. 无效，经王某追认后有效

10. 根据合同法律制度的规定，由于债权人的原因，债务人无法向债权人交付合同标的物时，可以将该标的物交给提存部门，从而消灭债务。在标的物提存后，标的物毁损、灭失风险责任的承担者是（　　）。

A. 债权人　　　　B. 债务人

C. 债权人和债务人　　　　D. 提存部门

11. 张某、赵某双方签订的购销合同约定，必须执行政府的定价，2008年7月10日合同签订时政府定价为每吨0.8万元。2008年7月政府的平均定价为每吨0.6万元，2008年10月5日为合同履行日，此时政府定价为每吨0.7万元，赵某按期供货。2008年10月20日张某才付款，此时政府定价为每吨0.5万元，则张某应按照每吨（　　）万元付款。

A. 0.8　　B. 0.7
C. 0.5　　D. 0.6

12. 发起人以外的投资者持有一个上市公司已发行股份的（　　）时，继续进行收购的，应当向该公司所有股票持有人发出收购要约。

A. 60%　　B. 40%
C. 20%　　D. 30%

13. 宋某到红星家具城购买家具，看中了红星公司生产的红木家具一件。因宋某所带现金不足，双方达成协议：价款1200元，张某预付订金200元，红星公司保证3天内将货送到宋某家。双方在该家具上做了标记。当晚，家具城失火，该家具被焚，则下列说法正确的是（　　）。

A. 由宋某承担，宋某应补交所欠货款1000元
B. 由红星公司承担，红星公司应退还宋某预付订金200元
C. 由宋某、红星公司双方平均分担，宋某不补交货款，红星公司不退还订金
D. 主要由红星公司承担，宋某也应适当承担损失

14. 下列关于合伙企业成立时间的表述中，符合合伙企业法律制度规定的是（　　）。

A. 合伙人提出设立申请之日为合伙企业的成立日期
B. 合伙人足额缴纳出资之日为合伙企业的成立日期
C. 合伙企业营业执照签发之日为合伙企业的成立日期
D. 合伙企业办理税务登记之日为合伙企业的成立日期

15. 2008年1月1日，张某拒绝向李某支付到期租金，李某忙于事务一直未向张某主张权利。2008年6月20日，李某因出差遇险无法行使请求权的时间为30天。根据《民法通则》的有关规定，李某请求人民法院保护其权利的诉讼时效期间是（　　）。

A. 自2008年1月1日至2008年12月31日
B. 自2008年1月1日至2009年1月20日
C. 自2008年1月1日至2009年1月30日
D. 自2008年1月1日至2010年1月20日

16. 中外双方共同出资设立中外合资经营企业，投资总额2500万美元，注册资本为1000万美元，外方控股60%，选择分期出资，则外方投资者的最后一

期出资应自该合营企业营业执照颁发之日起（ ）内交清。

A. 3 年　　B. 2 年

C. 4 年　　D. 5 年

17. 供应商认为采购文件、采购过程和中标、成交结果使自己的权益受到损害的，可以在知道或者应知其权益受到侵害之日起（ ）个工作日内，以书面形式向采购人提出质疑。

A. 10　　B. 7

C. 15　　D. 45

18. 甲向乙背书转让面额为 50 万元的汇票作为购买房屋的价款，乙接受汇票后背书转让给丙。如果甲与乙之间的房屋买卖合同被协议解除，则甲可以行使的权利为（ ）。

A. 请求乙返还汇票

B. 请求乙返还 50 万元现金

C. 请求从乙处受让汇票的丙返还汇票

D. 请求付款人停止支付票据上的款项

19. 对虚报注册资本构成犯罪的，处 3 年以下有期徒刑或者拘役，并可以并处或者单处的罚金为（ ）。

A. 已经缴纳的注册资本额

B. 虚报注册资本金额的 1%以上 5%以下

C. 虚报注册资本金额的 3%以上 10%以下

D. 未缴纳的注册资本额的 1%以上 5%以下

20. 甲、乙在 X 地签订合同，将甲在 Y 地的一栋房产出租给乙。后因乙未按期支付租金，双方发生争议。甲到乙住所地人民法院起诉后，又到 Y 地人民法院起诉。Y 地人民法院于 3 月 5 日予以立案，乙住所地人民法院于 3 月 8 日予以立案。根据民事诉讼法律制度的规定，该案件的管辖法院应当是（ ）。

A. 甲住所地人民法院　　B. 乙住所地人民法院

C. X 地人民法院　　D. Y 地人民法院

21. 某股份有限公司注册资本 5000 万元，法定公积金已累计提取 600 万元。2008 年度公司实现税后利润 1000 万元，则该公司 2008 年度应当提取的法定公积金数额为（ ）万元。

A. 50　　B. 100

C. 500　　D. 0

22. 某债务人在不转移其房产占有的情况下，将该房产作为债权的担保。该种担保方式在法律上称为（ ）。

A. 抵押　　B. 质押

C. 保证　　D. 留置

23. 根据票据法律制度的规定，支票的下列记载事项中，可由出票人授权补记是（　　）。

A. 付款人名称　　B. 出票日期

C. 收款人名称　　D. 出票人签章

24. 人民法院受理了华昌公司的破产案件，受理之前，华昌公司与建海公司曾签订了一项买卖合同，华昌公司向建海公司发出货物，建海公司向华昌公司支付80万元的货款，但双方截至人民法院受理破产案件时仍未履行，管理人接管企业后，要求建海公司履行该合同，为此，华昌公司承担的发货义务属于（　　）。

A. 普通债务　　B. 破产费用

C. 共益债务　　D. 管理人执行职务的费用

25. 根据《证券投资基金法》的规定，下列有关证券投资基金发行和交易的表述中，正确的是（　　）。

A. 开放式基金可以在销售机构的营业场所销售及赎回，也可以上市交易

B. 申请上市基金的基金持有人不得少于800人

C. 基金上市后发生基金合同期限届满的情形将暂停上市

D. 封闭式基金的基金份额可以在证券交易所交易，但基金份额持有人不得申请赎回

二、多项选择题（本类题共20小题，每小题2分，共40分。每小题备选答案中，有两个或两个以上符合题意的正确答案。多选、少选、错选、不选均不得分。）

1. 根据《证券投资基金法》的规定，封闭式基金申请上市的条件包括（　　）。

A. 基金合同期限在5年以上

B. 基金募集金额不低于2亿元

C. 基金的募集符合《证券投资基金法》的规定

D. 基金持有人不少于1000人

2. 甲投资设立A个人独资企业，委托乙管理企业事务，授权乙可以决定20万元以下的交易。乙以A企业的名义向丙购买30万元的商品。丙不知甲对乙的授权限制，依约供货。A企业未按期付款，由此发生争议。在下列选项中，不符合个人独资企业法律规定的是（　　）。

A. A企业向丙购买商品的行为有效，应履行付款义务

B. 乙仅对20万元以下的交易有决定权，A企业向丙购买商品的行为无效

C. 甲向丙出示乙的授权委托书后，可不履行付款义务

D. 甲只付款20万元，其余款项丙只能要求乙支付

3. 根据《企业破产法》的规定，破产申请应以书面的形式提出。破产申请书应当载明的事项有（　　）。

A. 债权性质及数额

B. 有无债权财产担保的证据

C. 债权债务的由来

D. 债务人不能清偿到期债务的事实和理由

4. 合营一方向第三者转让全部或部分出资的，下列说法正确的是（ ）。

A. 必须经合营他方同意

B. 转让全部出资应经他方同意，转让部分出资可以不经他方同意

C. 应当经审批机构批准

D. 合营他方有优先购买权

5. 根据《企业破产法》规定，下列各项中，人民法院应当裁定终止重整程序，并宣告债务人破产的情形有（ ）。

A. 破产企业的重整计划草案未获得通过且未依照《企业破产法》的规定获得批准

B. 破产企业的重整计划草案已通过但未依照《企业破产法》的规定获得批准

C. 破产企业的重整计划草案未获得通过但依照《企业破产法》的规定通过批准

D. 破产企业的重整计划草案已获得通过并依照《企业破产法》的规定通过批准

6. 根据《票据法》的规定，下列各项中，票据的持票人可以行使追索权的有（ ）。

A. 汇票被拒绝承兑　　B. 支票被拒绝付款

C. 汇票付款人死亡　　D. 本票付款人被宣告破产

7. 下列选项中，属于一人有限责任公司与其他有限责任公司不同之处的有（ ）。

A. 关于股东出资可否分期缴付的规定

B. 关于年终财务报告是否须经会计师事务所审计的规定

C. 关于股东是否承担有限责任的规定

D. 关于注册资本最低限额的规定

8. 下列有关诉讼时效的表述中，不正确的是（ ）。

A. 诉讼时效期间从权利人的权利被侵害之日起计算

B. 权利人提起诉讼是诉讼时效中止的法定事由之一

C. 只有在诉讼时效期间的最后 6 个月内发生诉讼时效中止的法定事由，才能中止时效的进行

D. 诉讼时效中止的法定事由发生之后，已经经过的时效期间统归无效

9. 下列有关票据背书的表述中，正确的有（ ）。

A. 部分转让股票权利的背书无效

B. 分别转让票据权利的背书无效

C. 背书人在背书时记载“不得转让”字样的，被背书人再行背书无效

D. 背书附条件的，背书无效

10. 中外合作经营企业成立后，改为委托合作各方以外的第三人经营管理的，应当履行的程序是（　　）。

A. 报审批机关批准

B. 报工商行政管理机关备案

C. 向工商行政管理机关办理变更登记手续

D. 必须经董事会或者联合管理委员会一致同意

11. 根据公司法律制度的规定，股份有限公司发生下列情形时，应当召开临时股东大会的有（　　）。

A. 董事人数不足公司章程所定人数1/2时

B. 公司未弥补的亏损达到股本总额的1/3时

C. 持有公司股份5%的股东请求时

D. 监事会提议召开时

12. 根据合同法律制度的规定，下列各项中，属于无效合同的有（　　）。

A. 恶意串通损害国家利益的合同　B. 损害社会公共利益的合同

C. 显失公平的合同　D. 以合法形式掩盖非法目的的合同

13. 下列合同中，属于《合同法》调整范围的有（　　）。

A. 借款合同　B. 运输合同

C. 供用电合同　D. 劳动合同

14. 下列各项中，可以作为经济法律关系客体的有（　　）。

A. 土地使用权　B. 发明

C. 劳务　D. 产品

15. 某股份有限公司召开股东大会，拟对公司合并事宜作出表决。在股东大会表决时可能出现的下列情形中，能使公司合并决议得以通过的有（　　）。

A. 出席会议的股东所持表决权的60%同意

B. 出席会议的股东所持表决权的70%同意

C. 出席会议的股东所持表决权的80%同意

D. 出席会议的股东所持表决权的90%同意

16. 下列关于合伙企业与个人独资企业法律特征的表述中，正确的有（　　）。

A. 合伙企业与个人独资企业都不是企业法人

B. 合伙企业与个人独资企业的出资人都对企业债务承担有限责任

C. 合伙企业与个人独资企业都没有法定最低注册资本的限制

D. 合伙企业与个人独资企业的出资人都只能是自然人

17. 根据《证券法》的规定，上市公司发生的下列情形中，应终止其股票上

市的有（ ）。

A. 经营状况严重恶化，最近3年连续亏损，在限期内未能消除

B. 公司被宣告破产

C. 被行政主管部门依法处罚

D. 公司不按规定公开其财务状况，且拒绝纠正

18. 某股份有限公司于2001年10月10日成立，甲为该公司的发起人之一，但未担任公司任何职务。2005年10月10日，甲被选为公司监事。2008年10月10日甲监事任期届满，未能连任，亦未担任公司其他职务，甲拟转让其所持有的该公司股份。下列转让时间中，符合《公司法》规定的有（ ）。

A. 甲在2004年8月10日转让股份

B. 甲在2004年10月11日转让股份

C. 甲在2006年11月20日转让股份

D. 甲在2008年10月20日转让股份

19. 根据《行政诉讼法》的规定，下列各项中，不应当提起行政诉讼的有（ ）。

A. XX直辖市部分市民认为市政府新颁布的《道路交通管理办法》侵犯了他们的合法权益

B. 某税务局工作人员吴某认为税务局对其作出的记过处分违法

C. 李某认为某公安局对其罚款的处罚决定违法

D. 某商场认为某教育局应当偿还所欠的购货款

20. 某个人独资企业决定解散，并进行清算。该企业财产状况如下：企业尚有可用于清偿的财产10万元；欠缴税款3万元，欠职工工资1万元；欠社会保险费用0.5万元；欠甲公司到期债务5万元；欠乙未到期债务2万元。根据《个人独资企业法》的规定，该个人独资企业在清偿所欠税款前，应先行清偿的款项有（ ）。

A. 所欠职工工资1万元　　B. 所欠社会保险费用0.5万元

C. 所欠甲公司到期债务5万元　　D. 所欠乙未到期债务2万元

三、判断题（本类题共10小题，每小题1分，共10分。每小题判断结果正确的得1分，判断结果错误的扣0.5分，不判断的不得分也不扣分。本类题最低得分为零分。）

1. 公司债券可以转让，转让价格由转让人与受让人约定；公司债券在证券交易所上市交易的，按照证券交易所的交易规则转让。 （ ）

2. 如果公司连续5年不向股东分配利润，其股东可以请求公司按照合理的价格收购其股权。 （ ）

3. 股份有限公司依法向200人的特定对象发行证券属于公开发行证券。（ ）

4. 公司股东大会、董事会的决议内容违反法律、行政法规或公司章程的，

决议无效。（ ）

5. 张某签发一张金额为10万元的本票交收款人李某，李某背书转让给王某，王某将本票金额改为12万元后转让给夏某，夏某又背书转让给宋某。如果宋某向张某请求付款，张某只应支付10万元，宋某所受损失2万元应向王某和夏某请求赔偿。（ ）

6. 只有在诉讼时效期间的最后6个月内经权利人向人民法院申请，才能中止时效的进行。（ ）

7. 股票发行采用代销方式，代销期限届满，向投资者出售的股票数量未达到拟公开发行股票数量50%的，为发行失败。（ ）

8. 张某、李某、王某三位合伙人成立合伙企业，约定各自按1/3的比例享受合伙企业的收益，并分摊合伙企业的债务，这一规定对本合伙企业的所有债权人均有效。（ ）

9. 破产法上的和解协议必须经债务人和所有债权人意思表示一致才能成立。（ ）

10. 在有限合伙企业中，有限合伙人可以按照合伙协议的约定向合伙人以外的人转让其在有限合伙企业中的财产份额，但须经其他合伙人一致同意。（ ）

主观试题部分

四、简答题（本类题共3小题，每小题5分，共15分。）

1. 华昌公司是一家上市公司，2008年发生下列事项：

（1）该公司注册资本为10亿元，法定公积金为2亿元。5月份，经董事会一致决议，将一半公积金转增为公司资本。

（2）直到7月上旬，公司才将上年度财会报告提交给证监会和证交所并公告。该报告经注册会计师验证，并由董事长王某签署。经证监会审查，该报告严重虚报利润。

（3）8月份，该公司更换新的财务软件并将其生成的税务资料提交给税务局，结果被处以5万元罚款。

要求：

（1）增加注册资本的决议是否合法，为什么？

（2）指出要点（2）中存在哪些与法律不符的问题？

（3）从要点（3）的内容看，该公司和主管税务机关的做法是否合法，为什么？

2. 2008年1月18日，荣昌商贸有限责任公司（以下简称荣昌公司）从龙腾公司购进一批货物，同时向龙腾公司开具一张商业承兑汇票，用于货款结算。

荣昌公司开具商业承兑汇票时，将付款人填写为“荣晶商贸有限责任公司”，出票日期填写为“贰零零捌年壹月拾捌日”，收款人未填写。后经财务部小胡核对，发现付款人名称填写有误，小胡遂将“晶”字改为“昌”字，交予龙腾公司。

要求：根据上述情况和票据法律制度的有关规定，回答下列问题：

(1) 荣昌公司开具商业承兑汇票未填写收款人名称是否影响该票据效力？简要说明理由。

(2) 指出荣昌公司在汇票出票日期填写中的错误，并写出正确的填写格式。

(3) 指出荣昌公司在更改付款人名称行为中的不当之处，简要说明理由。

3. 华昌公司是一家电脑生产企业，2007 年 8 月，建海公司向华昌公司订购电脑 100 台，每台价格 7200 元，交货期限为 2008 年 8 月，同时，双方在合同中约定建海公司向华昌公司预付定金 30 万元。如果一方违约，违约金为 10%。合同的履行方式为华昌公司送货。双方合同签订后，建海公司依照规定，及时汇去了 30 万元定金。2008 年 6 月，电脑的市场价格下降，销路不好。2008 年 8 月，为了避免电脑积压，建海公司向华昌公司提出减少订货量，由合同规定的 100 台减少为 50 台。对于建海公司提出的要求，华昌公司予以拒绝。2008 年 8 月，华昌公司将 100 台电脑及时送交建海公司，建海公司只支付了其中的 50 台货款，对于其余的 50 台电脑，建海公司拒绝支付货款，坚持要求退货，双方发生纠纷。

要求：根据上述情况，回答下列问题：

(1) 建海公司是否可以减少电脑的订货量？为什么？

(2) 如果建海公司的行为构成违约，应当向华昌公司支付的违约金是多少？

(3) 如果建海公司的行为构成违约，对建海公司支付的定金应当如何处理？

(4) 如果建海公司的行为构成违约，华昌公司是否有权要求建海公司同时支付违约金和定金？为什么？

(5) 如果双方在合同的履行费用上约定不明确，本合同的履行费用应当由哪一方承担？为什么？

五、综合题（本类题共 1 题，共 10 分。）

华昌公司和建海公司两公司采用合同书形式订立了一份买卖合同，双方约定由华昌公司向建海公司提供 100 台电子设备，华昌公司于 8 月 31 日以前交货，并负责将货物运至建海公司，建海公司在收到货物后 10 日内付清货款。合同订立后双方均未签字盖章。7 月 28 日，建海公司与金星运输公司订立货物运输合同，双方约定由金星公司将 100 台电子设备运至建海公司。8 月 1 日，金星公司先运了 70 台电子设备至建海公司，建海公司全部收到，并于 8 月 8 日签发一张见票后 1 个月付款的银行承兑汇票给华昌公司，将 70 台电子设备的货款付清。

8月12日华昌公司在与红旗公司的买卖合同中将承兑后的汇票背书转让给红旗公司，8月15日，持票人红旗公司向银行提示付款，银行以“华昌公司在背书转让时未记载背书日期”为由拒绝付款。

8月20日，华昌公司掌握了建海公司转移财产、逃避债务的确切证据，随即通知金星公司暂停运输其余30台电子设备，并通知建海公司中止交货，要求建海公司提供担保；建海公司及时提供了担保。8月26日，华昌公司通知金星公司将其余30台电子设备运往建海公司，金星公司在运输途中发生交通事故，30台电子设备全部毁损，致使华昌公司8月31日前不能按时全部交货。

9月5日，建海公司要求华昌公司承担违约责任。

要求：

（1）华昌公司和建海公司订立的买卖合同是否成立？并说明理由。

（2）银行拒绝付款的理由是否成立？并说明理由。

（3）华昌公司8月20日中止履行合同的行为是否合法？并说明理由。

（4）建海公司9月5日要求华昌公司承担违约责任的行为是否合法？并说明理由。

（5）金星公司对货物毁损应承担什么责任？并说明理由。

2009年《经济法》全真模拟题（五）

客观试题部分

一、单项选择题（本类题共25小题，每小题1分，共25分。每小题备选答案中，只有一个符合题意的正确答案。多选、错选、不选均不得分。）

1. 张某与李某就货物买卖合同另外签订了一份仲裁协议，在履行货物买卖合同中发生了争议，但在准备申请仲裁时，张某和李某对仲裁协议的效力均存在着异议，则下列说法中正确的是（　　）。

A. 一方就该仲裁协议的效力请求仲裁委员会作出决定，另一方请求人民法院作出裁定的，由人民法院裁定

B. 由于仲裁协议是双方当事人自愿订立的，因此当事人对仲裁协议不允许出现异议

C. 双方只能就该仲裁协议的效力请求人民法院作出裁定

D. 双方只能就该仲裁协议的效力请求仲裁委员会作出决定

2. 张某、李某、王某、赵某共同出资设立了一有限责任公司，注册资本为60万元，下列说法错误的是（　　）。

A. 公司决定不设监事会，由王某和赵某担任监事

B. 如果张某担任执行董事，还可以同时兼任监事

C. 该公司的注册资本是符合规定的

D. 因公司的经营规模较小，所以公司决定不设立董事会，由张某担任执行董事

3. 根据《企业破产法》的规定，破产财产在清偿破产费用和共益债务后首先予以清偿的是（　　）。

A. 破产企业所欠银行贷款　　B. 破产企业所欠职工工资

C. 破产企业所欠银行罚息　　D. 破产企业所欠税款

4. 上市公司对其发生的，可能对上市公司股票交易价格产生较大影响而投资者未得知的重大事件，应根据《证券法》规定向有关部门报告并予公告，下列各项中属于上市公司重大事件的是（　　）。

A. 公司遭受的损失达到净资产的5%

B. 公司2%的董事发生变动

C. 持有公司3%股份的股东持股情况发生变动

D. 公司的经营方针和经营范围发生重大变化

5. 根据《合同法》的规定，下列情形中，要约没有发生法律效力的是（ ）。

A. 撤回要约的通知与要约同时到达受要约人

B. 撤销要约的通知在受要约人发出承诺通知之前到达

C. 同意要约的通知到达要约人

D. 受要约人对要约的内容作出实质性变更

6. 甲与乙订立买卖合同，合同到期，甲按约定交付了货物，但乙以资金紧张为由迟迟不支付货款。之后，甲了解到，乙借给丙的一笔款项已到期，但乙一直不向丙催讨欠款，于是，甲向人民法院请求以甲的名义向丙催讨欠款。甲请求人民法院以自己的名义向丙催讨欠款的权利在法律上称为（ ）。

A. 代位权　　B. 不安抗辩权

C. 撤销权　　D. 后履行抗辩权

7. 根据有关规定，申请上市的封闭式基金，基金募集金额不得低于（ ）亿元。

A. 1　　B. 2

C. 3　　D. 5

8. 根据我国证券法的有关规定，下列各项说法中正确的是（ ）。

A. 发起人持有的本公司股份，自公司成立1年内不得转让

B. 为股票发行出具审计报告的专业人员，在该股票承销期内，不得买卖该种股票

C. 为上市公司出具审计报告的专业人员，自接受上市公司委托之日起至上述文件公开后15日内，不得买卖该种股票

D. 在上市公司收购中，收购人所有的被收购的上市公司股票，在收购行为完成后的3个月内不得转让

9. 华昌股份有限公司共发行股份3000万股，每股享有平等的表决权。公司拟召开股东大会对另一公司合并的事项作出决议。在股东大会表决时可能出现的下列情形中，能使决议得以通过的是（ ）。

A. 出席大会的股东共持有2400万股，其中持有1500万股的股东同意

B. 出席大会的股东共持有1800万股，其中持有1000万股的股东同意

C. 出席大会的股东共持有1500万股，其中持有900万股的股东同意

D. 出席大会的股东共持有2700万股，其中持有1900万股的股东同意

10. 下列有关仲裁事项的表述中，不符合仲裁法律制度规定的是（ ）。

A. 申请仲裁的当事人必须有仲裁协议

B. 仲裁庭由1名或3名仲裁员组成

C. 仲裁庭可以自行收集证据

D. 仲裁均公开进行

11. 2007年3月10日张某以其一座房屋为抵押，与李某签订为期1年的借

款合同。2008 年 2 月 10 日，李某将张某抵押的房产作为标的与赵某签订买卖合同，张某得知后对此表示反对，按照法律规定，李某、赵某双方所签订的合同在效力上属于（　　）。

A. 不可撤销合同　　B. 无效合同

C. 可撤销合同　　D. 效力待定合同

12. 外国 W 公司收购中国境内华昌公司部分资产，价款为 180 万美元，并以该资产作为出资与建海公司于 2007 年 4 月 1 日设立了一家中外合资经营企业。A 公司支付华昌公司购买金的下列方式中，符合中外合资经营企业法律制度规定的是（　　）。

A. W 公司于 2007 年 6 月 30 日向华昌公司支付 90 万美元，2008 年 3 月 30 日支付 90 万美元

B. W 公司于 2007 年 9 月 30 日向华昌公司支付 100 万美元，2008 年 6 月 30 日支付 80 万美元

C. W 公司于 2007 年 9 月 30 日向华昌公司一次支付 180 万美元

D. W 公司以 2007 年 6 月 30 日向华昌公司一次支付 180 万美元

13. 下列有关上市公司收购的表述，符合《证券法》规定的是（　　）。

A. 被收购公司不得向收购人提供任何形式的财务资助

B. 收购人持有的被收购上市公司的股票，在收购行为完成后的 10 个月内不得转让

C. 在收购要约确定的承诺期限内，收购人不得变更其收购要约

D. 收购期限届满，其余仍持有被收购公司股票的股东，有权向收购人以收购要约的同等条件出售其股票，收购人应当收购

14. 华昌公司于 2008 年 8 月 1 日通过报纸发布广告，称其有某型号的电脑出售，每台售价 8000 元，随到随购，数量不限，广告有效期至 8 月 31 日。建海公司委托张某携带金额 16 万元的支票于 8 月 28 日到华昌公司购买电脑，但华昌公司称广告所述电脑已全部售完。建海公司为此受到一定的经济损失。根据我国合同法律制度的规定，在下列表述中正确的是（　　）。

A. 华昌公司的广告构成要约，建海公司的行为构成承诺，华昌公司不承担违约责任

B. 华昌公司的广告构成要约，建海公司的行为构成承诺，华昌公司应当承担违约责任

C. 华昌公司的广告不构成要约，建海公司的行为不构成承诺，华昌公司不承担民事责任

D. 华昌公司的广告构成要约，建海公司的行为不构成承诺，华昌公司不承担民事责任

15. 注册会计师张某、李某、王某投资设立诚信会计师事务所，该会计师事务所的形式为特殊的普通合伙企业。后张某在对华昌上市公司的年度会计报告进

行审计的过程中，因接受华昌公司的贿赂出具了虚假的审计报告，经人民法院判决承担赔偿责任。根据我国《合伙企业法》的有关规定，下列各项中对该债务责任的承担表述正确的是（　　）。

A. 张某承担无限责任或者无限连带责任，其他合伙人以其在合伙企业中的财产份额为限承担责任

B. 张某以其在合伙企业中的财产份额为限承担责任，其他合伙人承担无限连带责任

C. 全体合伙人以其在合伙企业中的财产份额为限承担责任

D. 全体合伙人承担无限连带责任

16. 中国华昌公司拟与外国M公司共同投资设立一家中外合资经营企业。双方约定，企业总投资额为1200万美元，注册资本为520万美元。其中，中方出资360万美元，外方出资160万美元。各方出资自企业营业执照签发之日起6个月内一次缴清。下列有关该约定的说法正确的是（　　）。

A. 投资总额与注册资本的比例不符合规定，但是外国投资者的出资比例和出资期限均符合规定

B. 外国投资者的出资比例不符合规定，但是其出资期限和投资总额与注册资本的比例符合规定

C. 投资总额与注册资本的比例、外国投资者的出资比例以及出资期限均不符合规定

D. 中外双方这一约定符合中外合资经营企业法律制度的规定

17. 取得乙级资格的政府采购代理机构的代理权限受到一定的限制，其代理的单项政府采购项目预算金额只能在（　　）。

A. 1000万元以下　　B. 2000万元以下

C. 3000万元以下　　D. 5000万元以下

18. 根据《合同法》的规定，下列财产中，可以用于抵押的财产范围有（　　）。

A. 耕地、集体所有的土地使用权

B. 抵押人依法承包并经发包方同意抵押的荒山

C. 学校等以公益为目的的事业单位

D. 依法被法院查封的财产

19. 根据《公司法》的规定，下列人员中，可以担任有限责任公司监事的是（　　）。

A. 本公司董事　　B. 本公司经理

C. 本公司财务负责人　　D. 本公司股东

20. 甲公司对外负债300万元，甲公司将一部分优良资产分离去另成立乙公司，甲、乙公司和债权人对于清偿300万元债务的问题没有协议。根据《公司法》的规定，下列关于公司分立后300万元债务清偿责任的表述中，正确的

是（ ）。

A. 应当由乙公司一方承担清偿责任

B. 应当由甲公司一方承担清偿责任

C. 应当由甲公司和乙公司按约定比例承担清偿责任

D. 应当由甲公司和乙公司承担连带清偿责任

21. 李某对甲市A区国家税务局的某一具体行政行为不服，决定申请行政复议。根据《行政复议法》的规定，受理李某申请的行政复议机关应当是（ ）。

A. A区人民政府　　B. 甲市国家税务局

C. A区国家税务局　　D. 甲市人民政府

22. 某个人独资企业的投资人以家庭共有财产作为出资，根据《个人独资企业法》的规定，下列关于投资人应对个人独资企业债务承担责任的表述中，正确的是（ ）。

A. 投资人以其个人财产承担无限责任

B. 投资人以其出资额为限承担责任

C. 投资人以家庭共有财产承担无限责任

D. 投资人以企业财产为限承担责任

23. 华昌公司于2008年1月1日从农业银行贷款800万元，期限为9个月，但双方在借款合同中没有约定支付利息的期限，在依照《合同法》有关规定仍不能确定的情况下，华昌公司支付利息的期限为（ ）。

A. 每季度的最后1日支付

B. 2008年9月1日到期返还借款时一并支付

C. 2008年12月31日支付利息

D. 每月的最后1日支付

24. 采用公开招标方式进行政府采购的，自招标文件开始发出之日起至投标人提交投标文件截止之日止，不得少于（ ）日。

A. 15　　B. 20

C. 45　　D. 90

25. 根据规定，采购文件的保存期限为从采购结束之日起至少保存（ ）年。

A. 3　　B. 5

C. 15　　D. 20

二、多项选择题（本类题共20小题，每小题2分，共40分。每小题备选答案中，有两个或两个以上符合题意的正确答案。多选、少选、错选、不选均不得分。）

1. 根据规定，下列各项中，适用诉讼时效期间为4年的事项是（ ）。

A. 出售质量不合格的商品未声明的　　B. 技术进出口合同

C. 寄存财物被丢失或损毁的　　D. 国际货物买卖合同

2. 股份有限公司申请其股票上市的条件有（　　）。

A. 股票已经核准公开发行

B. 公司股本总额不少于人民币2000万元

C. 向社会公开发行的股份必须达公司股份总数的30%以上

D. 公司最近3年无重大违法行为

3. 根据我国《合伙企业法》的有关规定，所谓合伙企业的特征包括下列（　　）选项的内容。

A. 只能由自然人依法设立

B. 合伙企业包括普通合伙企业和有限合伙企业

C. 合伙协议依法由全体合伙人协商一致、以书面形式订立

D. 普通合伙人对合伙企业债务承担无限连带责任，有限合伙人以其认缴的出资额为限对合伙企业债务承担责任

4. 按照我国有关法律的规定，有些外商投资企业的组织形式可以为有限责任公司，经批准也可以为其他责任形式。组织形式不一定或不可能为有限责任公司的外商投资企业是（　　）。

A. 中外合作经营企业　　B. 外资企业

C. 外资企业在中国境内的分支机构　　D. 中外合资经营企业

5. 根据我国破产法的有关规定，下列属于破产费用的是（　　）。

A. 破产案件的诉讼费用

B. 破产前所欠的某公司债务

C. 管理人执行职务的费用、报酬和聘用工作人员的费用

D. 债务人财产因无人管理所产生的债务

6. 根据《合同法》的有关规定，下列各项中，属于不得撤销要约的情形有（　　）。

A. 要约人确定了承诺期限　　B. 要约人明示要约不可撤销

C. 受要约人已对要约作出承诺　　D. 要约已经到达受要约人

7. 下列股票交易行为中，属于国家有关证券法律、法规禁止的有（　　）。

A. 华昌上市公司的董事张某，在任职期间的1年内转让其所持华昌公司30%的股票

B. 华海证券公司的从业人员李某，在任职期间，买卖建海上市公司的股票，华海证券公司从业人员李某与建海公司无任何关联关系

C. 为华昌股份有限公司2008年度会计报表出具审计报告的会计师事务所的注册会计师王某，在审计报告公布后的第3日，转让其所持有的华昌公司的股票

D. 为华昌股份有限公司首次发行股票出具审计报告的诚信会计师事务所的注册会计师赵某，在该公司股票承销期满后的第12个月，买卖该公司的股票

8. 根据规定，下列各项中，属于无效票据的有（　　）。

A. 更改金额的票据

B. 更改收款人名称的票据

C. 中文大写金额和阿拉伯数码金额不一致的票据

D. 更改出票日期的票据

9. 以下各项属于要约失效的情形有（　　）。

A. 拒绝要约的通知到达要约人

B. 要约人依法撤销要约

C. 受要约人对要约的内容作出实质性变更

D. 要约中确定的承诺期限届满，受要约人未作出承诺

10. 通过证券交易所的交易，投资者及其一致行动人拥有权益的股份达到一个上市公司已发行股份的5%时，下列说法中正确的有（　　）。

A. 应在事实发生之日起3日内编制权益变动报告书

B. 应向证券交易所提交书面报告

C. 应向中国证监会提交书面报告

D. 在报告后的10日内，不得再次买卖上市公司的股票

11. 根据中外合资经营企业法的有关规定，下列各事项中，必须经出席董事会会议的董事一致通过的是（　　）。

A. 合营企业章程的修改　　B. 合营企业的终止、解散

C. 合营企业注册资本的增加、减少　　D. 资产抵押事项

12. 根据我国《担保法》的规定，下列各项中，属于留置担保范围的有（　　）。

A. 实现留置权的费用　　B. 留置物保管费用

C. 损害赔偿金　　D. 主债权及利息

13. 根据规定，下列的政府采购行为中，适用我国《政府采购法》规定的是（　　）。

A. 香港特别行政区政府采购货物

B. 我国境内团体组织使用财政资金采购法定的货物

C. 因严重自然灾害，国家实施的紧急采购行为

D. 我国境内事业单位使用财政资金采购法定的货物

14. 荣发公司委托建海公司购买一批货物，建海公司不收取报酬。根据我国合同法的有关规定，下列表述中正确的是（　　）。

A. 建海公司有权请求荣发公司偿还为处理委托事务所支付的必要费用，但建海公司无权要求给付该必要费用的利息

B. 建海公司经荣发公司同意，转委托第三人处理委托事务的，建海公司仅就第三人的选任及其对第三人的指示承担责任

C. 建海公司因过错给荣发公司造成损失，荣发公司可以要求赔偿损失

D. 建海公司、荣发公司可以随时解除双方之间的委托合同关系

15. 根据中外合资经营企业法律制度的规定，下列各项中，注册资本与投资总额符合规定的有（　　）。

A. 注册资本150万美元，投资总额200万美元

B. 注册资本300万美元，投资总额620万美元

C. 注册资本700万美元，投资总额1500万美元

D. 注册资本1500万美元，投资总额3900万美元

16. 第二审法院对上诉案件经过审理后所作出的下列裁决中，正确的有（　　）。

A. 原判决适用法律错误，裁定撤销原判决，发回原审法院重审

B. 原判决认定事实错误，裁定撤销原判决，发回原审法院重审

C. 原判决违反法定程序，可能影响案件正确判决，裁定撤销原判决，发回原审法院重审

D. 原判决认定事实清楚，适用法律正确，判决驳回上诉，维持原判决

17. 根据规定，下列有关中外合作经营企业组织形式和组织机构的表述中，不正确的是（　　）。

A. 合作企业的组织形式为有限责任公司

B. 合作企业的权力机构为联合管理委员会

C. 合作企业的负责人由主管部门任命

D. 合作企业的总经理负责企业日常经营管理工作

18. 政府采购的投诉人对政府采购监督管理部门的投诉处理决定不服或者政府采购监督管理部门逾期未做处理的，可以采取的救济途径有（　　）。

A. 申请仲裁　　B. 向人民法院提起诉讼

C. 向人民法院提起申诉　　D. 申请行政复议

19. 甲公司为有限责任公司。根据公司法律制度的规定，下列各项中，属于甲公司解散事由的有（　　）。

A. 甲公司章程规定的营业期限届满

B. 甲公司被丁公司吸收合并

C. 经代表2/3以上表决权的股东同意，甲公司股东会通过了解散公司的决议

D. 甲公司成立后自行停业连续6个月以上

20. 荣丰公司向农业银行借款，建海公司为担保人。人民法院受理建海公司破产申请后，农业银行申报了债权。根据企业破产法律制度的规定，下列表述正确的有（　　）。

A. 建海公司的担保义务从申请破产之日起终止

B. 农业银行以建海公司承担的担保债额为破产债权

C. 农业银行在参加破产分配后可就其未受清偿的债权向荣丰公司要求清偿

D. 如果农业银行未申报债权，建海公司所承担的担保义务从债权期限届满之日起终止

三、判断题（本类题共10小题，每小题1分，共10分。每小题判断结果正确的得1分，判断结果错误的扣0.5分，不判断的不得分也不扣分。本类题最低得分为零分。）

1. 中外合营企业在合营期内，任何情况下都不得减少其注册资本。（ ）

2. 企业内部组织没有独立法律地位，不能以自己的名义对外从事生产经营活动，因而，企业内部组织不能成为经济法律关系的主体。（ ）

3. 投资人在设立个人独资企业登记申请书上注明是以家庭共有财产出资的，应依法以家庭共有财产对企业债务承担无限责任。（ ）

4. 有限合伙企业的有限合伙人不可以同本有限合伙企业进行交易。（ ）

5. 张某、李某、王某三人设立有限责任公司，注册资本为600万元，张某以货币200万元出资，李某以商标权评估作价150万元出资，王某以专利权作价50万元和货币200万元出资，该有限责任公司的出资是符合规定的。（ ）

6. 荣丰公司是一家上市公司，2008年未弥补亏损达到股本总额的20%，根据《公司法》的规定，该上市公司应当在15日内召开临时股东大会。（ ）

7. 在合伙企业经营期间，不可以修改或者补充合伙协议，合伙人享有的权利、承担的义务，依照合伙协议确定。（ ）

8. 根据中外合作经营企业法的规定，中外合作经营企业的注册资本为2000万美元，则外方的出资至少为200万美元。（ ）

9. 破产法贯彻对债权人公平清偿的原则，破产财产在优先清偿破产费用和共益债务后，对所欠职工工资和税款，均按同一比例予以清偿。（ ）

10. 2006年4月华昌股份有限公司成功发行了三年期公司债券3000万元，两年期公司债券500万元。该公司截至2008年5月31日的净资产额为8000万元，计划于2008年6月再次发行公司债券：根据有关规定，该公司此次发行公司债券额最多不得超过200万元。（ ）

主观试题部分

四、简答题（本类题共3小题，每小题5分，共15分。）

1. 甲、乙签订了一份买卖合同，合同约定：甲将一批木板卖给乙，乙于收到货物后一定期限内付款。为了保证合同履行，经乙与甲、丙协商同意，甲又与

丙签订了一份质押合同。质押合同约定，丙以其可转让商标专用权出质为乙担保（已向有关部门办理了出质登记），当乙不能履行合同义务时，由丙承担质押担保责任。

合同生效后，甲依约将木板运送至乙所在地，乙认为木板质量不合标准，要求退货。由于甲、乙签订的买卖合同中没有明确规定标的物质量要求，于是甲与乙协商，建议乙改变该批木板的用途，同时向乙承诺适当降低木板的售价。乙同意甲的建议，但要求再延期一个月付款，甲同意了乙的要求。

在此期间甲因资金周转困难，遂要求丙履行担保责任，丙以乙的付款期限未到为由拒绝履行。于是甲将合同权利转让给丁，同时通知了乙、丙。

乙、丁经协商达成协议，乙给丁开出并承兑了一张商业承兑汇票。汇票到期后，丁持该汇票向银行要求付款，因乙在该银行账户上的资金不足银行不予支付。

要求：根据上述事实及有关法律规定，回答下列问题：

（1）甲、乙签订的买卖合同中对标的物的质量要求在没有约定的情况下，应如何确定标的物质量的履行规则？

（2）甲、丁之间的合同权利转让行为是否符合法律规定？并说明理由。

（3）甲将合同权利转让给丁后，丙对甲承担的质押担保责任是否对丁有效？并说明理由。

（4）丁在汇票不获付款后，可以行使何种票据权利？行使的程序是什么？

2. 2008年6月1日，华昌上市公司（以下简称“华昌公司”）因在财务会计报告中做虚假记载，致使中小投资者在股票交易中遭受重大损失，被中国证券监督管理委员会查处。中国证监会在对华昌公司的检查中，还发现下列事实：

（1）华昌公司多次以自己为交易对象，进行不转移所有权的自买自卖，影响该公司股票的交易价格和成交量。

（2）2008年1月10日，华昌公司董事会讨论通过对建海上市公司的收购方案，董事张某第二天将该收购方案透露给自己的大学同学夏某，夏某根据该信息在对华昌公司股票的短线操作中获利50万元。

（3）2008年2月1日，注册会计师赵某接受华昌公司的委托，为华昌公司的年度报告出具审计报告，华昌公司的年度报告于2008年3月1日公布。3月10日，赵某将自己于2008年1月20日买入的华昌公司股票全部卖出，获利20万元。

2008年6月1日，中国证监会对甲公司作出罚款200万元的决定。6月5日，投资者李某在对华昌公司的诉讼中胜诉，人民法院判决华昌公司赔偿李某的证券交易损失300万元。因华昌公司财产不足以同时支付罚款和民事赔偿责任，中国证监会向华昌公司提出应首先缴纳罚款。

要求：根据以上事实和我国《公司法》、《证券法》的规定，分析回答下列问题：

(1) 指出本题要点（1）中华昌公司的行为属于何种行为？并说明理由。

(2) 董事张某的行为是否符合法律规定？并说明理由。

(3) 注册会计师赵某的行为是否符合法律规定？并说明理由。

(4) 如果华昌公司对中国证监会的处罚决定不服，可以进行何种申诉？

(5) 因华昌公司提供虚假的财务会计报告，中小投资者的损失应如何处理？

(6) 中国证监会的主张是否成立？并说明理由。

3. 2007年，荣丰公司欠缴税款200万元，税务机关责令荣丰公司限期缴纳，但荣丰公司仍未按期缴纳税款。2008年3月，经批准，税务机关决定对荣丰公司采取税收强制执行措施。在强制执行过程中，税务机关发现下列情况：

(1) 荣丰公司于2006年1月1日向建设银行贷款300万元，贷款期限为1年，该笔贷款为信用贷款。由于荣丰公司拒绝偿还到期贷款，建设银行于2007年4月1日向人民法院提起诉讼，人民法院判决建设银行胜诉，要求荣丰公司于2007年4月21日～4月30日期间内归还建设银行贷款本息合计310万元，但荣丰公司仍拒绝履行还贷义务，建设银行于2007年12月25日向人民法院申请强制执行。

(2) 荣丰公司于2005年1月1日向工商银行贷款200万元，贷款期限为2年，荣丰公司以自己的机器设备作为抵押，并于2005年1月10日办理了抵押登记手续。2007年1月荣丰公司拒绝偿还到期贷款。

(3) 荣丰公司于2007年2月1日向农业银行贷款300万元，贷款期限为1个月，荣丰公司以100万元的公司债券作为质押。2007年3月荣丰公司拒绝偿还到期贷款。

(4) 工商行政管理机关于2007年1月4日依法对荣丰公司处于50万元的罚款，荣丰公司尚未缴纳该笔罚款。

(5) 荣丰公司于2007年10月8日主动放弃对建海公司的到期债权100万元。

(6) 荣丰公司怠于行使对金星公司的到期债权100万元。

要求：根据以上事实和我国《税收征收管理法》、《民事诉讼法》和《合同法》的规定，回答下列问题：

(1) 建设银行如对荣丰公司提起诉讼，说明具体的诉讼时效期间。

(2) 建设银行向人民法院申请执行的时间是否符合法律规定？并说明理由。

(3) 税务机关对建设银行是否享有税收优先权？并说明理由。

(4) 税务机关对工商银行是否享有税收优先权？并说明理由。

(5) 税务机关对农业银行是否享有税收优先权？并说明理由。

(6) 税务机关对工商行政管理机关的罚款是否享有税收优先权？并说明

理由。

（7）税务机关能否向人民法院申请撤销荣丰公司放弃到期债权的行为？并说明理由。

（8）税务机关能否向人民法院申请代位行使对金星公司的到期债权？并说明理由。

（9）税务机构行使代位权和撤销权后，荣丰公司尚未履行的纳税义务能否免除？并说明理由。

五、综合题（本类题共1题，共10分。）

张某、李某、王某拟共同出资设立华昌有限责任公司（以下简称华昌公司），并共同制定了公司章程草案。该公司章程草案有关要点如下：

（1）公司注册资本总额为600万元。各方出资数额、出资方式以及缴付出资的时间分别为：张某出资180万元，其中货币出资70万元、计算机软件作价出资110万元，首次货币出资20万元，其余货币出资和计算机软件出资自公司成立之日起1年内缴足；李某出资150万元，其中机器设备作价出资100万元、特许经营权出资50万元，自公司成立之日起6个月内一次缴足；王某以货币270万元出资，首次货币出资90万元，其余出资自公司成立之日起2年内缴付100万元，第3年缴付剩余的80万元。

（2）公司的董事长由张某委派，副董事长由李某委派，经理由王某提名并经董事会聘任，经理作为公司的法定代表人。在公司召开股东会会议时，出资各方行使表决权的比例为：张某按照注册资本30%的比例行使表决权；李某、王某分别按照注册资本35%的比例行使表决权。在公司召开股东会会议时，应提前25日通知全体股东。

（3）公司需要增加注册资本时，出资各方按照在股东会行使表决权的比例优先认缴出资；公司分配红利时，出资各方依照以下比例进行分配：张某享有红利25%的分配权；李某享有红利40%的分配权；王某享有红利35%的分配权。

（4）公司不设监事会，由李某担任监事。

要求：根据上述内容，分别回答下列问题：

（1）公司出资人的首次出资总额是否符合公司法的有关规定？并说明理由。

（2）公司出资人的货币出资总额是否符合公司法的有关规定？并说明理由。

（3）张某以计算机软件和李某以特许经营权出资的方式是否符合有关规定？并分别说明理由。

（4）张某、李某、王某分期缴纳出资的时间是否符合公司法的有关规定？并分别说明理由。

（5）公司董事长、副董事长的产生方式是否符合公司法的有关规定？并说明理由。

(6) 公司的法定代表人由经理担任是否符合公司法的有关规定？并说明理由。

(7) 公司的首次股东会由谁召集和主持？并说明理由。

(8) 公司章程规定的出资各方在公司股东会会议上行使表决权的比例是否符合公司法的有关规定？并说明理由。

(9) 公司召开股东会会议时的通知时间是否符合公司法的有关规定？并说明理由。

(10) 公司章程规定增加注册资本时，不按照出资比例优先认缴出资是否违反公司法的有关规定？并说明理由。

(11) 公司章程规定的出资各方分红比例是否符合公司法的有关规定？并说明理由。

(12) 公司章程规定不设监事会是否符合公司法的有关规定？并说明理由。

第三部分　历年考题和全真模拟题参考答案及解析

2004年全国会计专业技术资格考试《经济法》参考答案及解析

一、单项选择题

1.【答案】D

【解析】根据外商投资企业法律制度的规定，投资总额在300万～420万美元的，注册资本至少应为210万美元。则外方至少出资210－105＝105万美元。

2.【答案】B

【解析】根据《公司法》的规定，股份有限公司申请其股票上市交易的，如果公司股本总额超过人民币4亿元的，则向社会公众发行股份的比例为10%以上。

3.【答案】C

【解析】根据公司法律制度的规定，股份有限公司的财务会计报告应当在召开股东大会年会的20日前置备于公司，供股东查阅；公开发行股票的股份有限公司必须公告其财务会计报告。

4.【答案】B

【解析】根据破产法的有关规定，银行应与其他债权人按相同的清偿率受偿。

5.【答案】C

【解析】此题所涉及内容新破产法已有变化。根据新破产法的规定，人民法院受理破产申请的同时，指定全面接管破产企业的破产管理人。

6.【答案】D

【解析】此题所涉及内容，新破产法已有变化。根据新破产法的规定，第一次债权人会议以后的债权人会议，在人民法院认为必要时，或者管理人，债权人委员会，占债权总额1/4以上的债权人向债权人会议主席提议时召开。

7.【答案】C

【解析】选项A，收款人名称为汇票的绝对必要记载事项，如未记载则汇票无效；选项B，汇票上未记载付款日期的，为见票即付；选项D，汇票上未记载付款地的，付款人的营业场所、住所或经常居住地为付款地。

8.【答案】A

【解析】根据《票据法》的规定，本票是见票付款的票据，谈不上到期日。

9.【答案】C

【解析】公司申请公司债券上市交易，应当符合下列条件：①公司债券的期限为1年以上；②公司债券实际发行额不少于人民币5000万元；③公司申请债券上市时仍符合法定的公司债券发行条件。

10.【答案】D

【解析】代理关系终止后未采取必要的措施而使第三人仍然相信行为人有代理权，并与之进行法律行为的，属于表见代理，被代理人应当承担民事责任，即合同是有效的。

11.【答案】B

【解析】根据《合同法》的规定，承诺通知到达要约人时生效。

12.【答案】B

【解析】此题所涉及内容已不是考试内容。

13.【答案】A

【解析】此题所涉及内容已不是考试内容。

14.【答案】A

【解析】此题所涉及内容已不是考试内容。

15.【答案】A

【解析】此题所涉及内容已不是考试内容。

16.【答案】D

【解析】此题所涉及内容已不是考试内容。

17.【答案】B

【解析】根据《仲裁法》的规定，平等主体的公民、法人和其他组织之间发生的合同纠纷和其他财产纠纷，可以仲裁。与人身有关的婚姻、收养、监护、扶养、继承纠纷是不能进行仲裁的。另外，由于劳动争议和农村集体经济组织内部的农业承包合同纠纷也不是《仲裁法》调整的范围。

18.【答案】D

19.【答案】C（按照新规定，则无正确答案）

【解析】此题所涉及内容，新合伙企业法已有变化 。按照新的规定，合伙企业的利润分配、亏损分担，按照合伙协议的约定办理；合伙协议未约定或者约定不明确的，由合伙人协商决定 ；协商不成的，由合伙人按照实缴出资比例分配、分担；无法确定出资比例的，由合伙人平均分配、分担。

20.【答案】A

【解析】此题所涉及内容已不是考试内容。

二、多项选择题

1.【答案】 ABCD

【解析】 根据《合伙企业法》的规定，除合伙协议另有约定外，合伙企业的下列事项应当经全体合伙人一致同意：①改变合伙企业的名称；②改变合伙企业的经营范围、主要经营场所的地点；③处分合伙企业的不动产；④转让或者处分合伙企业的知识产权和其他财产权利；⑤以合伙企业名义为他人提供担保；⑥聘任合伙人以外的人担任合伙企业的经营管理人员。

2.【答案】 BCD

【解析】 此题所涉及内容，新企业破产法已有变化，根据新的《企业破产法》规定，债权人会议行使下列职权：①核查债权；②申请人民法院更换管理人，审查管理人的费用和报酬；③监督管理人；④选任和更换债权人委员会成员；⑤决定继续或者停止债务人的营业；⑥通过重整计划；⑦通过和解协议；⑧通过债务人财产的管理方案；⑨通过破产财产的变价方案；⑩通过破产财产的分配方案；⑪人民法院认为应当由债权人会议行使的其他职权。

3.【答案】 ABC

【解析】 此题所涉及内容，新企业破产法已有变化，根据新的《企业破产法》，破产申请受理时属于债务人的全部财产，以及破产申请受理后至破产程序终结前债务人取得的财产，为债务人财产。债务人被宣告破产后，债务人称为破产人，债务人财产称为破产财产。选项D应视为所欠职工工资处理。

4.【答案】 CD

【解析】 根据《票据法》的规定：选项A，背书人在汇票上记载“不得转让”字样，其后手再背书转让的，原背书人对后手的被背书人不承担保证责任；选项B，背书时附有条件的，所附条件不具有汇票上的效力，即不影响背书行为本身的效力，被背书人仍可依该背书取得票据权利。

5.【答案】 AB

【解析】 支票的绝对必要记载事项包括：①表明“支票”的字样；②无条件支付的委托；③确定的金额；④付款人名称；⑤出票日期；⑥出票人签章。选项C，付款地是支票的相对必要记载事项；选项D，支票限于见票即付，不得另行记载付款日期，否则，该记载无效。

6.【答案】 BD

【解析】《合同法》规定，合同中未约定履行地点的，给付货币的在接受货币一方所在地履行；交付不动产的，在不动产所在地履行；其他标的物在履行义务一方所在地履行。

7.【答案】 CD

【解析】此题所涉及内容已不是考试内容。

8.【答案】AD

【解析】此题所涉及内容已不是考试内容。

9.【答案】CD

【解析】此题所涉及内容已不是考试内容。

10.【答案】AC

【解析】此题所涉及内容已不是考试内容。

11.【答案】ABCD

【解析】此题所涉及内容已不是考试内容。

12.【答案】AC

【解析】经济法律关系的客体包括物、经济行为、非物质财富（智力成果、道德产品和经济信息等）。自然灾害和战争属于法律事件。

13.【答案】ABCD

【解析】此题所涉及内容已不是考试内容。

14.【答案】BCD

【解析】根据《合伙企业法》的规定，合伙企业有下列情形之一的，应当解散：①合伙期限届满，合伙人决定不再经营；②合伙协议约定的解散事由出现；③全体合伙人决定解散；④合伙人已不具备法定人数满 30 天；⑤合伙协议约定的合伙目的已经实现或者无法实现；⑥依法被吊销营业执照、责令关闭或者被撤销；⑦法律、行政法规规定的其他原因。

15.【答案】ABD

【解析】《公司法》规定，有限责任公司的股东向股东以外的人转让股权，应当经其他股东过半数同意。其他股东半数以上不同意转让的，不同意的股东应当购买该转让的股权，不购买的，视为同意转让。

三、判断题

1.【答案】√

【解析】《公司法》规定，公司不得收购本公司股份，但是，有下列情形之一的除外：①减少公司注册资本；②与持有本公司股份的其他公司合并；③将股份奖励给本公司职工；④股东因对股东大会作出的公司合并、分立决议持有异议，要求公司收购其股份的。

2.【答案】×

【解析】对支付利息的期限没有约定或者约定不明确的，当事人可以协议补充；不能达成补充协议的，借款期间不满 1 年的，应当在返还借款时一并支付；借款期间在 1 年以上的，应当在每届满 1 年时支付，剩余期间不满 1 年的，应当在返还借款时一并支付。

3.【答案】×

【解析】此题所涉及内容已不是考试内容。

4.【答案】×

【解析】此题所涉及内容已不是考试内容。

5.【答案】×

【解析】此题所涉及内容已不是考试内容。

6.【答案】√

【解析】此题所涉及内容已不是考试内容。

7.【答案】×

【解析】法人对行政机关作出的冻结财产等行政强制措施不服的，可以直接申请行政复议，也可以提起行政诉讼。

8.【答案】√

【解析】根据《外商投资企业法》及《公司法》的有关规定，外国投资者以工业产权、专有技术作价出资，其作价金额不得超过外资企业注册资本的20%。

9.【答案】×

【解析】《合伙企业法》规定，对于普通合伙企业，新入伙的合伙人对其入伙前的合伙企业债务承担无限连带责任；对于有限合伙企业，新入伙的有限合伙人对入伙前有限合伙企业的债务，以其认缴的出资额为限承担责任。

10.【答案】√

【解析】此题所涉及内容已不是考试内容。

四、计算分析题

1.【答案】

（此题所涉及内容已不是考试内容。）

（1）当期进项税额＝(800×50＋600×100)×17%＝17000（元）

当期销项税额＝(177840＋19890)÷(1＋17%)×17%＋2223÷(1＋17%)×120×17%＋(14391÷5%)÷(1＋17%)×17%＋163800÷(1＋17%)×17%＝133110（元）

当期应纳税额＝133110－17000－6110＝110000（元）

（2）该商场提供空调安装服务不缴纳营业税。根据规定，从事货物的生产、批发或者零售的企业，发生混合销售行为，视同销售货物，应当一并征收增值税。

2.【答案】

（此题所涉及内容已不是考试内容。）

（1）计算土地增值税

扣除项目金额＝5000＋3000＋150＋990＋800＋1600＝11540（万元）

土地增值额＝18000－11540＝6460（万元）

土地增值额/扣除项目金额＝6460/11540＝55.98％，故税率为40％。

应纳土地增值税＝11540×50％×30％＋(6460－11540×50％)×40％＝2007（万元）

(2) 应纳营业税＝(18000＋200＋100＋20)×5％＝916（万元）

五、简答题

1.【答案】

(1) 丙公司在提示付款时，付款人不应付款。根据规定，付款人在付款时，必须承担审查义务，其中之一是审查汇票上诸项背书是否连续，如果背书不连续，付款人应拒绝付款。在本题中，甲公司将汇票背书给乙公司时，甲公司应为背书人，乙公司应为被背书人，银行的工作人员C将两个公章盖反了，导致背书不连续，故付款人应拒绝付款。

(2) 背书的绝对应记载事项包括：背书人的签章、被背书人的名称。

2.【答案】

(此题所涉及内容已不是考试内容。)

(1) 该企业的行为属于偷税行为，不构成犯罪。

(2) 应承担的法律责任：由税务机关追缴其少缴的税款、滞纳金，并处以少缴税款50％以上5倍以下的罚款。

六、综合题

1.【答案】

(1) 天山公司董事会的通知时间不符合规定。根据规定，董事会会议应当于会议召开10日以前通知全体董事。在本题中，董事长3月10日提议于3月15日召开董事会会议不符合规定。

(2) 天山公司的“公司债券发行方案”符合规定。根据规定，累计债券总额不超过公司净资产的40％。在本题中，该公司累计债券总额将达到3000万元(1000＋2000)，未超过公司净资产8000万元的40％。

(3) 天山公司股东会作出的增资决议不符合规定。根据规定，有限责任公司增加注册资本的，必须经代表2/3以上表决权的股东通过。在本题中，天山公司股东会对增资方案进行表决时，3家赞成增资的股东所代表的表决权仅为58.40％，未达到2/3的法定要求。

(4) 对于经理王某擅自将公司资金5万元借给其亲属开办公司的行为，根据《公司法》的规定，董事、经理将公司资金借贷给他人的，责令退还公司的资金，由公司给予处分，将其所得收入归公司所有。构成犯罪的，依法追究刑事责任。

2.【答案】

(1) 如果甲公司到期不支付机床保管费，乙仓库可以行使留置权。

(2) 甲、丁公司之间的转让合同有效。根据规定，抵押期间，抵押人未经抵押权人同意，不得转让抵押财产。本题中只是通知了抵押权人，故转让合同无效。

(3) 甲公司可以中止履行合同。根据规定，当事人互负债务，有先后履行顺序的，先履行的一方有确切证据证明另一方丧失履行债务能力时，可以行使不安抗辩权，即在对方没有履行或者没有提供担保之前，有权中止合同履行。

(4) 甲公司可以解除合同。根据规定，在中止履行合同后，如果对方在合理期限内未恢复履行能力并且未提供适当担保的，中止履行合同的一方可以解除合同。

2005年全国会计专业技术资格考试《经济法》参考答案及解析

一、单项选择题

1.【答案】B

【解析】合伙企业的损益分配是以出资比例分配的，所以刘某在退货的时候，应退还的财产数额是3×2/5=1.2万元。

2.【答案】C

【解析】根据《公司法》的有关规定，合并决议属于股份有限公司的特别决议事项，需要经出席股东大会的股东所持表决权的2/3以上通过。

3.【答案】B

【解析】依据《中外合资经营企业法》的规定，合营企业的投资总额在300万美元以下（含300万美元）的，其注册资本至少应占投资总额的7/10。即300×7/10=210万美元。

4.【答案】B

【解析】此题所涉及内容已不是考试内容。

5.【答案】D

【解析】根据《中外合作经营企业法》的有关规定，合作企业的组织形式可以是有限责任公司，也可以是一种合伙关系，故选项A错误；具备法人资格的合作企业，设立董事会，不具备法人资格的合作企业，设立联合管理委员会，故选项B错误；合作企业的负责人是董事长，其产生办法由合作企业章程规定，故选项C错误。

6.【答案】B

【解析】此题所涉及内容，新企业破产法已有变化。根据新的企业破产法律制度的规定，人民法院受理破产申请后，应由管理人接管破产企业，管理人对人民法院负责并报告工作。

7.【答案】A

8.【答案】D

【解析】依据《票据法》的规定，票据的出票人签章属于绝对必要记载事项，出票地和付款地属于相对必要记载事项。

9.【答案】B

【解析】根据《票据法》的有关规定，被追索人包括出票人、背书人和其他债务人，但不能向付款人的继承人追索。

10.【答案】C

【解析】此题所涉及内容，新证券法已有变化。根据新证券法的规定，公司债券上市交易后，公司有下列情形之一的，由证券交易所决定暂停其公司债券上市交易：①公司有重大违法行为；②公司情况发生重大变化不符合公司债券上市条件；③公司债券所募集资金不按照核准的用途使用；④未按照公司债券募集办法履行义务；⑤公司最近2年连续亏损。

11.【答案】A

【解析】此题所涉及内容已不是考试内容。

12.【答案】A

【解析】此题所涉及内容已不是考试内容。

13.【答案】A

【解析】此题所涉及内容已不是考试内容。

14.【答案】B

【解析】此题所涉及内容已不是考试内容。

15.【答案】B

【解析】此题所涉及内容已不是考试内容。

16.【答案】A

【解析】此题所涉及内容已不是考试内容。

17.【答案】B

【解析】此题所涉及内容已不是考试内容。

18.【答案】C

【解析】此题所涉及内容已不是考试内容。

19.【答案】D

【解析】此题所涉及内容已不是考试内容。

20.【答案】D

【解析】此题所涉及内容已不是考试内容。

21.【答案】B

【解析】此题所涉及内容已不是考试内容。

22.【答案】D

【解析】此题所涉及内容已不是考试内容。

23.【答案】C

【解析】宪法是国家的根本大法，由全国人民代表大会制定，具有最高的法律效力。

24.【答案】A

【解析】根据《仲裁法》的有关规定，裁决应按多数仲裁员的意见作出，少数仲裁员的不同意见可以记入笔录。如果题目说的是不能形成一致意见，那么就可以理解为每个人都有一个意见，谁也不赞同谁的，即仲裁庭不能形成多数意见时，那么就以首席仲裁员的意见为准。

25.【答案】A

【解析】个人独资企业是独立的民事主体，可以自己的名义从事民事活动，故选项A正确；个人独资企业不具有法人资格，不能独立承担民事责任，故选项B错误；个人独资企业的投资人对企业的债务承担无限责任，故选项C错误；个人独资企业的投资人只能是中国公民，故选项D错误。

二、多项选择题

1.【答案】CD

【解析】根据《公司法》的有关规定：股东向股东以外的人转让股权，应当经其他股东过半数同意，故选项A和B错误；不同意转让的股东应当购买该转让的股权，如果不购买该转让的出资，视为同意转让，故选项C和D正确。

2.【答案】ABCD

【解析】根据《公司法》的有关规定，董事会的职权是按照合营企业章程的规定，讨论决定合营企业的一切重大问题，包括：企业发展规划、生产经营活动方案、收支预算、利润分配、劳动工资计划、停业，以及总经理、副总经理、总工程师、总会计师、审计师的任命或聘请及其职权和待遇等。

3.【答案】ABCD

【解析】此题所涉及内容，新企业破产法已有变化。根据新企业破产法的规定，第一次债权人会议由人民法院召集并主持，以后的债权人会议在人民法院认为必要时，或者管理人、债权人委员会、占债权总额1/4以上的债权人向债权人会议主席提议时召开。

4.【答案】ACD

【解析】此题所涉及内容已不是考试内容。

5.【答案】ABD

【解析】此题所涉及内容已不是考试内容。

6.【答案】ABCD

【解析】此题所涉及内容已不是考试内容。

7.【答案】ABD

【解析】根据《票据法》的有关规定，我国的票据包括汇票、本票和支票三种。发票不属于票据法调整的范围。

8.【答案】BCD

【解析】汇票的绝对必要记载事项包括：①表明“汇票”的字样；②无条件支付的委托；③确定的金额；④付款人名称；⑤收款人名称；⑥出票日期；⑦出票人签章。上述绝对必要记载事项缺一则票据无效。票据金额以中文大写和数码同时记载，两者必须一致，不一致时，票据无效。选项A，付款日期是汇票的相对必要记载事项，汇票上未记载付款日期的，为见票即付。

9.【答案】ACD

【解析】要约的撤销是指要约人在要约生效后、受要约人承诺前，使要约丧失法律效力的意思表示。法律规定的两种不得撤销要约的情形：①要约人确定了承诺期限或者以其他形式明示要约不可撤销；②受要约人有理由认为要约是不可撤销的，并已经为履行合同做了准备工作。

10.【答案】ACD

【解析】此题所涉及内容已不是考试内容。

11.【答案】ABD

【解析】此题所涉及内容已不是考试内容。

12.【答案】ACD

【解析】此题所涉及内容已不是考试内容。

13.【答案】AB

【解析】此题所涉及内容已不是考试内容。

14.【答案】ABC

【解析】此题所涉及内容已不是考试内容。

15.【答案】ABCD

【解析】此题所涉及内容已不是考试内容。

16.【答案】ABCD

【解析】此题所涉及内容已不是考试内容。

17.【答案】ABCD

【解析】此题所涉及内容已不是考试内容。

18.【答案】BC

【解析】根据《个人独资企业法》的有关规定，个人独资企业投资人可以自行管理企业事务，也可以委托或者聘用其他具有民事行为能力的人负责企业的事务管理。投资人对受托人或者被聘用的人员职权的限制，不得对抗善意第三人。

19.【答案】BD

【解析】《合伙企业法》规定，合伙人有下列情形之一的，当然退伙：①作为合伙人的自然人死亡或者被依法宣告死亡；②个人丧失偿债能力；③作为合伙人的法人或者其他组织依法被吊销营业执照、责令关闭、撤销，或者被宣告破产；④法律规定或者合伙协议约定合伙人必须具有相关资格而丧失该资格；⑤合伙人在合伙企业中的全部财产份额被人民法院强制执行。选项A和C属于被合伙企业除名的情形。

20.【答案】ABC

【解析】《公司法》规定，股份有限公司股东大会作出修改公司章程、增加或者减少注册资本的决议，以及公司合并、分立、解散或者变更公司形式的决议，必须经出席会议的股东所持表决权的2/3以上通过。

三、判断题

1.【答案】×

【解析】根据《中外合资经营企业法》及其实施条例的规定，合营企业出资额的转让必须具备如下条件，才能具有法律效力：①合营企业出资额的转让须经合营各方同意；②合营企业出资额的转让须经董事会会议通过后，报原审批机关批准；③合营企业一方转让其全部或部分出资额时，合营他方有优先购买权。

2.【答案】×

【解析】此题所涉及内容，新企业破产法已有变化。

3.【答案】√

【解析】出票人的禁止背书应记载在汇票的正面。如果收款人或者持票人将出票人做此背书的汇票转让，该转让不发生票据法上的效力，而只具有普通债权让与的效力，出票人对受让人不承担票据责任。在这里，考生要注意，不要把出票人的禁止背书和背书人的禁止背书弄混淆了。

4.【答案】√

【解析】依据法律规定，为上市公司出具审计报告、资产评估报告或者法律意见书等文件的证券服务机构和人员，自接受上市公司委托之日起至上述文件公开后5日内，不得买卖该种股票。

5.【答案】√

【解析】此题所涉及内容已不是考试内容。

6.【答案】×

【解析】此题所涉及内容已不是考试内容。

7.【答案】√

【解析】此题所涉及内容已不是考试内容。

8.【答案】√

【解析】经济法的渊源包括：①宪法；②法律；③法规；④规章；⑤民族自治地方的自治条例和单行条例，以及特别行政区的法；⑥司法解释；⑦国际条约、协定。

9.【答案】×

【解析】根据《个人独资企业法》的规定，个人独资企业的投资人在申请企业设立登记时明确以家庭共有财产作为个人出资的，应当依法以家庭共有财产对企业债务承担无限责任，没有明确的，就不能以家庭共有财产对企业债务承担责任。

10.【答案】√

【解析】根据《公司法》的有关规定，未经股东会或者股东大会同意，公司的董事不得利用职务便利为自己或者他人谋取属于公司的商业机会，自营或者为他人经营与所任职公司同类的业务，否则，所得的收入应当归公司所有。

四、简答题

1.【答案】

(1) 丁的观点不正确。根据《合同法》的有关规定，当事人对保证方式没有约定或者约定不明确的，按照连带责任保证承担保证责任。本题中B公司与丁的保证未约定保证方式，所以丁应承担连带责任保证。

(2) 甲欠戊的2万元债务与戊欠A企业的2万元债务不能抵销。根据《合伙企业法》的有关规定，合伙企业中某一合伙人的债权人，不得以该债权抵销其对合伙企业的债务。

(3) C公司可以依法请求人民法院强制执行乙在A企业中的财产份额用于清偿。依据合伙企业法的有关规定，合伙人个人财产不足清偿其个人债务的，债权人可以依法请求人民法院强制执行该合伙人在合伙企业中的财产份额用于清偿。

2.【答案】

(1) 银行可以将其担保债权作为破产债权申请受偿。依据破产法的有关规定，被申请破产的债务人为他人担任保证人的，保证责任不因保证人被宣告破产而免除。债权人在得知保证人破产的情况后，享有是否将其担保债权作为破产债权申报受偿的选择权。

(2) 甲企业提前偿还丙企业未到期债务的行为不符合法律规定。依据破产法的有关规定，人民法院受理破产案件前6个月至破产宣告之日的期间内，破产企业对未到期的债务提前清偿的行为是无效的，是违法行为。

3.【答案】

(此题所涉及内容已不是考试内容。)

(1) 进口货物的完税价格由海关以进口应税货物的成交价格以及该货物运抵我国境内输入地点起卸前的运费及其相关费用、保险费为基础审查确定。所以进出口公司在进口该批机器设备过程中审定的成交价200万美元、货物运抵我国境内输入地点起卸前的运输费10万美元、保险费20万美元以及包装劳务费3万美元都应计入货物的完税价格。

(2) 关税税额＝关税完税价格×关税税率

＝(200＋10＋20＋3)×8.3×30％

＝580.17 (万元)

(3) 进出口公司应当自运输该批机器设备的运输工具申报进境之日起14日内，向货物进境地海关申报缴纳关税。

五、综合题

【答案】

(1) 甲公司向乙宾馆发出的电报是要约。该要约的内容具备合同成立的条件，所以是要约。

(2) 乙宾馆的回复是新的要约。根据《合同法》的有关规定，受要约人对要约的内容作出实质性变更的，为新要约。本题中乙宾馆对要约中的标的的价款和数量作出了变更，所以乙宾馆的回复视为新要约。

(3) 丙公司可以不对运货途中的货物毁损承担损害赔偿责任。根据《合同法》的规定，承运人对运输过程中货物的毁损、灭失承担损害赔偿责任，但承运人证明货物的毁损、灭失是因不可抗力、货物本身的自然性质或者合理损耗以及托运人、收货人的过错造成的，则不承担损害赔偿责任。本题中，丙公司在运输货物途中遭遇洪水，致使部分货物毁损属于因不可抗力造成的损失，所以可以不承担损害赔偿责任。

(4) 甲公司可以解除与乙宾馆的买卖合同。根据规定，当事人一方延迟履行主要债务，经催告后在合理期限内仍未履行的，一方当事人可以解除合同。本题中，乙宾馆以资金周转困难为由不能立即支付货款，甲公司同意乙宾馆推迟1个月付款。1个月后经甲公司催告，乙宾馆仍未付款。所以甲公司可以解除与乙宾馆的买卖合同。

(5) 甲公司不可以向法院起诉。根据规定，合法有效的仲裁协议对双方当事人诉权的行使产生一定的限制，在当事人双方发生协议约定的争议时，任何一方只能将争议提交仲裁，而不能向法院起诉。本题中，甲乙双方约定如双方发生纠纷，选择A仲裁机构仲裁解决，所以不能向人民法院起诉。

2006年全国会计专业技术资格考试《经济法》参考答案及解析

一、单项选择题

1.【答案】A

【解析】根据《公司法》的有关规定，分公司只是总公司管理的分支机构，不具有法人资格，但可以依法独立从事生产经营活动，其民事责任由设立分公司的总公司承担。

2.【答案】B

【解析】根据《公司法》的规定，公司向发起人、法人发行的股票，应当为记名股票；对社会公众发行的股票，可以为记名股票，也可以为不记名股票。

3.【答案】B

【解析】根据《中外合资经营企业法》的规定，外国合营者以货币出资时，只能以外币缴付出资，不能以人民币缴付出资，因此选项A是错误的；劳务出资是合伙企业特有的出资方式，因此选项C是错误的；合营各方缴纳的出资，必须是未设立任何担保物权的建筑物、厂房、机器设备或者其他物料、工业产权、专有技术等，因此选项D是错误的。

4.【答案】B

【解析】根据《中外合作经营企业法》的规定，合作企业的注册资本，是指为设立合作企业，在工商行政管理机关登记的合作各方认缴的出资额之和。

5.【答案】C

【解析】此题所涉及内容，新《企业破产法》中已有变化。新《企业破产法》规定，人民法院受理破产申请后发生的下列费用为破产费用：①破产案件的诉讼费用；②管理、变价和分配债务人财产的费用；③管理人执行职务的费用、报酬和聘用工作人员的费用。

6.【答案】A

【解析】根据《合同法》的有关规定，无财产担保的债权人在债权人会议上享有表决权，有财产担保的债权人在担保物价款不足清偿担保债权时，就未受清偿的债权额在债权人会议上享有表决权。本题中，甲的债权虽然有财产担保，但担保物的作价不足以支付破产债权，因此甲在债权人会议上享有的表决权所代表的债权额为300－200＝100万元。

7.【答案】B

【解析】甲、乙解除合同，不影响持票人丙的票据权利，票据基础关系的存在与否、有效与否，与票据权利原则上互不影响。本题中，甲支付给丙票据款后，还可以请求乙返还3万元价款。

8.【答案】 C

【解析】 根据票据法的有关规定，汇票金额中文大写与数码记载不一致的，票据无效，因此选项A是错误的；汇票保证中，被保证人的名称属于相对必要记载事项，因此选项B是错误的；汇票承兑后，承兑人负有绝对付款的义务，不能以与出票人的资金关系对抗持票人，因此选项D是错误的。

9.【答案】 D

【解析】 本票属于自付证券，其基本当事人只有出票人和收款人，因此选项A是错误的；付款地是属于本票的相对必要记载事项，未记载的，以出票人的营业场所为付款地，因此选项B是错误的；我国票据法上所称的本票，指的是银行本票，因此选项C是错误的。

10.【答案】 A

【解析】 根据企业破产法律制度的规定，企业破产案件由债务人住所地人民法院管辖。

11.【答案】 B

【解析】 根据《合同法》的规定，出卖人按照约定或者将标的物置于交付地点，买受人违反约定没有收取的，标的物毁损、灭失的风险自违反约定之日起由买受人承担。本题由于乙公司自身的原因在约定之日8月20日没有提取标的物，那么根据规定，应该从8月20日起，对货物毁损、灭失的风险承担责任。

12.【答案】 A

【解析】 根据《合同法》的规定，合同被撤销的，自始没有法律效力。因此应该是从合同成立时（3月10日）起归为无效。

13.【答案】 C

【解析】 此题所涉及内容已不是考试内容。

14.【答案】 B

【解析】 此题所涉及内容已不是考试内容。

15.【答案】 C

【解析】 此题所涉及内容已不是考试内容。

16.【答案】 D

【解析】 此题所涉及内容已不是考试内容。

17.【答案】 B

【解析】 此题所涉及内容已不是考试内容。

18.【答案】 A

【解析】 此题所涉及内容已不是考试内容。

19.【答案】 C

【解析】 此题所涉及内容已不是考试内容。

20.【答案】C

【解析】此题所涉及内容已不是考试内容。

21.【答案】B

【解析】此题所涉及内容已不是考试内容。

22.【答案】B

【解析】刑罚分为主刑和附加刑。主刑包括：管制、拘役、有期徒刑、无期徒刑、死刑。附加刑包括：罚金、剥夺政治权利、没收财产。罚款属于行政处罚，不属于刑事处罚。

23.【答案】D

【解析】根据《行政复议法》的有关规定，不服行政机关作出的行政处分或其他人事处理决定的，依照有关法律、行政法规的规定应提出申诉，而不能提起行政复议。

24.【答案】D

【解析】根据《个人独资企业法》的规定，个人独资企业解散，由投资人自行清算或者由债权人申请人民法院指定清算人进行清算。本题中由于林某病故，因此只能由债权人申请人民法院指定清算人进行清算。

25.【答案】C

【解析】根据《合伙企业法》的规定，合伙人有下列情形之一的，当然退伙：①作为合伙人的自然人死亡或者被依法宣告死亡；②个人丧失偿债能力；③作为合伙人的法人或者其他组织依法被吊销营业执照，责令关闭、撤销，或者被宣告破产；④法律规定或者合伙协议约定合伙人必须具有相关资格而丧失该资格；⑤合伙人在合伙企业中的全部财产份额被人民法院强制执行。

二、多项选择题

1.【答案】AB

【解析】根据《公司法》的规定，国有独资公司设立监事会，因此选项C错误；国有独资公司董事会中的职工代表，需要由公司职工代表大会选举产生，不全是国有独资公司董事会成员均由国家授权投资的机构委派，因此选项D错误。

2.【答案】BCD

【解析】根据《公司法》的有关规定，通过收购国内企业资产或股权设立合营企业的外国投资者，应自合营企业营业执照颁发之日起3个月内支付全部购买金。对特殊情况需要延长支付者，经审批机构批准后，应自营业执照颁发之日起6个月内支付购买总金额的60%以上，在1年内付清全部购买金。选项A在3个月内一次支付了全部购买金，是符合规定的；选项B在6个月内没有支付60%，不符合规定；选项C的总期限超过了1年不符合规定；选项D一次支付的出资期限不符合规定。

3.【答案】ACD

【解析】根据中外合资经营企业法律制度的规定，合营企业的董事长和副董事长由合营各方协商确定或者由董事会选举产生，因此选项 B 是错误的。

4.【答案】ABCD

【解析】此题所涉及内容已不是考试内容。

5.【答案】ABC

【解析】此题所涉及内容，新《企业破产法》已有变化。根据新《企业破产法》的规定，第一次债权人会议以后的债权人会议在人民法院认为必要时，或者管理人、债权人委员会、占债权总额 1/4 以上的债权人向债权人会议主席提议时召开。

6.【答案】ABCD

【解析】根据证券法律制度的规定，选项 A 属于制造虚假信息行为；选项 B 属于欺诈客户行为；选项 C 属于操纵市场行为；选项 D 属于内幕交易行为。以上均属于禁止的证券交易行为。

7.【答案】BD

【解析】根据《合同法》的有关规定，履行地点不明确的，给付货币的，在接受货币的一方所在地履行，因此选项 D 是正确的；其他标的在履行义务的一方所在地履行，因此选项 B 是正确的。

8.【答案】CD

【解析】根据《合同法》的规定，选项 A 属于无效合同；选项 B 属于表见代理行为，该合同是有效的。

9.【答案】BCD

【解析】根据《合同法》的规定，选项 A 对实质性内容进行了变更，应该视为新要约，不能视为合同成立；根据规定，受要约人在承诺期限内发出承诺，按照通常情形能够及时到达受要约人，但因其他原因承诺到达要约人时超过了承诺期限的，除要约人及时通知受要约人因承诺超过期限不接受该承诺的以外，该承诺有效。由于选项 D 并没有提示要约人是否通知，因此应该认定合同成立。

10.【答案】CD

【解析】此题所涉及内容已不是考试内容。

11.【答案】ABD

【解析】此题所涉及内容已不是考试内容。

12.【答案】AB

【解析】此题所涉及内容已不是考试内容。

13.【答案】ACD

【解析】此题所涉及内容已不是考试内容。

14.【答案】AD

【解析】根据《合伙企业法》的有关规定，合伙人死亡的，经全体合伙人一致同意，可以由其继承人继承合伙人在合伙企业的财产份额，成为该企业的合伙人；继承人不愿意成为合伙人的，合伙企业应退还其财产份额。

15.【答案】 AC

【解析】 此题所涉及内容已不是考试内容。

16.【答案】 AC

【解析】 此题所涉及内容已不是考试内容。

17.【答案】 ACD

【解析】 选项 B 的正确说法是：原判决适用法律错误，依法改判。

18.【答案】 AD

【解析】 根据《个人独资企业法》的规定，设立个人独资企业应当具备下列条件：①投资人为一个自然人，且只能是中国公民；②有合法的企业名称；③有投资人申报的出资；④有固定的生产经营场所和必要的生产经营条件；⑤有必要的从业人员。

19.【答案】 ABCD

【解析】 根据《合伙企业法》的有关规定，当合伙企业的全部财产不足以偿付到期债务时，债权人可以按照自己确定的比例向合伙人分别要求清偿或者要求某个合伙人清偿全部债务，因此，以上四项均符合规定。

20.【答案】 ABD

【解析】 根据《公司法》的规定，有限责任公司股东会会议作出修改公司章程，增加或者减少注册资本的决议，以及公司合并、分立、解散或者变更公司形式的决议，必须经代表 2/3 以上表决权的股东通过。更换公司董事属于公司股东会的一般决议，不是法律规定的特别决议事项。

三、判断题

1.【答案】 ×

【解析】 此题所涉及内容，新《企业破产法》中已有变化。新《企业破产法》规定，人民法院受理破产申请后，应当确定债权人申报债权的期限。债权申报期限自人民法院发布受理破产申请公告之日起计算，最短不得少于 30 日，最长不得超过 3 个月。在人民法院确定的债权申报期限内，债权人未申报债权的，可以在破产财产最后分配前补充申报；但是，此前已进行的分配，不再对其补充分配。

2.【答案】 ×

【解析】 根据《票据法》的有关规定，汇票的持票人未在法定期限内提示付款的，在作出说明后，承兑人或者付款人仍应当继续对持票人承担付款责任。

3.【答案】 √

4.【答案】 √

【解析】 以上属于出境清税的情况，是符合规定的。

5.【答案】√

【解析】此题所涉及内容已不是考试内容。

6.【答案】×

【解析】此题所涉及内容已不是考试内容。

7.【答案】√

【解析】根据《仲裁法》的规定，仲裁协议对仲裁事项或仲裁委员会没有约定或者约定不明确的，当事人可以补充协议；达不成补充协议的，仲裁协议无效。

8.【答案】×

【解析】根据《合伙企业法》的规定，合伙人个人负有债务的，债权人不得代位行使该合伙人在合伙企业中的权利。

9.【答案】√

10.【答案】√

【解析】根据公司法的有关规定，合营企业投资总额在1000万美元以上至3000万美元的，其注册资本至少应占投资总额的2/5，其中投资总额在1250万美元以下的，注册资本不得低于500万美元。本题投资总额为1200万美元，因此注册资本不得低于500万美元，甲出资55％，其出资额为500×55％＝275万美元；乙出资45％，其出资额为500×45％＝225万美元。

四、简答题

1.【答案】

（此题所涉及内容已不是考试内容。）

（1）应纳税所得额＝100＋50－36＝114（万元）

应纳所得税额＝114×33％＝37.62（万元）

（2）税务机关有权行使代位权。根据《税收征收管理法》等相关规定，欠缴税款的纳税人因怠于行使到期债权，对国家造成损害的，税务机关可以依照有关规定行使代位权、撤销权。

2.【答案】

（1）D公司背书所附条件不具有票据上的效力。按规定，背书不得附条件，否则所附条件不具有汇票上的效力。

（2）B公司拒绝承担担保责任的主张不符合法律规定。按规定，背书人应按照汇票的文义，担保汇票的承兑和付款；汇票不获承兑和付款时，背书人对于被背书人及其所有后手均负有偿还票款的义务。持票人可以不按照汇票债务人的先后顺序，对其中任何一人、数人或者全体行使追索权。

（3）C公司拒绝承担担保责任的主张符合法律规定。按规定，背书人禁止背书的，原背书人对其直接被背书人以后通过背书方式取得汇票的一切当事人不负担保责任。

3.【答案】

(1) 合伙协议中关于合伙企业事务执行的约定符合法律规定。根据规定，合伙企业可以委托一名或者数名合伙人执行合伙企业事务。未接受委托执行合伙企业事务的其他合伙人不再执行合伙企业的事务。但注意，合伙企业处分不动产、改变企业名称等事项必须经全体合伙人一致同意。

(2) 甲聘请王某担任企业经营管理人员不符合法律规定。按规定，聘任合伙人以外的人担任合伙企业的经营管理人员必须经全体合伙人一致同意。

(3) 郑某没有成为合伙企业的合伙人。根据《合伙企业法》的规定，新合伙人入伙时，应当经全体合伙人同意，并依法订立书面入伙协议，乙仅征得甲的同意，没有征得丙、丁的同意，故郑某不能成为企业的合伙人。

五、综合题

【答案】

(1) 甲、乙签订的借款合同2年应付利息由乙预先在借款本金中一次扣除不符合法律规定。依照《合同法》的规定，借款的利息不得预先在本金中扣除。利息预先在本金中扣除的，应当按照实际借款数额返还借款并计算利息。

甲、乙签订的借款合同中约定不明确。按照合同法的规定，借款合同的内容包括借款种类、币种、用途、数额、利率、期限和还款方式等条款。而甲乙双方只约定了借款数额、期限和利率条款。

(2) 依照《担保法》的规定，保证人在约定的保证范围内承担保证责任。当事人对保证担保的范围没有约定或者约定不明确的，保证人应当对全部债务承担责任。因此丙承担的保证责任范围应是主债权及利息、违约金、损害赔偿金和实现债权的费用。

(3) A合伙企业有权拒绝乙的债务抵销请求。因为《合伙企业法》规定，合伙企业中某一合伙人的债权人，不得以该债权抵销其对合伙企业的债务。因此乙只能向甲主张权利而不能向合伙企业主张该项债权。

(4) 丙拒绝承担保证责任符合法律规定。丙作为甲的保证人与乙签订保证合同约定丙承担的是一般保证责任。一般保证的保证人在主合同纠纷未经审判或者仲裁，并就债务人财产依法强制执行仍不能履行债务前，对债权人可以拒绝承担保证责任。

2007年全国会计专业技术资格考试《经济法》参考答案及解析

一、单项选择题

1.【答案】A

2.【答案】B

【解析】根据公司法的有关规定，一人有限责任公司的股东应当一次足额缴纳公司章程规定的出资额，不允许分期缴付出资。

3.【答案】A

【解析】根据公司法的有关规定，个人独资企业不具有独立承担民事责任的能力，但是独立的民事主体，可以自己的名义从事民事活动，因此选项B是错误的；个人独资企业是非法人企业，因此选项C是错误的；个人独资企业的投资人，对企业的债务承担无限责任，因此选项D的是错误的。

4.【答案】B

【解析】根据合伙企业法的有关规定，有限合伙企业的名称中应当标明“有限合伙”的字样，而不能标明“普通合伙”、“特殊普通合伙”、“有限公司”、“有限责任公司”等字样。

5.【答案】C

【解析】根据合伙企业法的有关规定，合伙人的自有财产不足清偿个人债务的，相关债权人不得代位行使合伙人在合伙企业中的权利。因此，选项C的说法是错误的。

6.【答案】D

【解析】《合伙企业法》规定，合伙人有下列情形之一的，当然退伙：①作为合伙人的自然人死亡或者被依法宣告死亡；②个人丧失偿债能力；③作为合伙人的法人或者其他组织依法被吊销营业执照、责令关闭、撤销，或者被宣告破产；④法律规定或者合伙协议约定合伙人必须具有相关资格而丧失该资格；⑤合伙人在合伙企业中的全部财产份额被人民法院强制执行。选项D属于被合伙企业除名的情形。

7.【答案】B

【解析】根据《中外合作经营企业法》的规定，下列事项由出席董事会会议或者联合管理委员会会议的董事或者委员一致通过，方可作出决议：①合作企业章程的修改；②合作企业注册资本的增加或者减少；③合作企业的资产抵押；④合作企业的解散；⑤合作企业合并、分立和变更组织形式；⑥合作各方约定由董事会会议或者联合委员会会议一致通过方可作出决议的其他事项。

8.【答案】C

【解析】根据中外合资企业法的有关规定，合营企业投资总额在1000万美元以上至3000万（含3000万）美元的，注册资本至少应占投资总额的2/5，其中投资总额在1250万美元以下的，注册资本不得低于500万美元。本题中，投资总额为1800万美元，那么注册资本不得低于：1800×2/5＝720万美元，中方认缴的出资额为500万美元，那么外方认缴的出资额就是720－500＝220万美元。

9.【答案】A

【解析】本题综合性非常强，主要考核租赁合同的相关规定。按照合同法的有关规定，当事人未采用书面形式，视为不定期租赁。租赁期限不得超过20年，超过20年的，超过部分无效。当事人对租赁期限没有约定或者约定不明确，可以补充协议，不能达成补充协议的，按照合同有关条款或者交易习惯确定。仍不能确定的，视为不定期租赁。选项A中，订有书面合同，租赁期限也有明确的约定，因此属于定期租赁合同。选项BCD均属于不定期租赁。

10.【答案】D

【解析】根据外商投资企业法的有关规定，外资企业的清算委员会应当由外资企业的法定代表人、债权人代表以及有关主管机关的代表组成，并聘请中国的注册会计师、律师等参加。

11.【答案】A

【解析】根据《企业破产法》的规定，破产程序终结后，自破产程序终结之日起2年内，有特定行为的，债权人可以请求人民法院按照破产财产分配方案进行追加分配。

12.【答案】D

【解析】根据企业破产法的有关规定，和解协议无强制执行的效力，如债务人不履行协议，债权人不能请求人民法院强制执行，只能请求人民法院终止和解协议的执行，宣告其破产。

13.【答案】D

【解析】《证券法》规定，公开发行公司债券，应当符合下列条件：①股份有限公司的净资产不低于人民币3000万元，有限责任公司的净资产不低于人民币6000万元；②累计债券余额不超过公司净资产的40%；③最近3年平均可分配利润足以支付公司债券1年的利息；④筹集的资金投向符合国家产业政策；⑤债券的利率不超过国务院限定的利率水平；⑥国务院规定的其他条件。

14.【答案】B

【解析】根据合伙企业法的有关规定，有限合伙人不执行企业事务，不对外代表合伙企业，因此选项B的说法不符合规定。

15.【答案】C

【解析】根据票据法的有关规定，背书不连续的情况下，属于形式上的不连续，此时票据债务人是可以行使抗辩权的。选项ABD均属于不得行使抗辩权的情形。

16.【答案】A

【解析】根据票据法的有关规定，法律规定以外的事项不发生票据法上的效力，主要包括与汇票的基础关系有关的事项。选项A是与汇票基础关系有关的事项，不发生票据法上的效力。

17.【答案】C

【解析】根据合同法的有关规定，当事人采用合同书形式订立合同的，自双方当事人签字或者盖章时合同成立，在签字或者盖章之前，当事人一方已经履行主要义务并且对方接受的，该合同成立。

18.【答案】D

【解析】可撤销合同有三种：①因重大误解订立的合同；②显失公平的合同；③一方以欺诈、胁迫的手段或者乘人之危，使对方在违背真实意思的情况下订立的合同。选项A和C属于无效合同；选项B属于有效合同。

19.【答案】B

【解析】要约以信件或者电报作出的，承诺期限自信件载明的日期或者电报交发之日开始计算。信件未载明日期的，自投寄该信件的邮戳日期开始计算。

20.【答案】A

【解析】《政府采购法》的适用范围有四个方面的例外情况：①军事采购；②采购人使用国际组织和外国政府贷款进行的政府采购，贷款方、资金提供方与中方达成的协议对采购的具体条件另有规定的，可以适用其规定；③因严重自然灾害和其他不可抗力事件所实施的紧急采购和涉及国家安全和秘密的采购，不适用《政府采购法》；④香港、澳门两个特别行政区的政府采购不适用《政府采购法》。

21.【答案】D

【解析】事业单位有下列情形之一的，可以不进行资产评估：①经批准事业单位整体或者部分资产无偿划转；②行政、事业单位下属的事业单位之间的合并、资产划转、置换和转让；③发生其他不影响国有资产权益的特殊产权变动行为，报经同级财政部门确认可以不进行资产评估的。

22.【答案】A

【解析】根据《行政处罚法》的规定，行政处罚的种类包括：警告；罚款；没收违法所得、没收非法财务；责令停产、停业；暂扣或吊销许可证、暂扣或吊销营业执照；行政拘留；法律、行政法规规定的其他行政处罚。选项A属于行政处分。

23.【答案】B

【解析】根据《行政复议法》的规定，下列事项，公民、法人或者其他组织不得申请行政复议，但可以按照国家规定的其他救济方式解决：①不服行政机关的抽象行政行为的，依照有关法律、行政法规规定的监督途径提出处理要求；②不服行政机关作出的行政处分或其他人事处理决定的，依照有关法律、行政法规的规定提出申诉；③不服行政机关对民事纠纷作出的调解或其他处理的，依法申请仲裁或者向人民法院提起诉讼。

24.【答案】A

【解析】根据公司法的有关规定，股份有限公司董事会成员中“可以”包括公司职工代表，因此选项 A 的说法错误；选项 BCD 的组织机构中，均应包括职工代表。

25.【答案】A

【解析】根据《合伙企业法》的规定，合伙企业有下列情形之一的，应当解散：①合伙期限届满，合伙人决定不再经营；②合伙协议约定的解散事由出现；③全体合伙人决定解散；④合伙人已不具备法定人数满 30 天；⑤合伙协议约定的合伙目的已经实现或者无法实现；⑥依法被吊销营业执照、责令关闭或者被撤销；⑦法律、行政法规规定的其他原因。

二、多项选择题

1.【答案】BC

【解析】根据《个人独资企业法》的规定，个人独资企业的投资人只能是中国公民，因此选项 A 错误；个人独资企业设立条件中并没有最低注册资本的要求，因此选项 D 错误。

2.【答案】ABCD

【解析】根据《证券法》的规定，上市公司董事、监事、高级管理人员、持有上市公司股份 5%以上的股东，不得将其持有的该公司的股票买入后 6 个月内卖出，或者在卖出后 6 个月内买入，否则由此所得收益归该公司所有。本题中，四个选项均属于高级管理人员。

3.【答案】AB

【解析】本题考核普通合伙企业的相关规定。根据合伙企业法的有关规定，普通合伙企业的合伙人不得自营与本企业相竞争的业务，因此选项 C 的说法错误；执行企业事务的合伙人“应当”向其他合伙人报告企业经营状况，因此选项 D 的说法错误。

4.【答案】BC

【解析】根据《公司法》的有关规定，设立中外合资经营企业的，外国投资者应以美元缴付所认缴的出资，因此，选项 A 的说法错误。合营合同规定分期缴付出资的，合营各方第一期出资，不得低于各自认缴出资额的 15%，并且应在营业执照签发之日起 3 个月内缴清。本题中，外国合营者认缴的出资额为 200 万美元，其 15%为 30 万元，因此选项 B 正确。签发营业执照的时间为 2006 年 6 月 1 日，那么该出资额应该在 2006 年 8 月 31 日之前缴清，因此选项C正确。合营企业投资者分期缴付出资的，注册资本在100万美元以上300万美元以下（含300万美元）的，自营业执照核发之日起2年内缴清。本题中，注册资本正好为300万美元，应在2008年5月31日之前缴清全部出资，因此选项D是错误的。

5.【答案】ACD

【解析】根据规定，合作企业委托第三人经营管理、合作企业减少注册资本和合作企业延长合作期限，均需要经过审查批准机关批准。

6.【答案】ABD

【解析】根据《企业破产法》的规定，破产管理人负责管理财产和营业事务的，重整计划草案必须由破产管理人制定，因此选项C是不正确的。

7.【答案】ABC

【解析】根据《企业破产法》的规定，第一次债权人会议以后的债权人会议，在人民法院认为必要时，或者管理人、债权人委员会、占债权总额1/4以上的债权人向债权人会议主席提议时召开。

8.【答案】ABCD

【解析】重大事件包括：①公司的经营方针和经营范围的重大变化；②公司的重大投资行为和重大的购置财产的决定；③公司订立重要合同，可能对公司的资产、负债、权益和经营成果产生重要影响；④公司发生重大债务和未能清偿到期重大债务的违约情况；⑤公司发生重大亏损或者重大损失；⑥公司生产经营的外部条件发生的重大变化；⑦公司的董事、1/3以上监事或者经理发生变动；⑧持有公司5%以上股份的股东或者实际控制人，其持有股份或者控制公司的情况发生较大变化；⑨公司减资、合并、分立、解散及申请破产的决定；⑩涉及公司的重大诉讼，股东大会、董事会决议被依法撤销或者宣告无效；⑪公司涉嫌犯罪被司法机关立案调查，公司董事、监事、高级管理人员涉嫌犯罪被司法机关采取强制措施；⑫国务院证券监督管理机构规定的其他事项。

9.【答案】ABCD

10.【答案】AC

【解析】票据的伪造，是指无权限人假冒他人名义或以虚构人名义签章的行为，因此选项A的说法错误；由于票据伪造行为自始无效，持票人即使善意取得，对被伪造人也不能行使票据权利，因此选项C的说法错误；对于伪造人而言，由于票据上没有以自己名义所做的签章，因此也不应承担票据责任，因此选项D的说法是正确的。

11.【答案】ABC

【解析】根据规定，被追索人行使再追索权，可以请求其他汇票债务人支付下列金额和费用：已清偿的全部金额及其自清偿日起至再追索清偿日止，按照中国人民银行规定的流动资金贷款利率计算的利息；发出通知书的费用。选项D中所说的利润损失是不包括的。

12.【答案】BCD

【解析】《合同法》规定，要约失效的情形有：①拒绝要约的通知到达要约人；②要约人依法撤销要约；③承诺期限届满，受要约人未作出承诺；④受要约人对要约的内容作出实质性变更。选项A，要约人依法撤回要约的，要约本身并未生效，谈不上失效。

13.【答案】ABCD

14.【答案】BCD

【解析】设立甲级采购代理机构，应具有法人资格，且注册资本为人民币400万元以上。因此选项A的说法是错误的。

15.【答案】ABCD

【解析】根据《财政违法行为处罚处分条例》的规定，执法主体包括三类：①县级以上人民政府财政部门及审计机关；②省级以上人民政府财政部门的派出机构，审计机关的派出机构；③监察机关及其派出机构。

16.【答案】ABCD

【解析】违反国家预算管理规定的行为包括：①虚增、虚减财政收入或财政支出的行为；②违反规定编制、批复预算或者决算的行为；③违反规定调整预算的行为；④违反规定调整预算级次或者预算收支种类的行为；⑤违反规定动用预算预备费或者挪用预算周转金的行为；⑥违反国家关于转移支付管理规定的行为；⑦其他违反国家有关预算管理规定的行为。

17.【答案】BCD

【解析】根据仲裁法的有关规定，仲裁协议具有独立性，合同的变更、解除、终止或无效，不影响仲裁协议的效力，因此选项A的仲裁协议是有效的；婚姻、收养、监护、扶养、继承纠纷是不能进行仲裁的，因此，选项B中的扶养合同纠纷提交仲裁的协议是无效的；仲裁协议对仲裁委员会没有约定或者约定不明确的，当事人可以补充协议；达不成补充协议的，仲裁协议无效，因此选项C中的仲裁协议是无效的；一方采取欺诈、胁迫手段，迫使对方订立仲裁协议的，仲裁协议无效，因此选项D中的仲裁协议是无效的。

18.【答案】BD

【解析】根据《合同法》的有关规定，因合同纠纷引起的诉讼，由被告住所地或合同履行地人民法院管辖。

19.【答案】AC

【解析】根据《公司法》的有关规定，有下列情形之一的，应当在2个月内召开临时股东大会：①董事人数不足公司法规定人数或者公司章程所定人数的2/3时；②公司未弥补的亏损达实收股本总额1/3时；③单独或者合计持有公司10%以上股份的股东请求时；④董事会认为必要时；⑤监事会提议召开时。

20.【答案】ACD

【解析】根据规定，股份有限公司每次发行股份，每股的发行条件、发行价格应当相同，即遵循“同股同价”的原则，因此选项A的说法是错误的；股票发行价格可以按票面金额，也可以超过票面金额，但不得低于票据金额，因此选项B的说法是正确的；公司向发起人、法人发行的股票，应当为记名股票，并应当记载该发起人、法人的名称或者姓名，不得“另立户名”或者以“代表人姓名”记名，因此选项C和D的说法是错误的。

三、判断题

1.【答案】√

【解析】合作各方之间相互转让或者合作一方向合作他方以外的他人转让属于其合作企业合同中部分权利的，须经合作他方书面同意，并报审查批准机关批准。

2.【答案】×

【解析】外资企业的外国投资者以工业产权、专有技术作价出资的，该工业产权、专有技术的作价金额不得超过外资企业注册资本的20%。

3.【答案】√

4.【答案】×

【解析】因税收、继承、赠与可以依法无偿取得票据的，不受给付对价的限制。但是，所享有的票据权利不得优于其前手的权利。

5.【答案】√

【解析】根据《票据法》的有关规定，没有代理权而以代理人名义在票据上签章的，应当由签章人承担票据责任。

6.【答案】√

7.【答案】×

【解析】根据有关法律的规定，时效届满后，当事人自愿履行义务的，不受诉讼时效限制。义务人履行了义务后，又以超过诉讼时效为由反悔的，法律不予支持。

8.【答案】√

9.【答案】×

【解析】可转换公司债券转股条件具备时，债券持有人拥有是否将公司债券转换成公司股票的选择权。

10.【答案】×

【解析】个人独资企业投资人在申请企业设立登记时明确以家庭共有财产作为个人出资的，应当依法以家庭共有财产对企业债务承担无限责任。

四、简答题

1.【答案】

(1) 甲有权扣除维修费用。根据合同法的有关规定，出租人应当履行租赁物的维修义务，但当事人另有约定的除外，承租人在租赁物需要维修时，可以要求出租人在合理期限内维修。出租人未履行维修义务的，承租人也可以自行维修，维修费用由出租人承担。在本题中，房屋出现倒塌危险时，甲要求乙维修，乙未答复，甲可以自行请人维修，但维修费用应由乙承担。

（2）甲有权解除租赁合同。根据合同法的有关规定，租赁物危及承租人的安全或者健康的，即使承租人订立合同时明知该租赁物质量不合格，承租人仍然可以随时解除合同。本题中，乙的房屋经维修后仍有倒塌危险，危及甲的人身安全，因此甲有权解除合同。

2.【答案】

（1）甲、乙构成一致行动人。根据规定，如果没有相反证据，投资者受同一主体控制的，为一致行动人。本题中，甲、乙同为丙公司的子公司，共同受丙公司控制，因此构成一致行动人。

（2）收购要约期满后，丁上市公司的股票不再具备上市条件。根据规定，一致行动人应当合并计算其所持有的股份，投资者计算其所持有的股份应当包括登记在其名下的股份，也包括登记在其一致行动人名下的股份。另外，股票上市的条件之一是，公开发行的股份达到公司股份总数的25%以上；公司股本总额超过人民币4亿元的，公开发行股份的比例为10%以上。本题中，股本总额为3.8亿元，未超过4亿元，收购要约期满后，甲、乙收购的股份达到85%，社会公众持有的流通股只有15%，少于股份总数的25%，因此股权分布不符合上市条件。

（3）甲、乙拒绝收购其余15%的股份不合法。根据规定，收购期限届满，被收购公司的股权分布不符合上市条件，该上市公司的股票应当由证券交易所依法终止上市交易；其余仍持有被收购公司股票的股东，有权向收购人以收购要约同等条件出售其股票，收购人应当收购。本题中，丁上市公司的股权分布不符合上市条件，因此其余仍持有被收购公司股票的股东，有权向收购人甲和乙以收购要约同等条件出售其股票。

3.【答案】

（1）甲公司不退还票款的行为不符合法律规定。根据规定，承运人应当按照客票载明的时间和班次运输旅客。承运人擅自变更运输工具而降低服务标准的，应当根据旅客的要求退票或减收票款。本题中，甲公司擅自将空调车变更为普通车，降低了服务标准，因此，应该根据旅客的要求退票或减收票款。

（2）甲公司应对乘客乙受伤承担损害赔偿责任。根据规定，承运人应当对运输过程中旅客的伤亡承担损害赔偿责任，但伤亡是旅客自身健康原因造成的或者承运人证明伤亡是旅客故意、重大过失造成的除外。本题中，乘客乙的受伤是因为司机急刹车，并非自身健康或者故意、重大过失造成的，因此，甲公司应对其受伤承担损害赔偿责任。

五、综合题

【答案】

(1) 董事李某无权对甲公司投资生产软件项目决议行使表决权。根据公司法的有关规定，上市公司董事与董事会会议决议事项所涉及的企业有关联关系的，不得对该项决议行使表决权。本题中，甲公司董事李某是乙公司的出资人之一，因此在甲公司对乙公司的投资项目表决时，李某应该予以回避，不得行使表决权。

(2) 董事陈某不应就投资软件项目的损失对甲公司承担赔偿责任。根据公司法的有关规定，董事会的决议违反法律、行政法规或者公司章程、股东大会决议，致使公司遭受严重损失的，参与决议的董事对公司负赔偿责任。但经证明在表决时曾表明异议并记载于会议记录的，该董事可以免除责任。本题中，董事陈某对此投资项目表示反对，其意见也被记载于会议记录，因此陈某对此投资项目所造成的损失不承担赔偿责任。

(3) 董事李某建议其朋友王某抛售甲公司股票不符合法律规定。根据公司法的有关规定，发行人的董事、监事、高级管理人员属于内幕信息的知情人，证券交易内幕信息的知情人和非法获取内幕信息的人，在内幕信息公开前，不得买入或者卖出该公司的证券，不得泄露该信息，也不得建议他人买卖该证券。本题中，董事李某属于内幕信息的知情人，其建议朋友王某抛售甲公司股票的行为是不合法的。

(4) 股东郑某以自己名义直接向人民法院提起诉讼符合法律规定。根据公司法的有关规定，公司董事、高级管理人员执行公司职务时违反法律、行政法规或者公司章程的规定，给公司造成损失的，股份有限公司连续 180 日以上单独或者合计持有公司 1%以上股份的股东，可以书面请求监事会向人民法院提起诉讼。监事会拒绝提起诉讼的，股份有限公司连续 180 日以上单独或者合计持有公司 1%以上股份的股东，有权为了公司的利益，以自己的名义直接向人民法院提起诉讼。本题中，郑某持有甲公司 2%股份，符合股东代表诉讼的主体要求，依法请求监事会提起诉讼后，监事会拒绝提起，因此，郑某可以自己名义直接向人民法院提起诉讼。

(5) 股东郑某不能于 2005 年 12 月 20 日转让全部股份。根据公司法的有关规定，发起人持有的本公司股份，公司公开发行股份前已发行的股份，自公司股票在证券交易所上市交易之日起 1 年内不得转让。本题中，甲公司股票自 2005 年 2 月 1 日起在深圳证券交易所上市交易，因此，郑某在 2006 年 2 月 1 日前不得转让其持有的股份。

2008年全国会计专业技术资格考试《经济法》参考答案及解析

一、单项选择题

1.【答案】B

【解析】通过证券交易所的证券交易，投资者持有发行人已发行的可转换公司债券达到20%时，应在事实发生之日起3日内，向中国证监会、证券交易所作出书面报告，通知发行人并予以公告；在上述规定的期限内，不得再行买卖该发行人的可转换公司债券，也不得买卖该发行人的股票。

2.【答案】C

【解析】企业发生下列情形之一的，应当向原产权登记机关申办注销产权登记：①企业解散、被依法撤销或被依法宣告破产；②企业转让全部国有产权或改制后不再设置国有股权的；③产权登记机关规定的其他情形。选项A、B、D属于变动产权登记的情形。

3.【答案】C

【解析】选项A，设立个人独资企业时，投资人可以个人财产出资，也可以家庭共有财产作为个人出资；选项B，个人独资企业的投资人为一个自然人，且只能是中国公民；选项D，设立个人独资企业可以用货币出资，也可以用实物、土地使用权、知识产权或者其他财产权利出资。

4.【答案】C

【解析】法律对通知退伙的三个条件是：①必须是合伙协议未约定合伙企业的经营期限；②必须是合伙人的退伙不给合伙企业事务执行造成不利影响；③必须提前30日通知其他合伙人。这三项条件必须同时具备，缺一不可。合伙人违反上述规定退伙的，应当赔偿由此给合伙企业造成的损失。

5.【答案】B

【解析】除合伙协议另有约定外，合伙企业的下列事项应当经全体合伙人一致同意：①改变合伙企业的名称；②改变合伙企业的经营范围、主要经营场所的地点；③处分合伙企业的不动产；④转让或者处分合伙企业的知识产权和其他财产权利；⑤以合伙企业名义为他人提供担保；⑥聘任合伙人以外的人担任合伙企业的经营管理人员。合伙人之间转让在合伙企业中的全部或者部分财产份额时，只需通知其他合伙人即可。

6.【答案】B

【解析】根据《民法通则》的规定，身体受到伤害要求赔偿的、出售质量不合格的商品未声明的、延付或拒付租金的、寄存财物被丢失或毁损的，适用特别诉讼时效期间的规定，诉讼时效期间为1年。

7.【答案】C

【解析】普通合伙企业由普通合伙人组成，合伙人对合伙企业债务承担无限连带责任。

8.【答案】D

【解析】合伙企业的财产首先用于支付合伙企业的清算费用，支付清算费用后的清偿顺序如下：①合伙企业职工工资、社会保险费用和法定补偿金；②缴纳所欠税款；③清偿债务。

9.【答案】A

【解析】《企业破产法》规定，人民法院受理破产申请后发生的下列债务为共益债务：①因管理人或者债务人请求对方当事人履行双方均未履行完毕的合同所产生的债务；②债务人财产受无因管理所产生的债务；③因债务人不当得利所产生的债务；④为债务人继续营业而应支付的劳动报酬和社会保险费用以及由此产生的其他债务；⑤管理人或者相关人员执行职务致人损害所产生的债务；⑥债务人财产致人损害所产生的债务。

10.【答案】D

【解析】根据《企业破产法》的规定，管理人履行下列职责：①接管债务人的财产、印章和账簿、文书等资料；②调查债务人财产状况，制作财产状况报告；③决定债务人的内部管理事务；④决定债务人的日常开支和其他必要开支；⑤在第一次债权人会议召开之前，决定继续或者停止债务人的营业；⑥管理和处分债务人的财产；⑦代表债务人参加诉讼、仲裁或者其他法律程序；⑧提议召开债权人会议；⑨人民法院认为管理人应当履行的其他职责。选项D，在第一次债权人会议召开"之前"，决定继续或者停止债务人的营业，属于管理人的职责。

11.【答案】A

【解析】合营合同规定分期缴付出资的，合营各方第一期出资不得低于各自认缴出资额的15%，并且应当在营业执照签发之日起3个月内缴清。

12.【答案】D

【解析】合营企业的投资总额在1000万美元以上至3000万（含3000万）美元的，注册资本至少应占投资总额的1/2，其中投资总额在1250万美元以下的，注册资本不得低于500万美元。

13.【答案】C

【解析】公开发行公司债券的条件之一是，累计债券余额不超过公司净资产的40%。本题中，2007年1月发行的一年期公司债券截至2008年7月已经偿还完毕，因此发行前累计公司债券余额为600万元，因此本次最多发行的公司债券＝5000×40%－600＝1400万元。

14.【答案】 A

【解析】 根据《企业破产法》的规定：①附条件、附期限的债权和诉讼、仲裁未决的债权，债权人可以申报，故选项A正确，选项D错误；②连带债权人可以由其中一人代表全体连带债权人申报债权，也可以共同申报债权，故选项B错误；③在人民法院确定的债权申报期限内，债权人未申报债权的，可以在破产财产最后分配前补充申报，得到的清偿以补充申报后的破产财产为限，故选项C错误。

15.【答案】 D

16.【答案】 C

【解析】 选项A，背书日期为相对记载事项，背书未记载背书日期的，视为在汇票到期日前背书，因此选项A是错误的；选项B，背书时附有条件的，所附条件不具有汇票上的效力，即不影响背书行为本身的效力，被背书人仍可依该背书取得票据权利；选项D，委托收款背书的被背书人不得再以背书转让汇票权利。

17.【答案】 A

【解析】 本票的出票人是票据上的主债务人，对持票人负有绝对付款责任，除票据时效届满而使票据权利消灭或者要件欠缺而使票据无效外，并不因持票人未在规定期限内向其行使付款请求权而使其责任得以解除。

18.【答案】 B

【解析】 后履行抗辩权是指合同当事人互负债务的，有先后履行顺序，先履行一方未履行的，后履行一方有权拒绝其履行要求。先履行一方履行债务不符合约定的，后履行一方有权拒绝其相应的履行要求。

19.【答案】 D

20.【答案】 D

【解析】 根据《物权法》的规定，以基金份额、证券登记结算机构登记的股权出质的，质权自证券登记结算机构办理出质登记时设立。

21.【答案】 A

【解析】 根据规定，公司不得接受本公司的股票作为质押权的标的。

22.【答案】 B

【解析】 本题考核行使票据抗辩中对物抗辩的情形。根据规定，绝对必要记载事项不得欠缺，如果未记载导致票据无效；相对必要记载事项如果没有记载，适用法律的有关规定而会不使票据失效。所以票据上未记载相对必要记载事项不是抗辩事由。

23.【答案】 C

【解析】 根据《仲裁法》的规定，平等主体的公民、法人和其他组织之间发生的合同纠纷和其他财产纠纷可以仲裁，与人身有关的婚姻、收养、监护、扶养、继承纠纷不能进行仲裁；行政争议不能仲裁；劳动争议和农业集体经济组织内部的农业承包合同纠纷也不适用于《仲裁法》。

24.【答案】 D

【解析】 董事会决议违反法律、行政法规或者公司章程、股东大会决议，致使公司遭受严重损失的，参与决议的董事对公司负赔偿责任。但经证明在表决时曾表示异议并记载于会议记录的，该董事可以免除责任。本题中，董事戊在该项决议表决时表示了异议，并且在董事会会议记录中记载，故不应承担责任；董事庚因故未出席也未书面委托其他董事代为出席，并没有参与该事项的决议，也不承担责任。

25.【答案】 C

【解析】 股东不得以劳务、信用、自然人姓名、商誉、特许经营权或者设定担保的财产等作价出资。

二、多项选择题

1.【答案】 ABCD

【解析】 根据规定：①合营企业出资额的转让须经董事会会议通过后，报原审批机关批准，故选项A正确；②董事会的职权是按合营企业章程规定，讨论决定合营企业的一切重大问题，包括企业发展规划、生产经营活动方案、收支预算、利润分配、劳动工资计划、停业，以及总经理、副总经理、总工程师、总会计师、审计师的任命或聘请及其职权和待遇等，故选项B和C正确；③合营企业可以对合并和分立的事项作出决议，故选项D正确。

2.【答案】 ACD

【解析】 根据规定：①作为合伙人的法人、其他组织执行合伙事务的，由其委托的代表执行，故选项A正确；②合伙人不得自营或者同他人合作经营与本合伙企业相竞争的业务，故选项B错误，选项C正确；③除合伙协议另有约定或者经全体合伙人一致同意外，合伙人不得同本合伙企业进行交易，故选项D正确。

3.【答案】 BCD

【解析】 合伙企业有下列情形之一的，应当解散：①合伙期限届满，合伙人决定不再经营；②合伙协议约定的解散事由出现；③全体合伙人决定解散；④合伙人已不具备法定人数满30天；⑤合伙协议约定的合伙目的已经实现或者无法实现；⑥依法被吊销营业执照、责令关闭或者被撤销；⑦法律、行政法规规定的其他原因。

4.【答案】 BCD

【解析】 根据《个人独资企业法》的规定，个人独资企业有下列情形之一时，应当解散：①投资人决定解散；②投资人死亡或者被宣告死亡，无继承人或者继承人决定放弃继承；③被依法吊销营业执照；④法律、行政法规规定的其他情形。

5.【答案】ABD

【解析】合作各方向合作企业投资或者提供合作条件的方式可以是货币，也可以是实物或者工业产权、专有技术、土地使用权等财产权利。合作各方应当以其自由的财产或者财产权利作为投资或者提供合作条件，对该投资或者提供的合作条件不得设置抵押或者其他形式的担保。

6.【答案】ABD

【解析】根据规定，人民法院受理破产申请后：①债务人不得对个别债权人的债务进行清偿，否则清偿无效，故选项A正确；②债务人的债务人或财产持有人应当向管理人清偿债务或者交付财产，故选项B正确；③有关债务人财产的保全措施应当解除，执行程序应当中止，故选项C错误；④有关债务人的民事诉讼，只能向受理破产申请的人民法院提起，故选项D正确。

7.【答案】BCD

【解析】根据《合同法》的规定：①因不可抗力致使不能实现合同目的，当事人可以解除合同，故选项C和D错误；②债务人对让与人的抗辩，可以向受让人主张；故选项A正确，选项B错误。

8.【答案】AB

【解析】当事人对已经发生法律效力的判决、裁定，认为有错误的，可以向原审法院或上一级法院申请再审；但是不停止判决、裁定的执行。

9.【答案】AB

【解析】管理人可以由有关部门、机构的人员组成的清算组或者依法设立的律师事务所、会计师事务所、破产清算事务所等社会中介机构担任。有下列情形之一的，不得担任管理人：①因故意犯罪受过刑事处罚；②曾被吊销相关专业执业证书；③与本案有利害关系（包括破产企业的债权人、破产企业的管理人员、破产企业的投资人等）；④人民法院认为不宜担任管理人的其他情形。

10.【答案】ABC

【解析】《企业破产法》规定，人民法院受理破产申请前1年内，涉及债务人财产的下列行为，管理人有权请求人民法院予以撤销：①无偿转让财产的；②以明显不合理的价格进行交易的；③对没有财产担保的债务提供财产担保的；④对未到期的债务提前清偿的；⑤放弃债权的。选项D属于债务人的无效行为，而非可撤销行为。

11.【答案】ABCD

【解析】申请上市的基金必须符合下列条件：①基金的募集符合《证券投资基金法》的规定；②基金合同期限为5年以上；③基金募集金额不低于2亿元人民币；④基金份额持有人不少于1000人；⑤基金份额上市交易规则规定的其他条件。

基金募集期限届满，封闭式基金募集的基金份额总额达到核准规模的80%以上，开放式基金募集的基金份额总额超过核准的最低募集份额总额，并且基金份额持有人人数符合国务院证券监督管理机构规定的，基金管理人应当自募集期限届满之日起10日内聘请法定验资机构验资，自收到验资报告之日起10日内，向国务院证券监督管理机构提交验资报告，办理基金备案手续，并予以公告。

12.【答案】BCD

【解析】根据《证券法》的规定，下列信息均属于内幕信息：①《证券法》规定的可能对上市公司股票交易价格产生较大影响而投资者尚未得知的重大事件；②公司分配股利或者增资的计划；③公司股权结构的重大变化；④公司债务担保的重大变更；⑤公司营业用主要资产的抵押、出售或者报废一次超过该资产的30%；⑥公司的董事、监事、高级管理人员的行为可能依法承担重大损害赔偿责任；⑦上市公司收购的有关方案；⑧国务院证券监督管理机构认定的对证券交易价格有显著影响的其他重要信息。选项C属于重大事件。

13.【答案】ACD

【解析】上市公司有下列情形之一的，由证券交易所决定终止其股票上市交易：①公司股本总额、股权分布等发生变化不再具备上市条件，在证券交易所规定的期限内仍不能达到上市条件；②公司不按照规定公开其财务状况，或者对财务会计报告作虚假记载，且拒绝纠正；③公司最近3年连续亏损，在其后一个年度内未能恢复盈利；④公司解散或者被宣告破产；⑤证券交易所上市规则规定的其他情形。另外，公司股票上市的条件之一是公司股本总额不少于3000万元，因此选项B所述情形不会导致股票终止上市。

14.【答案】ABCD

【解析】有下列情形之一的，不得收购上市公司：①收购人负有数额较大债务，到期未清偿，且处于持续状态；②收购人最近3年有重大违法行为或者涉嫌有重大违法行为；③收购人最近3年有严重的证券市场失信行为；④收购人为自然人的，存在《公司法》第一百四十七条规定情形，即依法不得担任公司董事、监事、高级管理人员的五种情形；⑤法律、行政法规规定以及中国证监会认定的不得收购上市公司的其他情形。其中，限制民事行为能力人是不能担任董事、监事和高级管理人员的，同样也不能作为收购人收购上市公司。

15.【答案】ABCD

16.【答案】ABCD

【解析】根据《票据法》的规定，追索权发生的实质要件包括：①汇票被拒绝付款；②汇票在到期日前被拒绝承兑；③在汇票到期日前，承兑人或者付款人死亡、逃匿的；④在汇票到期日前，承兑人或者付款人被依法宣告破产或者因违法被责令终止业务活动的。本票、支票追索权的行使，适用《票据法》有关汇票的规定。

17.【答案】BCD

【解析】在招标采购中，出现下列情形之一的，应予废标：①符合专业条件的供应商或者对招标文件作实质响应的供应商不足3家的；②出现影响采购公正的违法、违规行为的；③投标人的报价均超过了采购预算，采购人不能支付的；④因重大变故，采购任务取消的。

18.【答案】ABCD

【解析】仲裁员有下列情况之一的，必须回避，当事人也有权提出回避申请：①是本案当事人，或者当事人、代理人的近亲属；②与本案有利害关系；③与本案当事人、代理人有其他关系，可能影响公正仲裁的；④私自会见当事人、代理人，或者接受当事人、代理人的请客送礼的。

19.【答案】BCD

【解析】①提供格式条款的一方免除其责任，加重对方责任，排除对方主要权利的条款无效。②格式条款具有《合同法》第52条规定的情形时无效，这些情形包括：一方以欺诈、胁迫的手段订立合同，损害国家利益；恶意串通，损害国家、集体或者第三人的利益；以合法形式掩盖非法目的；损害社会公共利益；违反法律、行政法规的强制性规定。③格式条款具有《合同法》第53条规定的情形时无效，这些情形包括：有造成对方人身伤害的免责条款；有因故意或重大过失造成对方财产损失的免责条款。

20.【答案】CD

【解析】分公司是指公司依法设立的以分公司名义进行经营活动，其法律后果由本公司承受的分支机构。相对分公司而言，公司称为本公司或总公司。分公司没有独立的公司名称、章程，没有独立的财产，不具有法人资格，但可领取营业执照，进行经营活动，其民事责任由设立分公司的总公司承担。

三、判断题

1.【答案】×

【解析】原告向两个以上有管辖权的人民法院起诉的，由最先立案的人民法院管辖。

2.【答案】√

【解析】被代理人对第三人表示已将代理权授予他人，而实际并未授权的，属于表见代理。此时根据表见代理的法律后果，被代理人应该承担代理的法律后果。

3.【答案】√

【解析】分期付款的买受人未支付到期价款的金额达到全部价款的1/5的，出卖人可以要求买受人支付全部价款或者解除合同。出卖人解除合同的，可以向买受人要求支付该标的物的使用费。

4.【答案】×

【解析】违反《证券法》的规定，应承担民事赔偿责任和缴纳罚款、罚金，其财产不足以同时支付的，先承担民事赔偿责任。

5.【答案】 ×

【解析】 股东大会作出修改公司章程、增加或者减少注册资本的决议，以及公司合并、分立、解散或者变更公司形式的决议，必须经出席会议的股东“所持表决权”的2/3以上通过。

6.【答案】 ×

【解析】 合伙人发生与合伙企业无关的债务，相关债权人不得以其债权抵销其对合伙企业的债务；也不得代位行使合伙人在合伙企业中的权利。

7.【答案】 √

8.【答案】 ×

【解析】 合伙人对合伙企业有关事项作出决议，按照合伙协议约定的表决办法办理。合伙协议未约定或者约定不明确的，实行合伙人一人一票并经全体合伙人过半数通过的表决办法。

9.【答案】 √

10.【答案】 √

【解析】 票据债务人不得以自己与出票人或者与持票人的前手之间的抗辩事由，对抗持票人。但是，持票人明知存在抗辩事由而取得票据的除外。

四、简答题

1.【答案】

(1) F公司可行使追索权的追索对象包括：E公司、B公司、D公司和A公司。这些被追索人之间承担连带责任。

(2) C公司没有当然的付款义务。C公司如果承兑了该汇票，则不能以其所欠A公司债务只有8万元为由拒绝付款。根据规定，票据债务人不得以自己与出票人之间的抗辩事由对抗持票人。本假设条件中，C公司以其与出票人A公司之间的抗辩事由来对抗持票人F公司是不符合规定的。

(3) 被保证人是A公司。根据规定，保证人在汇票或者粘单上未记载被保证人名称的，已承兑的汇票，承兑人为被保证人；未承兑的汇票，出票人为被保证人。本题中，该汇票未经承兑，因此出票人A公司为被保证人。

如果D公司对F公司承担了保证责任，则D公司可以向A公司行使追索权。根据规定，保证人清偿汇票债务后，可以行使持票人对被保证人及其前手的追索权。本题中，被保证人为出票人A公司，因此保证人D公司清偿票据款项后只能向A公司行使追索权。

2.【答案】

(1) 公司章程中关于董事任期的规定不合法。根据规定，董事任期由公司章程规定，但每届任期不得超过3年。本题中，规定公司董事任期为4年是不符合规定的。

（2）公司章程中关于监事会职工代表人数的规定不合法。根据规定，监事会应当包括股东代表和适当比例的公司职工代表，其中职工代表的比例不得低于1/3，具体比例由公司章程规定。本题中，监事会成员为7人，职工代表人数不得低于3人，因此公司章程中定为2名是不合法的。

（3）公司章程中关于股权转让的规定合法。根据规定，公司章程对股权转让另有规定的，从其规定。本题中，公司章程虽然就股权转让作出了与《公司法》不同的规定，但也要按照公司章程的规定执行。

3.【答案】

（1）张某3月2日提交的设立申请书中有两个不符合法律规定的地方：

① 以劳务出资不符合规定。根据规定，普通合伙人才能以劳务出资，个人独资企业投资人是不能以劳务出资的。

② 企业名称不符合规定。根据规定，个人独资企业名称中不得使用“有限”、“有限责任”或者“公司”字样。

（2）A企业的成立日期为3月20日。根据规定，个人独资企业营业执照的签发日期，为个人独资企业成立日期。本题中，工商机关的签发日期为3月20日，因此该日为个人独资企业的成立日期。

（3）B企业主张合同有效的理由是不正确的。根据规定，投资人对受托人或者被聘用的人员职权的限制，不得对抗善意第三人。本题中，B企业为知情的、非善意的第三人，因此不适用该规定，此时投资人是可以对抗B企业的，B企业的主张是没有法律依据的。

五、综合题

【答案】

（1）甲公司有权解除合同。根据规定，当事人一方迟延履行主要债务，经催告后在合理期限内仍未履行的，另外一方当事人可以解除合同。本题中，甲公司催告后在合理期限内，丙机械厂仍未履行，此时甲公司可以解除合同。

（2）乙公司主张违约责任应由丙机械厂承担不符合法律规定。根据规定，由第三人履行的合同，以债权人、债务人为合同双方当事人，第三人不是合同的当事人。第三人只负担向债权人履行，不承担合同责任。本题中，甲公司和乙公司是买卖双方的基本当事人，而丙机械厂为第三人，因此是不承担买卖合同中的违约责任的。

（3）甲公司与乙公司之间的买卖合同解除后，合同中的仲裁协议仍然有效。根据规定，仲裁协议具有独立性，合同的变更、解除、终止或无效，不影响仲裁协议的效力。本题中，甲公司与乙公司的买卖合同虽然解除，但不影响其中的仲裁协议的效力。

（4）甲公司与乙公司约定的定金条款符合法律规定。根据规定，定金的数额由当事人约定，但不得超过主合同标的额的20%。本题中，主合同标的额为80万元，其20%为16万元，约定的定金未超过该标准，因此是符合规定的。

(5) 法院有权审理该合同纠纷。根据规定，当事人达成仲裁协议，一方向人民法院起诉未声明有仲裁协议，另一方在首次开庭前未对人民法院受理该起诉提出异议的，视为放弃仲裁协议，人民法院应当继续审理。本题中，甲公司提起诉讼时未声明有仲裁协议，乙公司在首次开庭时也未提出异议，因此视为甲乙双方放弃了仲裁协议，人民法院是有权继续审理该合同纠纷的。

2009年《经济法》全真模拟题（一）参考答案及解析

一、单项选择题

1. **【答案】** B

【解析】 根据我国《民事诉讼法》的有关规定，因合同纠纷引起的诉讼，由被告住所地或者合同履行地的人民法院管辖。

2. **【答案】** D

【解析】 根据《民法通则》的有关规定：①如果在诉讼时效期间的最后6个月前发生不可抗力或者其他障碍，至最后6个月时不可抗力仍然继续存在，则应在最后6个月时中止诉讼时效的进行，因此，诉讼时效期间于7月10日中止；②12月10日障碍消除，诉讼时效期间重新计算，诉讼时效期间暂停了5个月，因此诉讼时效期间由原来的2008年1月10日～2009年1月10日向后顺延5个月，至2009年6月10日。

3. **【答案】** C

【解析】 根据《合同法》的有关规定：当事人订立合同后合并的，由合并后的法人或者其他组织行使合同权利，履行合同义务；当事人订立合同后分立的，除债权人和债务人另有约定的以外，由分立的法人或者其他组织对合同的权利和义务享有连带债权，承担连带债务。因此，C选项正确。另外，还要注意分清两个概念：①债务人分立后对清偿债务的约定，不能对抗债权人；②分立，不一定是法人的分立，还可以是非法人组织的分立。

4. **【答案】** D

【解析】 根据《合伙企业法》的规定：①合伙人发生与合伙企业无关的债务，相关债权人不得以其债权抵销其对合伙企业的债务，也不得代为行使合伙人在合伙企业中的权利；②合伙人的自由财产不足清偿其与合伙企业无关的债务的，该合伙人可以以其从合伙企业中分取的收益用于清偿，债权人也可以依法请求人民法院强制执行该合伙人在合伙企业中的财产份额用于清偿。

5. **【答案】** B

【解析】 根据《证券法》的有关规定：①为股票发行出具审计报告、资产评估报告或者法律意见书的专业机构和人员，在股票承销期内和期满后6个月内，不准买卖该股票；②为上市公司出具审计报告、资产评估报告或者法律意见书的专业机构和人员，自接受委托之日起至文件公布后5日内，不得买卖该股票。

6.【答案】 B

【解析】 根据《公司法》的有关规定，有限责任公司成立后，发现作为设立公司出资的非货币财产的实际价额显著低于公司章程所定价额的，应当由交付该出资的股东补足其差额；公司设立时的其他股东承担连带责任。

7.【答案】 B

【解析】 债权人会议的决议，首先要由出席会议的有表决权的债权人过半数通过，通过和解协议草案的决议时，所代表的债权额必须占无财产担保债权总额的2/3以上。本题中除张某外，有8位债权人有表决权，C、D选项人数未过半数。本题无财产担保债权总额为1000－300＝700万元，A选项未达到2/3。

8.【答案】 B

【解析】 本题考核点为效力待定合同。根据我国《合同法》的有关规定，抵押是指债务人或者第三人不转移对其确定的财产的占有，将该财产作为债权的担保。在本题当中，赵某将张某抵押的尚未到期的不动产作为标的与李某签订买卖合同，由于赵某对该不动产无处分权，因此该合同处于效力待定状态。由于张某得知后对此表示反对，因此赵某与李某双方所签订的合同在效力上属于无效合同。如果赵某和李某订立的买卖合同经不动产的权利人张某追认，或者无处分权的赵某在2008年7月15日订立合同后取得处分权的，该合同属于有效合同。

9.【答案】 B

【解析】 根据《票据法》的有关规定，①出票行为是单方行为，付款人并不因此而有付款义务，只是基于出票人的付款委托而使其具有承兑人的地位，只有在其对汇票进行承兑后，付款人才成为汇票上的主债务人。所以A选项错误。②出票人签发汇票后，即承担保证该汇票承兑和付款的责任。出票人在汇票得不到承兑或付款时，应当向持票人清偿法律规定的金额和费用。所以B选项正确。③票据的变造应依照签章是在变造之前或之后来承担责任。如果当事人签章在变造之前，应按原记载的内容负责；如果当事人签章在变造之后，则应按变造后的记载内容负责。所以C选项错误。④追索权的行使对象包括出票人、背书人、承兑人和保证人。所以D选项错误。

10.【答案】 A

【解析】 根据《外商投资企业法》的有关规定，外国投资者并购境内企业设立外商投资企业，如果外国投资者的出资比例低于注册资本25%的，投资者以现金出资的，应自外商投资企业营业执照颁发之日起3个月内缴清。在本题中，外国投资者的出资比例仅为20%，且以现金出资，应当自外商投资企业营业执照颁发之日起3个月内缴清出资。

11.【答案】 A

【解析】 根据《民法通则》的有关规定：①拒付租金的，适用于1年的特别诉讼时效期间；②只有在诉讼时效期间的最后6个月内发生不可抗力和其他障碍，才能中止诉讼时效的进行。如果在诉讼时效期间的最后6个月前发生不可抗力，至最后6个月时不可抗力已消失，则不能中止诉讼时效的进行。因此，李某2008年9月出差遇车祸耽误的20天不能引起诉讼时效的中止。如果李某出差遇车祸发生在2008年的12月，则正确答案为B。

12.【答案】B

【解析】根据《合同法》的有关规定，保证，是指第三人为债务人的债务履行作担保，并由保证人和债权人约定，当债务人不履行债务时，保证人应按照约定履行债务或者承担责任的一种行为。本题中，范某是保证人，张某是债权人，所以应由张某和范某签订保证合同。

13.【答案】A

【解析】根据《合同法》的有关规定，约定的违约金低于造成的损失的，合同当事人可以请求人民法院或者仲裁机构予以增加。当事人就延迟履行约定违约金的，违约方支付违约金后，还应当履行债务。在本题中，由于当事人建海公司违约，给荣丰公司造成的实际损失为35万元，高于双方约定的违约金，因此，荣丰公司可以请求人民法院或者仲裁机构要求建海公司再补付赔偿金＝35－200×15％＝5万元。

14.【答案】B

【解析】①选项A：不满十周岁的丫丫属于无民事行为能力人，其行为属于无效的民事行为。②选项B：李某只有在“重大误解”的情况下，才属于可撤销的民事行为，不属于无效的民事行为。③选项C：甲企业的业务员黄某与乙企业“恶意串通”损害甲企业利益的行为，属于无效的民事行为。④选项D：不管是否有牌照，转让走私车违反了法律的强制性规定，属于无效的民事行为。

15.【答案】B

【解析】A选项所述8月2日荣丰公司发出的函件，内容包括了合同的标的、数量、价格、履行时间、方式、付款方式等合同主要内容，符合要约生效的条件，为要约；B选项所述8月4日建海家具厂发出的函件，因为家具厂变更了荣丰公司所提出的价格标准，应为新要约；C选项所述8月6日荣丰公司发出的函件，对家具厂的提议表示同意，属承诺行为；D选项所述8月1日建海家具厂发出的函件，因为内容不具体，没有数量条款，为要约邀请。

16.【答案】A

【解析】根据《合伙企业法》的有关规定，合伙企业的利润分配、亏损分担，按照合伙协议的约定办理；合伙协议未约定或者约定不明确的，由合伙人协商决定；协商不成的，由合伙人按照实缴出资比例分配、分担；无法确定出资比例的，由合伙人平均分配、分担。

17.【答案】B

【解析】股份有限公司的监事会由股东代表和适当比例的公司职工代表组成，其中职工代表由职工民主选举产生。监事的任期每届为3年，连选可以连任。

18.【答案】 D

【解析】 根据《证券法》的规定，公开发行公司债券的条件之一是累计债券总额不超过公司净资产额的40%。该公司2008年4月发行的三年期公司债券1200万元尚未到期，因此该公司此次发行公司债券额最多不得超过8000×40%－1200＝2000万元。

19.【答案】 B

【解析】 重大事件包括：①公司的经营方针和经营范围的重大变化；②公司的重大投资行为和重大的购置财产的决定；③公司订立重要合同，可能对公司的资产、负债、权益和经营成果产生重要影响；④公司发生重大债务和未能清偿到期重大债务的违约情况；⑤公司发生重大亏损或者重大损失；⑥公司生产经营的外部条件发生的重大变化；⑦公司的董事、1/3以上监事或者经理发生变动；⑧持有公司5%以上股份的股东或者实际控制人，其持有股份或者控制公司的情况发生较大变化；⑨公司减资、合并、分立、解散及申请破产的决定；⑩涉及公司的重大诉讼、仲裁，股东大会、董事会决议被依法撤销或者宣告无效；⑪公司涉嫌犯罪被司法机关立案调查，公司董事、监事、高级管理人员涉嫌犯罪被司法机关采取强制措施；⑫国务院证券监督管理机构规定的其他事项。

20.【答案】 A

【解析】 合营企业的下列文件、证件、报表，应当经中国注册会计师验证和出具证明方为有效：①合营各方的出资证明书；②合营企业的年度会计报表；③合营企业清算的会计报表。

21.【答案】 C

【解析】 根据《公司法》的规定，公司应当自作出合并决议之日起10日通知债权人，并于30日内在报纸上公告。债权人自接到通知书之日起30日内，未接到通知书的自公告之日起45日内，可以要求公司清偿债务或者提供相应的担保。

22.【答案】 A

【解析】 投资总额在300万～420万美元之间的，注册资本不低于210万美元。因此，建海公司至少应出资：210×60%＝126万美元。

23.【答案】 A

【解析】 根据《合同法》的有关规定，同一债务有两个以上保证人的，保证人应当按照保证合同约定的保证份额，承担保证责任。没有约定保证份额的，保证人承担连带责任，债权人可以要求任何一个保证人承担全部保证责任，保证人都负有担保全部债权实现的义务，已经承担保证责任的保证人，有权向债务人追偿，或者要求承担连带责任的其他保证人清偿其应当承担的份额。

24.【答案】 B

【解析】 根据《合伙企业法》的有关规定：①合伙人因故意或者重大过失给合伙企业造成损失的，经其他合伙人一致同意，可以决议将其除名，因此选项D错误；②被除名人对除名决议有异议的，可以在接到除名通知之日起30日内，向“人民法院起诉”，因此选项 C 错误；③被除名人自“接到除名通知”之日起，除名生效，被除名人退伙，因此选项 A 错误。

25.【答案】 C

【解析】 根据《企业破产法》的有关规定，人民法院受理破产申请后，债务人占有的不属于债务人的财产，该财产的权利人可以通过管理人取回。

二、多项选择题

1.【答案】 ABCD

【解析】 经济法律关系的主体简称经济法主体，是指在经济法律关系中享有一定权利、承担一定义务的当事人或参加者，包括国家机关、企业、事业单位、社会团体、个体工商户和农村承包经营户、公民。选项 C 某公司的子公司具有法人资格，当然可以成为经济法主体；如为分公司，其虽然不具有法人资格，但仍然可以自己的名义从事经济活动，也是经济法主体。

2.【答案】 ACD

【解析】 根据《仲裁法》的有关规定，不适用《仲裁法》的情形包括：①与人身有关的婚姻、收养、监护、扶养、继承纠纷；②行政争议；③劳动争议；④农业承包合同。

3.【答案】 CD

【解析】 根据《公司法》规定，股份有限公司注册资本最低限额为人民币 500 万元，该题所说的公司依法成立的注册资本为 280 万元，可以判断该公司不是股份有限公司，而是有限责任公司。另外，修改公司章程的决议属于有限责任公司的特别决议，根据规定，有限责任公司的特别决议事项，必须经代表 2/3 以上表决权的股东通过，而不是“出席会议”的股东所持表决权的 2/3 以上通过，因此该题目应该选 CD。

4.【答案】 ACD

【解析】 根据《合伙企业法》的有关规定：①合伙企业的自然人合伙人必须是完全民事行为能力人，限制民事行为能力人和无民事行为能力人不得成为合伙企业的合伙人；②利润分配和亏损分担办法是合伙协议应该记载的事项；③经全体合伙人过半数同意，可以在合伙企业解散事由出现后 15 日内指定一个或者数个合伙人，或者委托第三人担任清算人；④合伙人之间约定的合伙企业亏损的分担比例对合伙人具有约束力，对债权人是没有约束力的。

5.【答案】 AB

【解析】 根据《外商投资企业法》的有关规定：①法律允许其先注册登记，再根据出资额一次或分期缴纳出资，所以选项 A 是正确的；②在 2008 年 9 月 1 日，至该合营企业注册登记之日起已满 3 个月，法律规定，实缴资本不低于各自认缴出资额的 15%，现实收资本 230 万美元，已超过注册资本 1500 万美元的 15%，所以选项 B 也正确；③法律规定，中外合资经营企业的投资者均须按合同规定的比例和期限同步缴付认缴的出资，则C选项缺少一个条件，没有说明中外双方的出资比例相同，所以缴付出资额相同的说法不正确；④2011年6月1日自企业注册之日起已满3年，法律规定，注册资本在300万美元以上，1000万美元以下的，自营业执照核发之日起3年内全部缴齐，故D选项错误。

6.【答案】ABC

【解析】合营企业外方投资比例一般不得低于注册资本的25%；具备法人资格的合作企业，外方投资比例一般也不得低于注册资本的25%，对于不具备法人资格的合作企业，没有25%的规定。

7.【答案】ABC

【解析】对于附生效条件或者解除条件的债权，管理人应当将其分配额提存。管理人依照规定提存的分配额，在最后分配公告日，生效条件未成就或者解除条件成就的，应当分配给其他债权人；在最后分配公告日，生效条件成就或者解除条件未成就的，应当交付给债权人。

8.【答案】AC

【解析】上市公司有下列情形之一的，由证券交易所决定暂停其股票上市交易：①公司股本总额、股权分布等发生变化，不再具备上市条件；②公司不按照规定公开其财务状况，或者对财务会计报告做虚假记载，可能误导投资者；③公司有重大违法行为；④公司最近3年连续亏损；⑤证券交易所上市规则规定的其他情形。

9.【答案】ABC

【解析】持票人行使追索权时，其追索金额包括：①被拒绝付款的汇票金额；②汇票金额自到期日或者提示付款日起至清偿日止，按照中国人民银行规定的同档次流动资金贷款利率计算的利息；③取得有关拒绝证明和发出通知书的费用。

10.【答案】CD

【解析】根据《企业破产法》的有关规定，以破产企业为债务人的、尚未审结且另无连带责任人的经济纠纷案件，应当终结诉讼；以破产企业为债务人的、尚未审结且另有连带责任人的经济纠纷案件，应当中止诉讼。

11.【答案】BCD

【解析】根据《票据法》的有关规定，背书不得附条件，否则所附条件不具有汇票上的效力；将汇票金额的一部分转让或者将汇票金额分别转让给2人以上的背书无效。

12.【答案】CD

【解析】根据《合伙企业法》规定：新合伙人入伙时，应当经全体合伙人同意，并依法订立书面入伙协议。订立入伙协议时，原合伙人应当向新合伙人告知原合伙企业的经营状况和财务状况。入伙的新合伙人对入伙前的该合伙企业的债务承担连带责任。

13.【答案】 ACD

【解析】 根据个人独资企业法律制度的规定，投资者可以用货币、实物、土地使用权或其他财产权利出资，并且规定，投资人可以个人财产出资，也可以家庭共有财产作为个人出资。以家庭共有财产作为个人出资的，投资人应当在设立（变更）登记申请书上予以注明。

14.【答案】 ABCD

【解析】 债权人可以请求全体合伙人中的一人或者数人承担全部清偿责任，也可以按照自己确定的比例向各合伙人分别追索。本题中，如果张某偿还了10万元，他可以按照内部约定，向李某追讨3万元，再向王某追讨2万元。

15.【答案】 ABC

【解析】 根据《公司法》的规定：公司将股份奖励给本公司职工的，可以回购本公司的股份，因此选项A的说法是正确的；国家授权投资的机构可以依法转让其持有股份，也可以购买其他股东持有的股份，所以选项B符合规定；与持有本公司股份的其他公司合并时，可以回购本公司的股份，因此选项C正确；发起人持有的本公司的股份，自公司成立之日起1年内不得转让，因此选项D不符合规定。

16.【答案】 ABCD

【解析】 根据《合同法》的规定，有下列情形之一的，合同的权利义务终止：①债务已经按照约定履行；②合同解除；③债务相互抵销；④债务人依法将标的物提存；⑤债权人免除债务；⑥债权债务同归于一人。

17.【答案】 BC

【解析】 根据《公司法》的规定，决定公司的经营计划和投资方案和决定公司内部管理机构的设置是董事会的职权，而决定公司的经营方针和投资计划和修改公司章程是股东会的职权。

18.【答案】 CD

【解析】 根据票据法律制度的规定，商业汇票的提示付款期间为自汇票到期日期起10日内，因此选项A是错误的；银行汇票自出票日起1个月内提示付款，因此选项B也是错误的。

19.【答案】 AB

【解析】 承担民事责任的方式主要有：停止侵害；排除妨碍；消除危险；返还财产；恢复原状；修理、重作、更换；赔偿损失；支付违约金；消除影响、恢复名誉；赔礼道歉。选项C属于行政责任，选项D属于刑事责任。

20.【答案】 ACD

【解析】《合同法》对缔约过失规定了4种情形：①假借订立合同，恶意进行磋商；②故意隐瞒与订立合同有关的重要事实或者提供虚假情况；③当事人在订立合同过程中知悉的商业秘密，无论合同是否成立，泄漏或不正当地使用的；④有其他违背诚实信用原则的行为。

三、判断题

1.【答案】×

【解析】外国企业和其他经济组织在中国境内设立的分支机构，一般属于外国企业的分公司，它们与其母公司共同核算，因此，它们不属于我国《外商投资企业法》的调整范围。

2.【答案】×

【解析】票据变造是指无权更改票据内容的人，对票据上签章以外的记载事项加以变更的行为。该公司是合法的出票人，其涂改金额将造成该票据无效。

3.【答案】√

【解析】根据我国《公司法》的有关规定，全体股东的货币出资额不得低于有限责任公司注册资本的30%。该公司的货币资金出资额＝200＋200＝400万元，超过了注册资本的30%，因此是符合规定的。

4.【答案】×

【解析】仲裁实行一裁终局制度，裁决作出后，当事人就同一纠纷再申请仲裁或者向人民法院起诉的，仲裁委员会或者人民法院不予受理。

5.【答案】√

【解析】根据《企业破产法》的有关规定，和解协议对债务人的保证人和其他连带债务人无效，即债务人的保证人和其他连带债务人的保证责任或者连带清偿责任并不因和解协议的生效而减少，而是仍按原债务责任承担担保责任和连带清偿责任。

6.【答案】√

【解析】持票人应当自收到被拒绝承兑或者被拒绝付款的有关证明之日起3日内，将被拒绝事由书面通知其前手。持票人未按照规定期限发出追索通知的，持票人仍可以行使追索权，因延期通知给其前手或者出票人造成损失的，由其承担损失的赔偿责任，但所赔偿的金额以汇票金额为限。

7.【答案】×

【解析】根据《外商投资企业法》的有关规定，投资总额在300万美元以下的（含300万美元），注册资本应占投资总额的7/10。本题中该企业的注册资本至少应为250×7/10＝175万美元。

8.【答案】×

【解析】《合同法》规定，当事人约定由债务人向第三人履行义务的，债务人未向第三人履行债务或者履行债务不符合约定，应当向债权人承担违约责任。

9.【答案】×

【解析】债权人已知债务人有不能清偿到期债务或者破产申请的事实，而对债务人负担债务的，不得抵销。

10.【答案】√

【解析】根据《公司法》的规定，有下列情形之一的，应当在2个月内召开临时股东大会：①董事人数不足法定最低人数5人或者不足公司章程规定人数的2/3时；②公司未弥补的亏损达股本总额的1/3时；③单独或者合计持有公司10%以上的股东请求时；④董事会认为必要时；⑤监事会提议召开时；⑥公司章程规定的其他情形。

四、简答题

1.【答案】

（1）注册资本在投资总额中的比例不合法。根据规定，投资总额在3000万美元以上的，注册资本至少应占投资总额的1/3。本题符合规定的注册资本应为1400万美元。

（2）出资期限不合法。根据规定，双方第一期出资应在营业执照签发之日起3个月内缴清，而不是4个月内。

（3）出资方式不合法。根据规定，任何一方不得用以合资企业的名义所贷的款作为出资，而双方在合同中做了这样的约定。

（4）董事会组成不合法。根据规定，若董事长由一方担任，则副董事长应由另一方委派，不能出现董事长与副董事长均为相同一方委派的情况。本案中，董事长由外方委派，因而副董事长就应由中方委派，合同中约定的副董事长可由外方也可由中方委派是错误的。

（5）合资企业合同约定有关注册资本的增加或减少不合法。根据规定，合营企业在合营期内不能减少其注册资本，因而该条款中有关注册资本减少的约定是错误的。此外，根据规定，合营企业注册资本的增加必须由出席董事会会议的董事一致通过方可作出决议。因而该款所约定的有关注册资本的增加需2/3董事同意才可通过是违法的。

2.【答案】

（1）由甲单独执行合伙企业事务符合《合伙企业法》的有关规定。

根据《合伙企业法》的规定，合伙企业可以由全体合伙人决定（或者合伙协议约定），委托一名（或者数名）合伙人执行合伙企业事务。

（2）乙、丙之间转让财产份额的行为符合《合伙企业法》的规定。

根据《合伙企业法》的有关规定，合伙人之间转让在合伙企业中的全部（或者部分）财产份额，不以其他合伙人同意为条件，只需通知其他合伙人。

（3）大地公司直接要求丙以其个人财产清偿货款的作法不符合法律规定。

根据《合伙企业法》的规定，对于合伙企业的债务，必须先以合伙企业的全部财产清偿；只有当合伙企业财产不足清偿时，才由全体合伙人承担无限连带清偿责任。

3.【答案】

(1) 尽管建海公司交付给荣丰公司的支票未记载收款人，但该支票仍有效。我国票据法规定，支票上未记载收款人名称的，经出票人授权，可以补记。建海公司已授权荣丰公司在收款人栏内补记收款人，因此，该支票是有效的。

(2) 荣丰公司利用金星公司账户存取款项的行为不符合有关规定。根据银行账户管理办法的有关规定，存款人的账户只能办理存款人本身的业务活动，金星公司与建海公司未发生任何业务活动，因此，荣丰公司在该支票上填写金星公司为收款人，由金星公司存取款项，并收取相应的管理费，属于出租或转让账户的行为，不符合有关规定。

应当由金星公司承担相应的责任。根据有关规定，存款人出租和转让账户的，除责令其纠正外，还应当对该行为发生的金额处以5%但不低于1000元的罚款，并没收出租和转让账户的非法所得。

(3) 银行通知金星公司不能支取到账资金的理由不能成立。首先，根据票据法的规定，支票属于见票即付票据，不得另行记载付款日期，另行记载付款日期的，该记载无效。其次，根据有关规定，除国家法律另有规定外，银行不得代任何单位或个人冻结、扣款，不能停止单位、个人存款的正常支付。

银行限制金星公司支取支票资金的行为，属于延压和截留客户资金的行为，依照有关规定，银行应当按延压资金额每天万分之五计付赔偿金。

五、综合题

【答案】

(1) 甲、乙企业的买卖合同成立。根据规定，行为人没有代理权、超越代理权、代理权终止后以被代理人名义签订合同，善意相对人有理由相信行为人有代理权的，该代理行为有效。在本案中，由于最近3年乙企业一直通过张某与甲企业签订买卖合同，而且8.50元的单价属于正常的市场价格，因此可以推定乙企业为善意相对人，因此张某的代理行为有效，张某以甲企业的名义与乙企业的买卖合同成立。

(2) 乙企业拒绝付款的理由不成立。根据《合同法》的规定，在买卖合同中，当事人约定期间的，买方应在检验期间内将标的物的数量或质量不符合约定的情形通知卖方，买方怠于通知的，视为标的物的数量或者质量符合约定。在本案中，约定的检验期间为9月6～15日。但乙企业未在检验期间内将部分货物的质量不符合约定的情况及时通知甲企业，则视为货物的数量和质量符合约定，因此乙企业拒绝付款的理由不成立。

(3) 人民法院的裁定符合规定。根据《合同法》的规定，债权人向次债务人提起的代位权诉讼经人民法院审理后认定代位权成立的，由次债务人向债权人履行清偿义务，债权人与债务人、债务人与次债务人之间的债权债务关系即予消灭。在本案中，债权人甲企业向次债务人丁企业提起的代位权诉讼经人民法院审理后认定代位权成立的，人民法院裁定由丁企业向甲企业履行清偿义务，同时甲与乙、乙与丁的债权债务关系消灭符合法律规定。

（4）2万元的诉讼费用由丁企业承担。根据《合同法解释》的规定，在代位权诉讼中，债权人胜诉的，诉讼费由次债务人负担。

（5）丙企业的主张不成立。根据《合同法解释》的规定，债权人行使代位权，其债权就代位权行使的结果有优先受偿的权利。在本案中，债权人甲企业的代位权诉讼成立，因此其债权就其代位权行使的结果（200万元）有优先受偿权，因此丙企业的主张不成立。

2009年《经济法》全真模拟题（二）参考答案及解析

一、单项选择题

1.【答案】B

【解析】仲裁的基本原则包括：①自愿原则；②一裁终局原则。仲裁裁决作出后，当事人就同一纠纷不能再申请仲裁或向人民法院起诉。因此，选项B是正确的，选项A是错误的。根据《仲裁法》的规定，平等主体的公民、法人和其他组织之间发生的合同纠纷和其他财产纠纷，可以仲裁。与人身有关的婚姻、收养、监护、扶养、继承纠纷是不能进行仲裁的。因此，选项CD是错误的。

2.【答案】D

【解析】根据《企业破产法》的规定，破产财产在清偿破产费用和共益债务后，应按以下顺序清偿：①破产企业所欠职工的工资和劳动保险费用；②破产企业所欠的社会保险费用和税款；③普通破产债权。

3.【答案】C

4.【答案】C

【解析】支票的绝对必要记载事项包括：①表明"支票"的字样；②无条件支付的委托；③确定的金额；④付款人名称；⑤出票日期；⑥出票人签章。出票地和付款地是支票的相对必要记载事项。

5.【答案】D

【解析】《企业破产法》规定，和解协议对债务人和全体和解债权人均有约束力。全体和解债权人是指人民法院受理破产申请时对债务人享有无财产担保债权的人。

6.【答案】B

【解析】根据《合伙企业法》的规定，合伙人死亡或者被依法宣告死亡的，对该合伙人在合伙企业中的财产份额享有合法继承权的继承人，依照合伙协议的约定或者经全体合伙人同意，从继承开始之日起，即取得该合伙企业的合伙人资格。合法继承人不愿意成为该合伙企业的合伙人的，合伙企业应退还其依法继承的财产份额。

7.【答案】D

【解析】根据《合同法》的规定，直接承受不可抗力的一方有义务将发生不可抗力的事实以及对履行义务的影响及时通知对方，以减轻可能给对方造成的损失。建海公司没有履行及时通知的法定义务，对荣丰公司的损失应当予以赔偿，因此选D项。

8. 【答案】D

【解析】根据《公司法》的有关规定，以募集设立方式设立股份有限公司的，发起人认购的股份不得少于公司股份总数的35%，其余股份应当向社会公开募集。故深发公司的发起人应认购的股份为1800×35%＝630万股。

9. 【答案】B

【解析】合伙企业存续期间，合伙人向合伙人以外的人转让其在合伙企业中的全部或者部分财产份额时，须经其他合伙人一致同意。也就是说，只要其他合伙人中有人不同意，就不得转让。

10. 【答案】D

【解析】根据规定，行政复议决定书一经送达即发生法律效力。被申请人应当履行行政复议，不履行或者无正当理由拖延履行的，行政复议机关或者有关上级行政机关应当责令其限期履行。

11. 【答案】A

【解析】本题考核有限责任公司的有关规定。根据我国公司法的有关规定：①公司不得在法定会计账册之外另设会计账册；②公司不得将公司资金以个人名义开立账户存储；③财务负责人不得兼任本公司的监事；④董事每届任期不得超过3年。

12. 【答案】C

13. 【答案】A

【解析】根据《担保法》的规定，以依法可以转让的股票、商标专用权，专利权、著作权中的财产权出质的，应当向有关部门办理出质登记，质押合同自登记之日起生效。

14. 【答案】A

【解析】有限责任公司应该是登记后不得撤资，B项说法错误；股东向股东以外的人转让出资是有限责任公司的特有规定，是经过其他股东过半数同意，非2/3以上同意，选项C也是错误的；劳务出资是合伙企业特有的出资方式，有限责任公司的出资方式不包括劳务出资，选项D错误。

15. 【答案】D

【解析】公司债券表示发行人与投资者之间的债权、债务关系；股票表示投资者对发行人拥有股东的一系列权利。

16. 【答案】D

【解析】根据《物权法》和《担保法》的规定，债务人或者第三人有权处分的下列财产可以抵押：①建筑物和其他地上定着物；②建设用地使用权；③以招标、拍卖、公开协商等方式取得的荒地等土地承包经营权；④生产设备、原材料、半成品、产品；⑤正在建造的建筑物、船舶、航空器；⑥交通运输工具；⑦法律、行政法规未禁止抵押的其他财产。

17.【答案】B

【解析】不同法的形式的效力为：宪法>法律>行政法规>地方性法规。

18.【答案】D

【解析】根据《外商投资企业法》的有关规定，合营企业的投资总额在300万美元以上至1000万美元（含1000万美元）的，其注册资本至少应占投资总额的1/2。

19.【答案】C

【解析】根据《外商投资企业法》的有关规定，对通过收购国内企业资产或股权设立外商投资企业的外国投资者，应自外商投资企业营业执照颁发之日起3个月内支付全部购买金。对特殊情况需延长支付者，经审批机关批准后，应自营业执照颁发之日起6个月内支付购买总金额的60%以上，在1年内付清全部购买金，并按实际缴付的出资额的比例分配收益。控股投资者在付清全部购买金额之前，不能取得企业决策权，不得将其在企业中的权益、资产以合并报表的方式纳入该投资者的财务报表。故本题中2008年10月5日张某才能取得荣丰公司的控股权。

20.【答案】A

【解析】合营合同规定一次缴清出资的，合营各方应当自营业执照签发之日起6个月内缴清；合营合同规定分期缴付出资的，合营各方第一期出资，不得低于各自认缴出资额的15%，并且应当在营业执照签发之日起3个月内缴清。

21.【答案】D

【解析】债权人会议的决议，由出席会议的有表决权的债权人过半数通过，并且其所代表的债权额，必须占无财产担保债权总额的半数以上，但是通过和解协议草案的决议，必须占无财产担保债权总额的2/3以上。

22.【答案】C

【解析】根据我国中外合资经营企业法的有关规定，合营企业的投资总额在1000万美元以上至3000万美元（含3000万美元）的，其注册资本至少应占投资总额的2/5，其中投资总额在1250万美元以下的，注册资本不得低于500万美元。在合营企业的注册资本中，外国合营者的投资比例不得低于注册资本的25%，所以外方认缴的出资额不得低于500×25%=125万美元。

23.【答案】C

【解析】根据《公司法》的规定，股份有限公司的董事长和副董事长由董事会以全体董事的过半数选举产生。

24.【答案】C

【解析】根据《合同法》的规定，承诺生效时合同成立。但当事人采用合同书形式订立合同的，自双方当事人签字或者盖章时合同成立。

25.【答案】A

【解析】根据《企业破产法》的规定，在破产清算中，应优先从破产财产中拨付破产费用和共益债务。

二、多项选择题

1.【答案】ABCD

【解析】合同标的可分为四种：①有形财产；②无形财产；③劳务；④工作成果。本题中A选项属于工作成果；B选项属于无形财产；C选项属于劳务；D选项属于有形财产。

2.【答案】ACD

【解析】根据《公司法》的规定，有下列情形之一者，不得担任公司的董事、监事、高级管理人员：①无民事行为能力或限制民事行为能力；②因贪污、贿赂、侵占财产、挪用财产或破坏社会主义经济秩序，被判处刑罚，执行期满未逾5年；或者因犯罪被剥夺政治权利，执行期满未逾5年；③担任破产被清算的公司、企业的厂长、经理、董事，对该公司或企业的破产负有个人责任的，自破产完结之日起未逾3年；④担任因违法被吊销营业执照的公司、企业的法定代表人，并负有个人责任的，自该公司、企业吊销营业执照之日起未逾3年；⑤负有个人债务数额较大，到期未能偿还。

3.【答案】CD

【解析】有限责任公司临时股东会议由以下人员提议召开：①代表1/10以上表决权的股东；②1/3以上的董事；③监事会和不设监事会的公司的监事。本题选项B为股份有限公司召开临时股东大会的情形。

4.【答案】ACD

【解析】根据《合伙企业法》的有关规定，有限责任公司成立后，发现作为出资的实物、工业产权、土地使用权的实际价额显著低于公司章程所定价额的，应当由交付该出资的股东补交其差额，公司设立时的其他股东其承担连带责任。

5.【答案】ABD

【解析】根据《合伙企业法》的有关规定，全体合伙人、企业债务发生后办理入伙的合伙人以及企业债务发生后办理退伙的合伙人，均应当对企业债务承担连带责任。企业聘用的经营管理人员不承担连带责任。

6.【答案】ABCD

【解析】根据《票据法》的有关规定，票据到期日之前有下列情况之一者，持票人可以行使票据追索权：①汇票被拒绝承兑；②承兑人或付款人死亡、逃匿的；③承兑人或付款人被依法宣告破产或因违法被责令终止业务活动。

7.【答案】ABCD

【解析】根据《证券法》的规定，股份有限公司申请股票上市，应当符合下列条件：①股票经国务院证券监督管理机构核准已公开发行；②公司股本总额不少于人民币3000万元；③公开发行的股份达到公司股份总数的25%以上，公司股本总额超过人民币4亿元的，公开发行股份的比例为10%以上；④公司最近3年无重大违法行为，财务会计报告无虚假记载。

8.【答案】ABC

【解析】仲裁协议具有以下效力：①仲裁协议中为当事人设定的一定义务，不能任意更改、终止或撤销；②合法有效的仲裁协议对双方当事人诉讼权的行使产生一定的限制，在当事人双方发生协议约定的争议时，任何一方应将争议提交仲裁，如果其向人民法院起诉的，人民法院应不予受理；③仲裁协议具有独立性，合同的变更、解除、终止或无效，不影响仲裁协议效力。

9.【答案】BC

【解析】根据《合伙企业法》的有关规定：①合伙企业的利润分配、亏损分担，按照合伙协议的约定办理；②合伙协议未约定或者约定不明确的，由合伙人协商决定；③协商不成的，由合伙人按照实缴出资比例分配、分担，无法确定出资比例的，由合伙人平均分配、分担。

10.【答案】BD

【解析】根据规定，①合营企业可以设审计师，负责审查、稽核合营企业的财务收支和会计账目，向董事会、总经理提出报告。②合营企业的下列文件、证件、报表，应当经中国注册会计师验证和出具证明方为有效：合营各方的出资证明书（以物料、场地使用权、工业产权、专有技术作为出资的，应当包括合营各方签字同意的财产估价清单及其协议文件）；合营企业的年度会计报表；合营企业清算的会计报表。③合营企业以人民币为记账本位币，但经合营各方商定，也可采用某一种外国货币为记账本位币。以外国货币记账的合营企业，除编制外币的会计报表外，还应另编折算成人民币的会计报表。④合营企业设总会计师，协助总经理负责企业的财务会计工作，必要时，可以设副总会计师。

11.【答案】ABD

【解析】根据《公司法》的有关规定：①董事会会议由董事长召集并主持，董事长因特殊原因不能履行职权时，由董事长指定的副董事长召集主持，因此选项A是错误的；②通过增加公司注册资本的决议属于股东大会的职权，因此选项B是错误的；③聘任或者解聘公司经理属于董事会的职权，董事会还可以决定，由董事会成员兼任公司经理，因此选项C是正确的；④董事会应当将会议所议事项载入会议记录，由出席会议的全体董事和记录员在会议记录上签名，因此选项D是错误的。

12.【答案】ABC

【解析】选项D可以依法申请仲裁或者向人民法院提出诉讼，不能申请行政复议。

13.【答案】ABC

【解析】根据我国有关法律、行政法规的规定，国家公务员、党政机关领导干部、警官、法官、检察官、商业银行工作人员等人员，不得作为投资人申请设立个人独资企业。

14.【答案】ABCD

【解析】能够作为法律行为所附条件的事实必须具备以下条件：①是将来发

生的事实，已发生的事实不能作为条件；②是不确定的事实，即条件是否必然发生，当事人不能肯定；③是当事人任意选择的事实，而非法定的事实；④是合法的事实，不得以违法或违背道德的事实作为所附条件；⑤所限制的是法律行为效力的发生或消灭，而不涉及法律行为的内容，即不与行为的内容相矛盾。

15.【答案】BD

【解析】①股份有限公司的发起人持有的本公司的股份，自公司成立之日起3年内不得转让。选项B，2004年10月11日，张某作为发起人持有的本公司的股份已满3年，可以转让。②公司董事、监事、经理应当向公司申报所持有的本公司的股份，并在任职期间内不得转让。选项D，2008年11月20日，张某作为公司监事任期届满，未能连任，亦未担任公司其他职务，可以转让。

16.【答案】ACD

【解析】个人独资企业有下列情形之一时，应当解散：①投资人决定解散；②投资人死亡或者被宣告死亡，无继承人或者继承人决定放弃继承；③被依法吊销营业执照；④法律、行政法规规定的其他情形。

17.【答案】ABD

【解析】根据《外商投资企业法》的规定，对通过收购国内企业资产或股权设立外商投资企业的外国投资者，应自外商投资企业营业执照颁发之日起3个月内支付全部购买金。对特殊情况需延长支付者，经审批机关批准后，应自营业执照颁发之日起6个月内支付购买总金额的60%以上，在1年内付清全部购买金。

18.【答案】AB

【解析】在合伙企业与个人独资企业中，有关法律均未强制规定必须设立职工代表大会。因此，本题的正确答案为AB。

19.【答案】ACD

【解析】根据《企业破产法》的规定，第一次债权人会议以后的债权人会议在人民法院认为必要时，或者管理人、债权人委员会、占债权总额1/4以上的债权人向债权人会议主席提议时召开。

20.【答案】ACD

【解析】根据我国《合同法》的有关规定：借款人应当按照约定的期限支付利息。对支付利息的期限没有约定或者约定不明确，事后亦不能达成补充协议，借款期间1年以上的，应当在每届满1年时支付，剩余期间不满1年的，应当在返还借款时一并支付。因此，正确答案是ACD。

三、判断题

1.【答案】×

【解析】上市公司如改变招股说明书所列资金用途，应当经“股东大会”批准。

2.【答案】√

3.【答案】√

【解析】根据《合同法》的规定：当事人既约定违约金，又约定定金的，一方违约时，对方可以选择适用违约金或者定金条款。即定金与违约金只能选择适用，不能合并适用，选择权归守约方。李某请求张某支付违约金 6 万元，同时请求返还支付的定金 4 万元。这是选择了违约金，未适用定金罚则。这样，既符合法律规定，又能最大限度地保护自己的利益。

4.【答案】×

【解析】中外合资企业召开董事会，董事不能出席的，可以出具委托书委托他人代表其出席和表决。

5.【答案】√

【解析】保证责任不因保证人被宣告破产而免除，但人民法院受理债务人破产案件后，债权人未申报债权、参加破产程序的，保证人所承担的担保义务从债权期限届满之日起终止。此后，债权人应向主债务人追究民事责任。

6.【答案】×

【解析】因一方欺诈、胁迫而订立的合同，如损害到国家利益，则不再属于可撤销或可变更的合同，而是无效合同。

7.【答案】×

【解析】根据《合同法》的规定，发出要约的目的在于订立合同，要约人必须是能够确定的，受要约人一般也是特定的，但在一些场合，要约人也可以向不特定人发出要约。

8.【答案】×

【解析】公民、法人或其他组织向人民法院提起行政诉讼后，人民法院已经受理的，不得申请行政复议。

9.【答案】√

【解析】行政复议决定书发生法律效力的时间，为送达当天。

10.【答案】√

四、简答题

1.【答案】

（1）张某电话委托夏某代为行使表决权的做法不符合法律规定。根据《公司法》的规定，股份有限公司召开董事会，董事因故不能出席时，可以书面委托其他董事代为出席，但书面委托书中应载明授权范围。在本题中，董事张某以电话方式委托董事夏某代为出席会议并行使表决权，委托方式不合法。

（2）董事会作出解聘总经理的做法符合法律规定。根据规定，解聘公司经理属于董事会的职权。

（3）董事会决定将李某为荣丰公司从事经营活动所得的收益收归建海公司所有的决定，符合法律规定。根据规定，董事、高级管理人员未经股东会或股东大会同意，不得利用职务便利为自己或者他人谋取属于公司的商业机会，自营或者为他人经营与所任职公司同类的业务，否则所得收入归公司所有。

（4）董事会作出修改公司章程的决议，不符合法律规定。根据规定，股份有限公司修改公司章程应由股东大会决定。

2.【答案】

（1）个人独资企业可以家庭共有财产申报出资。根据《个人独资企业法》的规定：投资人可以个人资产出资，也可以家庭共有财产作为个人出资。

（2）应当办理设立登记。根据《个人独资企业法》的规定，个人独资企业设立分支机构，应当由投资人或者其委托的代理人向分支机构所在地的登记机关申请设立登记。

（3）投资人委托或者聘用他人管理个人独资企业事务，应当与受托人或者被聘用人签订书面合同。

（4）A分店店长李某的行为违反了法律规定。根据《个人独资企业法》的规定，投资人委托或者聘用的管理个人独资企业事务的人员未经投资人同意，不得同本企业订立合同或者进行交易。因此，李某与个人独资企业订立买卖食品的合同不符合规定。

（5）B分店店长的行为违反了法律规定。根据《个人独资企业法》的规定，投资人委托或者聘用的管理个人独资企业事务的人员未经投资人同意，不得从事与本企业相竞争的业务，因此B分店店长擅自开立另外一家快餐店的行为是不合法的。

（6）请求支付租金的诉讼时效期间为一年。宋某的抗辩理由不能成立，根据规定，个人独资企业设立的分支机构的民事责任由个人独资企业承担。分店是以总店名义开展经营活动，分店的民事责任由设立该分店的个人独资企业承担，同时投资人对受托人的职权限制不能对抗善意第三人。

（7）宋某解散建海公司的行为不合法。根据《个人独资企业法》的有关规定，个人独资企业解散时，应当进行清算，未经清算解散企业不符合法律规定。个人独资企业解散后，原投资对个人独资企业存续期间的债务仍应承担偿还责任。

3.【答案】

（1）公司设立时，拟出资数额符合《公司法》规定。根据《公司法》规定，有限责任公司注册资本最低限额为3万元。由于300万元的出资额高于该限额，因此是符合规定的。

（2）该公司的货币出资额不符合规定。根据《公司法》规定，全体股东的货币出资额不得低于有限责任公司注册资本的30%。本题中甲以货币84万元出资，占注册资本的28%，因此不符合规定。

（3）乙、丙、丁三方协议作价方式出资不符合规定。根据《公司法》的规定，对作为出资的非货币资产应当评估作价，核实财产，不得高估或者低估作价。因此按照协议作价的方式是不符合规定的，应当采用评估作价。

(4) 乙为公司财务负责人兼监事不合法。根据《公司法》规定，公司的董事、高级管理人员不能兼任监事。高级管理人员中包括财务负责人。

(5) 公司在经营管理过程中，有以下方面的问题：

① 丁股东出资不足，应限期补足出资，其他已足额交纳出资的股东承担连带责任。

② 丁将持有公司的股份转让给戊的程序不合法。根据《公司法》规定，股东向股东以外的人转让出资须经其他股东过半数同意。题目仅仅是通知其他股东，因此是不符合规定的。

③ 第一年不提法定盈余公积的行为违法。根据规定，公司在未交所得税、未提法定盈余公积之前不得向股东分配股利。

五、综合题

【答案】

(1) 建海公司解除合同的主张符合规定。根据《合同法》的规定，当事人一方延迟履行主要债务，经催告后在合理期限内仍未履行的，当事人可以解除合同。在本案中，荣发公司未在3月10日按期交付设备，经建海公司催告后在合理期限内仍未交付，因此建海公司可以主张解除合同。

(2) 不符合规定。根据《合同法》的规定，当事人既约定违约金，又约定定金的，一方违约时，对方可以选择适用违约金或定金条款，但两者不可并用。

(3) 夏某的行为无效。根据《票据法》的规定，夏某的行为属于票据的伪造。票据的伪造行为是一种扰乱社会经济秩序、损害他人利益的行为，在法律上不具有任何票据行为的效力。

(4) 金星公司已采取的挂失止付措施不可以补救其票据权利。根据《票据法》的规定，挂失止付并不是票据丧失后票据权利补救的必经程序，而只是一种暂行性的应急措施，失票人应当在通知挂失止付后3日内，依法向人民法院申请公示催告或者提起普通诉讼，也可以在票据丧失后直接向人民法院申请公示催告或者提起普通诉讼。如果付款人自收到挂失止付通知书之日起12日内没有收到人民法院的止付通知书的，自第13日起，挂失止付通知书失效。在本案中，金星公司于3月9日办理了挂失止付手续，但没有在3日内依法向人民法院申请公示催告或者提起普通诉讼，因此，挂失止付通知书自第13日起失效。红旗公司于4月5日向工商银行提示付款时，金星公司的挂失止付通知书已经失效。

(5) 工商银行拒绝付款的两个理由均不成立。首先，工商银行以买卖合同已经解除为由拒绝付款不成立。根据《票据法》的规定，票据是无因证券，票据关系一般不受原因关系（买卖合同）的影响。在本题中，持票人红旗公司通过背书方式依法取得汇票，依法享有票据权利。因此，承兑人工商银行于汇票到期日必须向持票人无条件地支付汇票金额。其次，工商银行以票据被伪造为由拒绝付款不成立。根据《票据法》的规定，票据上有伪造签章的，不影响票据上其他真实签章的效力。在票据上真正签章的当事人，仍应对被伪造的票据的债权人承担票据责任，票据债权人在提示承兑、提示付款或者行使追索权时，在票据上真正签章人不能以伪造为由进行抗辩。

根据《票据法》的规定，付款人故意压票、拖延支付的，由中国人民银行处以压票、拖延支付期间内每日票据金额0.7‰的罚款。

（6）持票人不能对金星公司行使追索权。根据《票据法》的规定，持票人即使是善意取得，对被伪造人也不能行使票据权利。

持票人不能对夏某行使追索权。根据《票据法》的规定，由于伪造人没有以自己的名义签章，因此不承担票据责任。但是，如果伪造人的行为给他人造成损失的，必须承担民事责任；构成犯罪的，还应承担刑事责任。

2009 年《经济法》全真模拟题（三）参考答案及解析

一、单项选择题

1.【答案】D

【解析】根据自愿原则，在仲裁中，当事人如果采取仲裁方式解决纠纷，必须首先由双方自愿达成仲裁协议，没有仲裁协议，一方申请仲裁的，仲裁组织不予受理。

2.【答案】A

【解析】根据《民法通则》的规定：①选项 B，所附条件尚未成就，民事行为不生效，谈不上无效；②选项 C，属于可撤销的民事行为；③选项 D，限制民事行为能力人依法不能独立实施的民事行为，才属于无效民事行为。

3.【答案】B

【解析】根据我国诉讼法的有关规定：①权利人提起诉讼是诉讼时效“中断”的法定事由之一，因此选项 A 错误；②诉讼时效中止的法定事由发生之后，以前经过的时效期间仍然有效，待法定事由消失后，时效继续进行，因此选项 C 错误；③诉讼时效期间自当事人“知道或应当知道”自己的权利被侵害之日起计算，因此选项 D 错误。

4.【答案】D

【解析】董事会每年至少召开一次董事会会议，经 1/3 以上董事提议，可以召开临时会议。

5.【答案】C

【解析】根据有关法律规定，供应商认为采购文件、采购过程和中标、成交结果使自己的权益受到损害的，可以在知道或者应知其权益受到损害之日起 7 个工作日内，以书面形式向采购人提出质疑。

6.【答案】C

【解析】根据证券法律制度的规定，中国证监会应当自受理股票发行申请之日起 3 个月内，依照法定条件和法定程序作出予以核准或者不予核准的决定。

7.【答案】C

【解析】根据《个人独资企业法》的有关规定：①个人独资企业的投资人应承担无限责任，选项 AD 错误；②个人财产出资设立的个人独资企业，与家庭共有财产无关，选项 B 错误。

8.【答案】D

【解析】本题宋某是否能在该公司工作满三年，是不确定的，不属于必然到来的事实，即不是附生效期限的合同，而是附生效条件的合同。

9.【答案】C

【解析】根据《企业破产法》的规定，破产费用包括：①破产案件的诉讼费用；②管理、变价和分配债务人财产的费用；③管理人执行职务的费用、报酬和聘用工作人员的费用。

10.【答案】C

【解析】根据我国《民事诉讼法》的规定，身体受到伤害要求赔偿的，诉讼时效期间为1年，自当事人知道或应当知道权利被侵害之日起计算。

11.【答案】A

【解析】公司拟发行的股本总额＝20000×5＝10亿元，根据公司法的有关规定，公司拟发行的股本总额超过人民币4亿元的，向社会公众发行部分的比例不少于公司拟发行股本总额的10%。因此，本题中向社会公众发行的股票＝10亿元×10%＝10000万元。

12.【答案】C

【解析】虚报注册资本构成犯罪的，依法追究刑事责任。处3年以下有期徒刑或者拘役，并处或者单处虚报注册资本金1%以上5%以下的罚金。

13.【答案】A

【解析】发行公司债券，其累计债券总额不超过公司净资产额的40%，累计债券总额是指公司成立以来发行的所有债券尚未返还的部分。本题该公司净资产额为7000万元，本次发行公司债券额最多不得超过7000×40%－800＝2000万元。

14.【答案】C

【解析】本题考核的是外国投资者并购境内企业的注册资本与投资总额的知识点，根据外商投资企业法的有关规定，注册资本在500万～1200万美元之间的，投资总额不得超过注册资本的2.5倍。

15.【答案】B

【解析】根据《合伙企业法》的规定：①合伙人发生与合伙企业无关的债务，相关债权人不得以其债权抵销其对合伙企业的债务，也不得代为行使合伙人在合伙企业中的权利；②合伙人的自由财产不足清偿其与合伙企业无关的债务的，该合伙人可以以其从合伙企业中分取的收益用于清偿，债权人也可以依法请求人民法院强制执行该合伙人在合伙企业中的财产份额用于清偿。

16.【答案】C

【解析】根据《担保法》的规定，国家机关、学校、幼儿园、医院等以公益为目的的事业单位、社会团体，企业法人的分支机构、职能部门，不得作保证人。

17.【答案】B

【解析】根据合同法的有关规定，当事人既约定违约金，又约定定金的，一方违约的，对方可以选择适用违约金或者定金条款。

18.【答案】B

【解析】根据《公司法》的规定，股份有限公司的股东大会由董事会召集，董事长主持；董事会由董事长召集、主持。

19.【答案】C

【解析】根据《公司法》的规定，有下列情形之一的，撤销权消灭：①具有撤销权的当事人自知道或者应当知道撤销事由之日起1年内没有行使撤销权；②具有撤销权的当事人知道撤销事由后明确表示或者以自己的行为放弃撤销权。

20.【答案】D

【解析】根据《票据法》的规定，法人和其他使用票据的单位在票据上的签章，为该法人或者该单位的盖章加其法定代表人或者其授权的代理人的签章。

21.【答案】C

【解析】依据《公司法》的规定，公司的董事、监事、经理应当向公司申报所持有的本公司的股份，并在任职期间内不得转让。公司的发起人所持有的本公司的股票自公司成立之日起3年内不得转让。

22.【答案】A

【解析】根据《合同法》的规定，定金的数额由当事人约定，但不得超过主合同标的额的20%。所以本题中定金数额最多是20×20%=4万元。

23.【答案】A

【解析】股票和债券都属于有价证券，但它们有不同的法律特征：①代表的关系不同，债券表示的是债权债务关系，股票表示的是股权关系；②债券的本金可到期退还，股金不能；③股票的风险更大；④债券的持有人在公司解散或破产情况下，优于公司股东得到债务清偿。

24.【答案】A

【解析】根据《公司法》的有关规定，法定公积金转为资本时，所留存的该项公积金不得少于转增前公司注册资本的25%。则本次最多转增金额=1500－2000×25%=1000万元。

25.【答案】C

【解析】根据《民法通则》的规定，授权委托书“授权不明”的，被代理人应当对第三人承担民事责任，代理人负连带责任。

二、多项选择题

1.【答案】ABCD

2.【答案】BD

【解析】根据中外合资经营企业法律制度的规定：①选项A，合营企业增加注册资本应当经合营各方协商一致，并由董事会会议通过，报原审批机关“核准”（而非批准）；②选项B，合营企业因投资总额和生产经营规模等发生变化，确需减少注册资本的，须经审批机关“批准”；③选项C，合营企业聘任总经理属于董事会的职权，无需经审批机关的批准；④选项D，合营一方向第三者转让其全部或者部分出资时，须经合营他方同意，并报审批机关“批准”，向登记管理机构办理变更登记手续。

3.【答案】ABCD

4.【答案】BC

【解析】外国投资者并购境内企业，有下列情形之一的，投资者应当就所涉情形向商务部和国家工商行政管理总局报告：①并购一方当事人当年在中国市场营业额超过15亿元人民币；②一年内并购国内关联行业的企业累计超过10个；③并购一方当事人在中国的市场占有率已经达到20%；④并购导致并购一方当事人在中国的市场占有率达到25%。

5.【答案】ABC

【解析】同一不动产向两个以上债权人抵押的，当事人未办理抵押物登记，实现抵押权时，各抵押权人按照债权比例受偿。

6.【答案】BC

【解析】根据我国合伙企业法的有关规定：①选项A，有限合伙人退伙后，对基于其退伙前的原因发生的有限合伙企业责任，以其退伙时从有限合伙企业中取回的财产承担责任，不承担无限连带责任；②选项B，新入伙的“普通合伙人”对入伙前合伙企业的债务承担无限连带责任；③选项C，有限合伙企业的普通合伙人，不论是否执行企业事务，均对企业债务承担无限连带责任；④选项D，新入伙的有限合伙人对入伙前有限合伙企业的债务，以其认缴的出资额为限承担责任，不承担无限连带责任。

7.【答案】ACD

【解析】保管合同的规定：①保管合同自保管物交付时成立，但当事人另有约定的除外；②除当事人另有约定外，保管人不得将保管物转交第三人保管，不得使用或者许可第三人使用保管物；③因保管人保管不善造成保管物毁损、灭失的，保管人应当承担损害赔偿责任，但无偿保管的，保管人证明自己没有重大过失的，不承担损害赔偿责任。

8.【答案】ACD

【解析】根据我国证券法的有关规定，下列情况是国家有关证券法律、法规禁止的：①上市公司的董事、监事、高级管理人员离职后6个月内，转让其所持有的本公司股份；②证券公司因包销购入售后剩余股票而持有5%以上股份的，卖出该股票不受6个月时间限制；③收购人持有的被收购的上市公司的股票，在收购行为完成后的12个月内不得转让；④上市公司董事、监事、高级管理人员、持有上市公司股份5%以上的股东，将其持有的该公司的股票在买入后6个月内卖出，或者在卖出后6个月内又买入。

9.【答案】BCD

【解析】在招标采购中，出现下列情形之一的，应予废标：①符合专业条件的供应商或者对招标文件作实质响应的供应商不足3家的；②出现影响采购公正的违法、违规行为的；③投标人的报价均超过了采购预算，采购人不能支付的；④因重大变故，采购任务取消的。

10.【答案】ABCD

【解析】合伙人有下列情形之一的，经其他合伙人一致同意，可以决议将其除名：①未履行出资义务；②因故意或者重大过失给合伙企业造成损失；③执行合伙事务时有不正当行为；④发生合伙协议约定的事由。

11.【答案】CD

【解析】根据我国票据法的有关规定：①本票持票人对出票人的票据权利，自出票之日起2年（2007年3月20日～2009年3月20日）不行使而消灭，因此张某享有票据权利；②汇票的持票人（见票即付除外）对出票人和承兑人的权利，自票据到期日起2年（2007年3月20日～2009年3月20日）不行使而消灭，因此李某享有票据权利；③见票即付的汇票，持票人对出票人和承兑人的权利，自出票之日起2年（2006年3月20日～2008年3月20日）不行使而消灭，因此王某的票据权利消灭；④支票的持票人对出票人的权利，自出票之日起6个月（2006年3月20日～2006年9月20日）不行使而消灭，因此赵某的票据权利消灭。

12.【答案】CD

【解析】根据合同法律制度的规定：①在一般保证中，保证人有先诉抗辩权，主债务诉讼时效中断，债权人无法直接向保证人要求承担保证责任，因此保证债务的诉讼时效也中断；②在连带保证中，保证人并没有先诉抗辩权，债权人既可以向债务人要求履行，也可以向保证人要求承担保证责任，如果主债务诉讼时效中断，导致债权人无法向债务人要求履行其债务，这并不妨碍债权人向保证人主张保证责任的承担，因此连带责任保证中，主债务诉讼时效中断，保证债务诉讼时效不中断。

13.【答案】ABD

【解析】事业单位有下列情形之一的，应当对相关国有资产进行评估：①整体或部分改制为企业；②以非货币性资产对外投资；③合并、分立、清算；④资产拍卖、转让、置换；⑤整体或者部分资产租赁给非国有单位；⑥确定诉讼资产价值；⑦法律、行政法规规定的其他需要进行评估的事项。

14.【答案】BCD

【解析】个人独资企业可以设立分支机构。设立个人独资企业时，投资人可以个人财产出资，也可以家庭共有财产作为个人出资。个人独资企业解散时，由投资人自行清算或由债权人申请人民法院指定清算人进行清算，其财产清偿顺序为：①所欠职工工资和社会保险费用；②所欠税款；③其他债务。

15.【答案】ABC

【解析】行政复议的排除事项：①当事人不服行政机关作出的“行政处分”

或者其他“人事决定”时，可以按照有关规定进行申诉，但不能提起行政复议；②当事人不服行政机关对民事纠纷的调解或者其他处理的，可以依法申请仲裁或者向人民法院提起诉讼，但不能提起行政复议。

16.【答案】BCD

【解析】一人有限责任公司，是指只有一个自然人股东或者一个法人股东的有限责任公司，一个自然人只有投资设立一个一人自限责任公司。故选项A错误，选项BCD都是正确的。

17.【答案】CD

【解析】根据《公司法》规定，有下列情形之一者，不得担任公司的董事、监事、高级管理人员：①无民事行为能力或限制民事行为能力；②因贪污、贿赂、侵占财产、挪用财产或破坏社会主义经济秩序，被判处刑罚，执行期满未逾五年；或者因犯罪被剥夺政治权利，执行期满未逾五年；③担任破产被清算的公司、企业的厂长、经理、董事，对该公司或企业的破产负有个人责任的，自破产完结之日起未逾三年；④担任因违法被吊销营业执照的公司、企业的法定代表人，并负有个人责任的，自该公司、企业吊销营业执照之日起未逾三年；⑤负有个人债务数额较大，到期未能偿还；⑥国家公务员。

18.【答案】BCD

【解析】董事会是合营企业的最高权力机构，董事会成员不得少于3人。董事会每年至少召开一次董事会会议，经1/3以上董事提议可以召开临时会议。董事会会议应有2/3以上董事出席，其决议方式可以根据合营企业章程载明的议事规则作出。

19.【答案】BCD

【解析】涉外票据的法律适用地有出票地、行为地和付款地。票据的背书、承兑、保证、付款行为适用行为地法律，票据追索权的行使期限适用出票地法律。

20.【答案】BC

【解析】根据《合伙企业法》的有关规定，合伙人以其在合伙企业中的财产份额出质的，须经其他合伙人一致同意；未经其他合伙人一致同意，其行为无效，由此给善意第三人造成损失的，由行为人依法承担赔偿责任。

三、判断题

1.【答案】×

【解析】根据我国《民事诉讼法》的规定，当事人不服地方人民法院第一审裁定的，有权在裁定书送达之日起10日内向上一级人民法院提起上诉。注意：裁定和判决有区别，如果是判决则为15日。

2.【答案】×

【解析】根据《个人独资企业法》的规定，投资人委托或者聘用的管理个人独资企业事务的人员未经投资人同意，不得将企业商标或者其他知识产权转让给他人使用。

3.【答案】√

【解析】根据我国《公司法》规定，法定盈余公积金累计达到注册资本50%时，可以不再提取。

4.【答案】√

【解析】根据《证券法》的有关规定，内幕人员包括由于工作职务关系可以接触到公司内幕信息的人员，如秘书、工程师、会计师、打字员等。内幕交易是指证券交易内幕信息的知情人员利用内幕信息进行证券交易的行为。这种行为的主体是内幕知情人员，行为特征是利用自己掌握的内幕信息买卖证券，或者是建议他人买卖证券。内幕知情人员自己并未买卖证券，主观上也未建议他人买卖证券，但却把自己掌握的内幕信息泄露给他人，接受内幕信息的人依此作出买卖证券的决断，这种行为也属内幕交易行为。

5.【答案】√

【解析】根据我国《公司法》的有关规定，公司债券可以转让，转让价格由转让人与受让人约定。公司债券在证券交易所上市交易的，按照证券交易所的交易规则转让。

6.【答案】×

【解析】合伙人之间的债务分担比例对债权人是没有约束力的，但对合伙企业的合伙人是有约束力的。

7.【答案】×

【解析】根据我国《行政复议法》的规定，当事人认为具体行政行为侵犯其合法权益的，可以自知道该具体行政行为之日起（10月5日）60日内提出行政复议申请。因不可抗力或者其他正当理由耽误法定申请期限的，申请期限自障碍消除之日起继续计算。

8.【答案】√

【解析】根据《外商投资企业法》的有关规定：①中外合资经营企业的投资总额在1000万美元以上3000万美元以下的，注册资本不得少于投资总额的2/3，其中在1250万美元以下的，注册资本不得低于500万美元；②外方的出资比例不得低于注册资本的25%；③对于出资期限，法律规定一次缴清出资的，合营各方应当自营业执照签发之日起6个月内缴清。分期缴付出资的，合营各方第一期出资，不得低于各自认缴出资额的15%，并且应当在营业执照签发之日起3个月内缴清。

9.【答案】√

【解析】董事、经理违反规定自营或者为他人经营与其所任职公司同类的营业的，除将其所得收入归公司所有外，并可由公司给予处分。

10.【答案】√

四、简答题

1.【答案】

（1）华昌公司的观点错误。根据《票据法》的规定，票据属于无因证券，只要权利人合法持有票据，便享有票据权利，银行审查以后，如果票据形式符合规定，就应该付款。

（2）银行认为华昌公司的票据背书行为无效是正确的，因为将汇票金额的一部分转让或者将汇票金额分别转让给两人以上的背书无效。

（3）华昌公司拒付理由充分，其行为合法。收款人或者持票人将出票人做禁止背书的汇票背书转让，该转让不发生票据法上的效力，而只是具有普通债权让与的效力，出票人对受让人不承担票据责任。此时，华昌公司与红旗公司之间只构成一般的债权债务关系，即只能认为红旗公司将对华昌公司的债权转让给了环海公司。华昌公司、环海公司之间不构成票据法上的效力。

2.【答案】

（1）华昌公司与建海公司在合同中约定由金星公司交货符合规定。根据规定，合同当事人可以约定债务由第三人履行。金星公司不按时交货，华昌公司应当向建海公司请求承担违约责任。

根据规定，由第三人履行的合同，第三人不是合同的当事人，如果第三人不履行合同，由债务人承担违约责任。在本题中，建海公司属于债务人，因此，如果金星公司不按时交货，华昌公司应当向建海公司请求承担违约责任。

（2）工商银行拒绝向环海公司付款的理由不成立。根据规定，承兑人不得以其与出票人之间的资金关系来对抗持票人，拒绝支付汇票金额。

（3）环海公司可以请求工商银行清偿的款项包括：被拒绝付款的汇票金额；汇票金额自提示付款日起至清偿日止，按照中国人民银行规定的同档次贷款利率计算的利息；取得有关拒绝付款证明和发出通知书的费用。

3.【答案】

（1）① 注册资本与投资总额比例不正确。投资总额在300万美元以上，420万美元以下的，注册资本不得少于210万美元。

② 外方不得以合资经营企业的名义取得贷款，作为其对合营企业的投资，此为虚假投资。

③ 财政局作为政府机关，不得为企业贷款提供担保。《担保法》规定：国家机关不得作为保证人，但经国务院批准为使用外国政府或者国际经济组织贷款进行转贷的除外。

④ 中外合资经营企业不得减少注册资本。《中外合资经营企业法实施条例》

规定：合营企业在合营期内不得减少其注册资本。

⑤ 协议选择适用美国法律不正确，中外合资经营企业合同必须适用中国法律。《合同法》规定：涉外合同的当事人可以选择处理合同争议所适用的法律，但法律另有规定的除外。涉外合同的当事人没有选择的，适用与合同有最密切联系的国家的法律。同时又规定：在中华人民共和国境内履行的中外合资经营企业合同、中外合作经营企业合同、中外合作勘探开发自然资源合同，适用中华人民共和国法律。

(2) 该协议无效。合同应适用我国《合同法》，应向中国的仲裁机构申请仲裁。根据前述规定和《中国国际经济贸易仲裁委员会仲裁规则》规定，合营企业为中国法人，它与国内公司签订的合同应适用我国《合同法》，不能选择适用其他国家的法律。两个中国法人在国内订立履行的合同发生纠纷，申请仲裁应向国内的仲裁机构申请。

(3) 此决议不正确。中外合资经营企业不得先行返还外方投资。根据《中外合作经营企业法实施细则》规定，只有合作企业适用外方先行收回出资的法律规定；合资经营企业须按出资比例分配利润、共享盈亏，不得先行返还外方投资。

(4) 外方可以将其所持股份转让给一个英国企业，但应办理以下法律手续：①提出出资转让申请；②经合营他方同意，并经董事会一致同意通过；③报经原审批机构批准；④办理变更登记手续。

五、综合题

【答案】

(1) 借款合同约定借款利息预先从借款本金中扣除不符合规定。《合同法》规定，借款的利息不得预先从本金中扣除。利息预先在本金中扣除的，处理办法是按照实际借款数额返还借款并计算利息。

(2) 根据上述法律规定，华昌公司的实际借款数不应为2亿元，扣除预先偿还的利息，即2亿元×5.8%×2.5＝0.29亿元，则实际借款数应为2－0.29＝1.71亿元，应按此实际借款数计算利息，借款人应当按照约定的期限支付利息，由于华昌公司与建设银行约定是预先扣除利息，不符合法律规定，可视为对期限没有约定，依《合同法》的规定借款期间为1年以上的，每届满1年时支付，剩余期间不满1年的，应当在返还借款时一并支付，华昌公司应在第一年和第二年分别支付利息1.71亿元×5.8%＝991.8万元，第三年则支付6个月的利息991.8÷2＝495.9万元，并返还借款本金1.71亿元。

(3) 建设银行与华昌公司签订的抵押合同无效。法律规定，以依法获准尚未建造的或者正在建造中的房屋或者其他建筑物抵押的，当事人办理了抵押物登记，抵押有效。华昌公司的南海项目建设虽然取得了合法的批准手续，但在抵押时未办理抵押物登记，因此抵押无效。

(4) 建设银行与建海公司签订的保证合同有效，《担保法》规定，物的担保合同被确认无效或者被撤销，或者担保物因不可抗力的原因灭失而没有代位物的，保证人仍应当按合同的约定或者法律规定承担保证责任。因此，虽然建设银行与华昌公司签订的抵押合同无效，建海公司做为保证人仍应承担保证责任。

（5）建设银行可以要求解除借款合同。《合同法》规定，贷款人有权依照约定检查、监督借款的使用情况。借款人未按照约定的借款用途使用借款的，贷款人可以停止发放借款、提前收回借款或者解除合同。建设银行在从华昌公司提供的相关财务会计资料中发现华昌公司将借款资金挪作他用，依法可以要求解除合同。

（6）建设银行可以要求建海公司承担民事责任，《担保法》规定：担任保证人须具有一定的资格，具有代为清偿债务能力的法人、其他组织或者公民可以作保证人，建海公司虽然是华昌公司控股的子公司，但本身具有法人资格，可以独立承担民事责任，而且提供担保并非董事、经理等的个人行为，并未被法律禁止。因此，建设银行可以要求建海公司承担民事责任。

2009年《经济法》全真模拟题（四）参考答案及解析

一、单项选择题

1.【答案】 C

【解析】 合同纠纷和其他财产纠纷适用仲裁，与人身有关的婚姻、收养、监护、扶养、继承纠纷不能仲裁，劳资争议也不适用仲裁，故C选项正确。

2.【答案】 D

【解析】 本题考核点为合营企业注册资本与投资总额的比例。根据规定，投资总额在1000万美元以上至3000万（含3000万）美元的，注册资本至少应占投资总额的2/5，其中投资总额在1250万美元以下的，注册资本不得低于500万美元。

3.【答案】 D

【解析】 法律、行政法规或者国务院决定规定设立有限责任公司必须报经批准的，应当自批准之日起90日内向公司登记机关申请设立登记。

4.【答案】 D

【解析】 本题考核个人独资企业的相关规定：①设立个人独资企业时，投资人可以以个人财产出资，也可以以家庭共有财产作为个人出资，但是不能以家庭其他成员的财产作为个人出资；②个人独资企业可以设立分支机构；③个人独资企业解散时，由投资人自行清算或者由债权人申请人民法院指定清算人进行清算；④个人独资企业解散的，财产应当按照下列顺序清偿：所欠职工工资和社会保险费用；所欠税款；其他债务。所以本题的正确答案是D。

5.【答案】 D

【解析】 本题考核中外合资经营企业的出资方式。合营企业任何一方不得用以合营企业名义取得的贷款、租赁的设备或者其他财产以及合营者以外的他人财产作为自己的出资，也不得以合营企业的财产和权益或合营他方的财产和权益为其出资担保。另外，劳务是合伙企业独有的出资方式。本题D项是以母公司作为保证人以境外的借款进行出资，是符合规定的。

6.【答案】 D

【解析】 根据规定，为股票发行出具审计报告等文件的专业机构和人员，在该股票承销期内和期满后6个月内，不得买卖该种股票。

7.【答案】 B

【解析】 根据规定，个人独资企业的投资人可以个人财产出资，也可以家庭共有财产作为个人投资，但是不能以家庭其他成员的财产作为个人出资。个人独资企业不具备法人资格，但是可以自己的名义从事民事活动，只是不能独立承担民事责任。劳务出资方式是合伙企业特有的出资方式，个人独资企业的投资人不能以劳务作为出资。

8.【答案】D

【解析】①选项A，出售质量不合格的商品未声明的，适用于1年的特别诉讼时效期间。②选项B，诉讼时效期间从当事人知道或者应当知道权利被侵害之日起计算，在本题中，诉讼时效期间应当从5月6日开始计算。③选项C，甲于6月1日向人民法院提起诉讼，引起诉讼时效中断。

9.【答案】C

【解析】根据《个人独资企业法》规定，个人独资企业的投资人对受托人或被聘用的人员职权的限制，不得对抗善意第三人；受托人或被聘用的人员超出投资人的限制与善意第三人的有关业务交往应当有效。

10.【答案】A

【解析】根据《合同法》的有关规定，提存是合同权利义务终止的情况之一，标的物提存后，毁损、灭失的风险由债权人承担。提存期间，标的物的孳息归债权人所有。

11.【答案】B

【解析】根据《合同法》的规定，合同履行中，执行政府定价或者政府指导价的，在合同约定的交付期限内政府价格调整时，按照交付时的价格计价。逾期交付标的物的，遇价格上涨时，按照原价格执行；价格下降时，按照新价格执行。逾期提取标的物或者逾期付款的，遇价格上涨时，按照新价格执行；价格下降时，按照原价格执行。

12.【答案】D

【解析】根据证券法的有关规定，投资者持有一个上市公司已发行的股份的30%时，继续进行收购的，应当依法向该上市公司所有股东发出收购要约（经国务院证券监督管理机构免除发出要约的除外）。

13.【答案】B

【解析】在买卖合同中，标的物的所有权自标的物交付时起转移。家具被焚时尚未交付张某，其损失由红星公司承担。

14.【答案】C

【解析】根据《合伙企业法》的规定，合伙企业的营业执照签发日期，为合伙企业的成立日期。

15.【答案】B

【解析】根据《民法通则》的有关规定：①拒付租金的，适用于1年的特别诉讼时效期间（2008年1月1日至2008年12月31日）；②如果在诉讼时效期间的最后6个月前（7月1日前）发生不可抗力，至最后6个月时不可抗力仍然继续存在，则应在最后6个月时中止诉讼时效的进行。因此李某2008年6月20日出差遇险耽误的30天，只有进入7月1日后的20天才引起诉讼时效的中止。

16.【答案】A

【解析】根据规定，注册资本在300万美元以上1000万美元以下（含1000万美元）的，自营业执照签发之日起3年内，应将资本全部缴齐。

17.【答案】B

18.【答案】B

【解析】根据票据法的有关规定，票据为无因证券，票据关系不受基础关系的影响。产生票据的基础关系（买卖合同）解除或无效，不影响票据的效力。

19.【答案】B

20.【答案】D

【解析】根据我国法律规定，原告向两个以上有管辖权的人民法院起诉的，由最先立案的人民法院管辖。

21.【答案】B

【解析】法定盈余公积金按照税后利润的10%提取，当企业盈余公积金达到注册资本的50%时可不再提取。本题中，应当提取1000×10%＝100，5000×50%＝2500，已累计提取600万元，不到50%，所以应当提取的法定公积金数额为100万。

22.【答案】A

【解析】抵押是指债务人或者第三人不转移对其确定的财产的占有，将该财产作为债权的担保。所以，本题应选A。

23.【答案】C

【解析】根据票据法律制度的规定，支票的金额、收款人名称，可以由出票人授权补记。

24.【答案】C

【解析】根据企业破产法律制度的规定，因管理人或者债务人请求对方当事人履行双方均未履行完毕的合同所产生的债务属于共益债务。

25.【答案】D

【解析】根据我国证券法的有关规定：①选项A，开放式基金可以申购、赎回，但不能上市交易；②选项B，封闭式基金申请上市的条件之一为基金持有人不得少于1000人；③选项C，封闭式基金合同期限届满，应终止上市（而非暂停上市）。

二、多项选择题

1.【答案】ABCD

【解析】根据我国证券法的有关规定，封闭式基金的上市条件：①基金的募集符合《证券投资基金法》的规定；②基金合同期限在5年以上；③基金募集金额不低于2亿元；④基金持有人不少于1000人。

2.【答案】BCD

【解析】根据规定，投资人对受托人或被聘用的人员职权的限制，不得对抗善意第三人。本题中由于丙不知甲对乙的授权限制，因此属于善意第三人，A企业的购买行为是有效的，应该履行合同的义务。

3.【答案】ABCD

【解析】破产申请书应当载明下列事项：①申请人、被申请人的基本情况；②申请目的，即和解、重整或者破产清算；③申请的事实和理由，包括债权债务的由来、债权的性质和数额、债权到期债务人不能清偿的事实和理由等；④人民法院认为应当载明的其他事项。

4.【答案】ABC

【解析】本题考核中外合资经营企业出资额转让必须具备的条件。①合营企业一方转让出资时，须经合营各方同意，不论是全部还是部分，且合营他方有优先购买权。②合营企业转让出资须经董事会会议通过后，报原审批机关批准。

5.【答案】AB

【解析】重整计划草案未获得通过且未依照法律的规定获得批准，或者已通过的重整计划未获得批准的，人民法院应当裁定终止重整程序，并宣告债务人破产。

6.【答案】ABCD

【解析】根据《票据法》的规定，追索权发生的实质条件是：①汇票被拒绝付款；②汇票到期日前被拒绝承兑；③承兑人或者付款人死亡、逃匿的；④承兑人或者付款人被依法宣告破产或者因违法被责令禁止活动的。本票、支票追索权的行使，适用《票据法》有关汇票的规定。

7.【答案】ABD

【解析】根据规定：①选项A，普通的有限责任公司可以分期出资，一人有限责任公司不得分期出资；②选项B，一人有限责任公司应当在每一个会计年度结束时编制财务会计报告，并经会计师事务所审计，而普通的有限责任公司的年度财务会计报告并没有必须审计的法律规定；③选项C，普通的有限责任公司和一人有限责任公司的股东均承担有限责任，二者都有法人资格的法律规定；④选项D，普通的有限责任公司注册资本的最低限额为3万元，一人有限责任公司注册资本的最低限额为10万元。

8.【答案】ABD

【解析】①诉讼时效期间自当事人“知道”自己的权利被侵害之日起计算，因此选项A错误；②权利人提起诉讼是诉讼时效“中断”的法定事由之一，因此选项B错误；③诉讼时效中止的法定事由发生之后，以前经过的时效期间仍然有效，待法定事由消失后，时效继续进行，因此选项D错误。

9.【答案】AB

【解析】对于背书人的“禁止背书”，其后手再背书转让的，原背书人对其直接被背书人以后通过背书方式取得汇票的一切当事人，不负担保责任。但不影响背书本身的效力，因此选项 C 是错误的。背书不得附加条件，否则所附条件无效，但背书有效，因此选项 D 是错误的。将汇票金额的一部分转让或者将汇票金额分别转让给 2 人以上的背书无效，因此选项 AB 是正确的。

10.【答案】 ACD

【解析】 中外合作经营企业成立后，改为委托合作各方以外的第三人经营管理的，必须经董事会或者联合管理委员会一致同意，并报审批机关批准，向工商行政管理机关办理变更登记手续。

11.【答案】 ABD

【解析】 根据公司法律制度的规定，股份有限公司发生下列情形时，应当召开临时股东大会：①董事人数不足 5 人或者不足公司章程规定人数的 2/3 时；②公司未弥补的亏损达股本总额的 1/3 时；③单独或者合计持有公司 10%以上股份的股东请求时；④董事会认为必要时；⑤监事会提议召开时；⑥公司章程规定的其他情形。

12.【答案】 ABD

【解析】 根据《合同法》的有关规定，有下列情形之一的，合同无效：①一方以欺诈、胁迫的手段订立合同，损害国家利益；②恶意串通，损害国家、集体或者第三人利益；③以合法形式掩盖非法目的；④损害社会公共利益；⑤违反法律、行政法规的强制性规定；⑥无行为能力人订立的合同，限制行为能力人订立的与其年龄、智力和健康状况不相适应的合同，行为人在神志不清的状态下订立的合同。选项 C 属于可撤销合同。

13.【答案】 ABC

【解析】 劳动合同属于《劳动法》范畴，不适用《合同法》。

14.【答案】 ABCD

【解析】 经济法律关系的客体是指经济法主体权利和义务所指向的对象，包括物、经济行为和非物质财富。本题中 ABCD 四项都属于经济法律关系客体。

15.【答案】 BCD

【解析】 根据《公司法》的有关规定，公司合并决议是股东大会的特别决议，必须经出席会议的股东所持表决权的 2/3 以上同意。因此，选项 BCD 正确。

16.【答案】 ACD

【解析】 合伙企业与个人独资企业均为非法人企业，投资人均对企业债务承担无限责任。《合伙企业法》对个人投资没有明确的规定。

17.【答案】 ABD

【解析】 根据《证券法》的规定，上市公司有下列情形之一的，由证券交易所决定终止其股票上市交易：①公司的股本总额、股权分布等发生变化，不再具备上市条件，在证券交易所规定的期限内仍不能达到上市条件；②公司不按规定公开其财务状况，或者对财务会计报告作虚假记载，且拒绝纠正；③公司最近 3

年连续亏损，在其后一个年度内未能恢复盈利；④公司解散或者被宣告破产；⑤证券交易所上市规则规定的其他事情。

18.【答案】BD

【解析】根据《公司法》的有关规定：①发起人所持股份自公司成立之日起3年内不得转让，因此选项A错误；②监事所持股份在任期内不得转让，因此选项C错误。

19.【答案】ABD

【解析】公民、法人或者其他组织认为行政机关和行政机关工作人员的具体行政行为侵犯其合法权益，有权向法院提起行政诉讼。选项C可以提起行政诉讼，选项ABD应提起行政复议。

20.【答案】AB

【解析】个人独资企业解散的，财产应当按照下列顺序清偿：①所欠职工工资和社会保险费用；②所欠税款；③其他债务。

三、判断题

1.【答案】√

【解析】根据我国《公司法》的有关规定，公司债券可以转让，转让价格由转让人与受让人约定。公司债券在证券交易所上市交易的，按照证券交易所的交易规则转让。

2.【答案】×

【解析】公司连续5年不向股东分配利润，而公司该5年连续盈利，并且符合法律规定的分配利润条件的，对股东会该项决议投反对票的股东可以请求公司按照合理的价格收购其股权。

3.【答案】√

4.【答案】×

【解析】本题考核的是公司法人财产权与股东权利的知识点。①决议内容违反“法律、行政法规”的，肯定无效；②决议内容违反“公司章程”的，可以撤销，也可以不撤销。

5.【答案】√

【解析】王某的行为属于变造票据，张某、李某的签章在变造之前，则张某、李某应当按照10万元承担票据责任；王某、夏某的签章在变造之后，则王某、夏某应当按照12万元承担票据责任。如果宋某向张某请求付款，张某只应支付10万元，宋某所受损失2万元应向王某和夏某请求赔偿。

6.【答案】×

【解析】只有在诉讼时效期间的最后6个月内发生不可抗力和其他障碍，才能中止时效的进行，而不是由权利人向人民法院申请中止。

7.【答案】×

【解析】股票发行采用代销方式，代销期限届满，向投资者出售的股票数量未达到拟公开发行股票数量“70%”的，为发行失败。

8.【答案】×

【解析】根据《合伙企业法》的规定，合伙企业内部合伙人之间的分担比例对债权人没有约束力。债权人可以根据自己的清偿利益，请求全体合伙人中的一人或者数人承担全部责任，也可以按照自己确定的比例向各合伙人分别追偿。

9.【答案】×

【解析】根据《破产法》规定，通过和解协议，必须经出席会议有表决权的债权人过半数通过，并且占无财产担保债权总额2/3以上。

10.【答案】×

【解析】在有限合伙企业中，有限合伙人可以按照合伙协议的约定向合伙人以外的人转让其在有限合伙企业中的财产份额，但应当提前30日“通知”（而非经同意）其他合伙人。

四、简答题

1.【答案】

（1）该增资决议不合法。根据公司法的规定，增资决议应由股东大会作出决议；公积金转增为公司资本，留存部分不得少于公司注册资本的25%（即2.5亿元）。本案中，该决议在程序上和实质上均违法。

（2）要点（2）中存在以下与法律不符的问题：

① 该公司公告其上年度财会报告的时间不合法。根据公司法的规定，上市公司应在每一会计年度结束之日起4个月内，将报告提交给证监会和证交所并公告。否则，证监会可决定暂停或终止其股票上市交易。

② 该公司上年度财会报告的签署不合法。根据公司法的规定，公司对外提供的年度财会报告须由公司法定代表人、总会计师、会计机构负责人共同签署。

③ 该公司已构成向社会提供虚假的财会报告。

（3）该公司和主管税务机关的作法不合法。根据税收征收管理法的规定，纳税人采用电子记账的，应将使用该软件的有关资料报送主管税务机关备案。如不按规定将使用的财务软件报送税务机关备查的，税务机关最多只能处1万元的罚款。

2.【答案】

（1）荣昌公司开具商业承兑汇票未填写收款人名称的行为会影响票据效力。根据《票据法》的规定，收款人名称是商业承兑汇票的必须记载事项，未填写收款人名称，商业承兑汇票无效。

（2）该商业汇票出票日期的月、日填写错误。正确的填写格式应为：贰零零捌年零壹月壹拾捌日。

（3）荣昌公司更改付款人名称未予以签章（或盖章）的行为是错误的。根据票据法律制度的规定，票据上的付款人可以更改。更改时，应当由原记载人在更改处签章（或盖章）。

3.【答案】

（1）建海公司无权要求减少电脑的定货量。因为依法订立的合同，具有法律约束力，受法律保护，当事人必须全面履行合同规定的义务，任何一方都不得擅自变更或者解除合同。

（2）建海公司应当向甲企业支付的违约金＝7200×50×10%＝36000（元）

（3）据题建海公司预付的30万元定金超过了合同标的额的20%，其中的144000元（7200×100×20%）属于定金，其余的156000元（300000－144000）按照预付款处理，30万元定金中的144000元归华昌公司所有，建海公司无权要求返还；其余156000元可以抵作货款或者返还。

（4）在本案中，华昌公司无权要求建海公司同时支付违约金和定金，只能选择适用违约金或者定金条款。因为根据《合同法》的规定，在一方当事人违约时，对方可以选择适用违约金条款或者定金条款，但二者不能并用，

（5）对于履行费用的约定不明确的，应当由华昌公司承担。因为根据《合同法》的规定，履行费用的负担不明确的，由履行义务一方负担。在本案中，华昌公司是履行义务的一方。

五、综合题

【答案】

（1）华昌公司和建海公司订立的买卖合同成立。根据《合同法》的规定，采用合同书形式订立合同，在签字或者盖章之前，当事人一方已经履行主要义务，对方接受的，该合同成立。虽然华昌公司和建海公司双方没有在合同书上签字盖章，但华昌公司已将70台电子设备交付了建海公司，建海公司也接受并付款，所以合同成立。

（2）银行拒绝付款的理由不成立。根据《票据法》的规定，背书日期作为相对必要记载事项，如果未在汇票上记载，并不影响汇票本身的效力（背书日期如未记载，则视为汇票到期日前背书）。

（3）华昌公司8月20日中止履行合同的行为合法。根据《合同法》的规定，应当先履行债务的当事人，有确切证据证明对方有转移财产、逃避债务的情形，可以行使不安抗辩权，中止履行合同。

（4）建海公司9月5日要求华昌公司承担违约责任的行为合法。根据《合同法》的规定，当事人一方因第三人的原因造成违约的，应当向对方承担违约责任。当事人一方和第三人之间的纠纷，依照法律规定或者按照约定解决。

（5）金星公司对货物毁损应向华昌公司承担损害赔偿责任。根据《合同法》的规定，承运人对运输过程中货物的毁损、灭失承担损害赔偿责任。

2009年《经济法》全真模拟题（五）参考答案及解析

一、单项选择题

1.【答案】A

【解析】本题考核当事人对仲裁协议的效力存在异议的处理。根据规定，当事人对仲裁协议的效力有异议的，应当在首次开庭前请求仲裁委员会作出决定，或请求人民法院作出裁定。一方请求仲裁委员会作出决定，另一方请求人民法院作出裁定的，由人民法院裁定。

2.【答案】B

【解析】根据《公司法》的规定，董事、高级管理人员不得兼任监事。张某担任执行董事的，不能再兼任公司的监事。

3.【答案】B

【解析】根据《企业破产法》的规定，破产财产在清偿破产费用和共益债务后，应按以下顺序清偿：①破产企业所欠职工工资和劳动保险费用；②破产企业所欠税款；③普通破产债权。

4.【答案】D

【解析】重大事件包括：①公司的经营方针和经营范围的重大变化；②公司的重大投资行为和重大的购置财产的决定；③公司订立重要合同，可能对公司的资产、负债、权益和经营成果产生重要影响；④公司发生重大债务和未能清偿到期重大债务的违约情况；⑤公司发生重大亏损或者重大损失；⑥公司生产经营的外部条件发生的重大变化；⑦公司的董事、1/3以上监事或者经理发生变动；⑧持有公司5%以上股份的股东或者实际控制人，其持有股份或者控制公司的情况发生较大变化；⑨公司减资、合并、分立、解散及申请破产的决定；⑩涉及公司的重大诉讼、仲裁，股东大会、董事会决议被依法撤销或者宣告无效；⑪公司涉嫌犯罪被司法机关立案调查，公司董事、监事、高级管理人员涉嫌犯罪被司法机关采取强制措施；⑫国务院证券监督管理机构规定的其他事项。

5.【答案】A

【解析】撤回要约的通知与要约同时到达受要约人，这个时候要约还没有发生法律效力。

6.【答案】A

【解析】《合同法》固定，因债务人怠于行使其到期债权，对债权人造成损害的，债权人可以向人民法院请求以自己的名义代位行使债务人的债权，但该债权专属于债务人自身的除外。

7.【答案】B

【解析】封闭式基金的上市条件：①基金合同期限在5年以上；②基金募集金额不低于2亿元；③基金持有人不少于1000人。

8.【答案】A

【解析】选项B，为股票发行出具审计报告的专业人员，在该股票承销期内和期满后6个月内，不得买卖该种股票。选项C，为上市公司出具审计报告的专业人员，自接受上市公司委托之日起至上述文件公开后5日内，不得买卖该种股票。选项D，在上市公司收购中，收购人所持有的被收购的上市公司股票，在收购行为完成后的12个月内不得转让。

9.【答案】D

【解析】根据规定，合并决议属于股份有限公司的特别决议事项，需要经出席股东大会的股东所持表决权的2/3以上通过。

10.【答案】D

【解析】根据《仲裁法》的有关规定，仲裁程序包括受理和申请，仲裁庭的组成，开庭与裁决，仲裁的效力，所以选项ABC符合法律规定；除非当事人要求公开，否则，仲裁一般不公开进行，所以选项D不符合法律规定。

11.【答案】B

【解析】根据《合同法》规定，无处分权的人处分他人财产，经权利人追认或者无处分权的人订立合同后取得处分权的，该合同有效。在本案中，李某将张某抵押的不动产作为标的与赵某签订买卖合同，李某对该不动产无处分权，因此该合同处于效力待定状态。由于张某得知后对此表示反对，因此李某、赵某双方所签订的合同在效力上属于无效合同。如李某、赵某订立的买卖合同经不动产的权利人张某追认，或者无处分权的李某在2008年2月10日订立合同后取得处分权的，该合同属于有效合同。

12.【答案】D

【解析】对通过收购国内企业资产或股权设立外商投资企业的外国投资者，应自外商投资企业《营业执照》颁发之日起3个月内支付全部购买金。对特殊情况需延长支付者，经审批机关批准后，应自《营业执照》颁发之日起6个月内支付购买总金额的60%以上，在1年内付清全部购买金，并按实际缴付的出资额的比例分配收益。因此，本题只有选项D是符合规定的。

13.【答案】A

【解析】本题考核上市公司收购的规定：①收购人持有的被收购上市公司的股票，在收购行为完成后的12个月内不得转让；②在收购要约确定的承诺期限内，收购人不得撤销其收购要约，经国务院证券监督管理机构及证券交易所批准并公告可以变更收购要约；③收购期限届满，只有当被收购公司股权分布不符合上市条件而被终止上市交易时，其余仍持有被收购公司股票的股东，才有权向收购人以收购要约的同等条件出售其股票，收购人应当收购。

14.【答案】B

【解析】商业广告的内容符合要约规定的，视为要约。在本题中，华昌公司的广告包括了订立合同的主要条款，构成要约；建海公司在承诺期限内作出承诺，因此华昌公司应该承担违约责任。

15.【答案】A

【解析】合伙人在执业活动中因故意或者重大过失造成的合伙企业债务以及合伙企业的其他债务，该合伙人应当承担无限责任或者无限连带责任，其他合伙人以其在合伙企业中的财产份额为限承担责任。

16.【答案】D

【解析】本题考核三个有关中外合资经营企业的法律问题。①关于中外合资经营企业投资总额与注册资本的比例。根据规定，中外合资经营企业投资总额在1000万美元以上至3000万美元（含3000万美元）的，其注册资本至少应占投资总额的2/5，其中投资总额在1250万美元以下的，注册资本不得低于500万美元。本题该企业投资总额为1200万美元，注册资本为520万美元，是符合法律规定的。②关于中外合资经营企业外国合营者的投资比例。根据规定，中外合资经营企业的注册资本中，外国合营者的投资比例一般不低于25%。本题该外国合营者的投资比例为30.77%，是符合法律规定的。③关于中外合资经营企业的出资期限。根据规定，中外合资经营企业一次缴付出资的，合营各方出资应自企业营业执照签发之日起6个月内一次缴清。因此，其出资期限也是符合法律规定的。

17.【答案】A

【解析】根据规定，取得乙级资格的政府采购代理机构只能代理单项政府采购预算金额1000万元以下的政府采购项目。

18.【答案】B

【解析】根据《担保法》规定，不得抵押财产的范围包括：①土地所有权；②耕地、宅基地、自留地、自留山等集体所有的土地使用权，但法律另有规定的除外；③学校、幼儿园、医院等以公益为目的的事业单位、社会团体和教育设施、医疗卫生设施和其他社会公益设施；④所有权、使用权不明或有争议的财产；⑤依法被查封、扣押、监管的财产；⑥依法不得抵押的其他财产。

19.【答案】D

【解析】根据《公司法》的规定，董事、经理、财务负责人和国家公务员不得兼任监事；股东代表和职工代表可以担任监事。

20.【答案】D

【解析】根据《公司法》的规定，除债权人和债务人另有约定的除外，由分立的法人或者其他组织对合同的权利和义务享有连带债权、承担连带债务。

21.【答案】 B

【解析】 根据《行政复议法》的规定，对海关、金融、国税、外汇管理等实行垂直领导的行政机关和国家安全机关的具体行政行为不服的，应当向其上一级主管部门申请行政复议。

22.【答案】 C

【解析】 根据《个人独资企业法》的规定：①个人独资企业不能独立承担民事责任，企业全部财产不能清偿到期债务的，投资人应当以其他的个人财产承担无限责任；②投资人在申请企业登记时明确以家庭共有财产作为个人出资的，应当依法以家庭共有财产对企业债务承担无限责任。

23.【答案】 B

【解析】 关于借款利息的支付，根据《合同法》的有关规定：①借款期限不满 1 年的，应当在返还借款时一并支付；②借款期限 1 年以上的，应当在每届满 1 年时支付，剩余期间不满 1 年的，应当在返还借款时一并支付。在租赁合同中，租金的支付期限与此相同。

24.【答案】 B

25.【答案】 C

二、多项选择题

1.【答案】 BD

【解析】 根据《民法通则》的规定，身体受到伤害要求赔偿的、出售质量不合格的商品未声明的、延付或拒付租金的、寄存财物被丢失或损毁的，适用特别诉讼时效期间的规定，其诉讼时效期间为 1 年。国际货物买卖合同和技术进出口合同适用 4 年的诉讼时效期间。

2.【答案】 AD

【解析】 根据《证券法》的规定，股份有限公司申请股票上市，应当符合下列条件：①股票经国务院证券监督管理机构核准已公开发行；②公司股本总额不少于人民币 3000 万元；③公开发行的股份达到公司股份总数的 25%以上，公司股本总额超过人民币 4 亿元的，公开发行股份的比例为 10%以上；④公司最近三年无重大违法行为，财务会计报告无虚假记载。

3.【答案】 BCD

【解析】 根据《合伙企业法》规定，合伙企业是指自然人、法人和其他组织依照本法在中国境内设立的普通合伙企业和有限合伙企业。因此，法人和其他组织也是可以依法设立合伙企业的。

4.【答案】 ABC

【解析】 根据《外商投资企业法》及其实施细则的规定，外资企业的组织形式为有限责任公司，经批准也可以为其他责任形式。外资企业为有限责任公司的，外国投资者以其认缴的出资额为限，外资企业以其全部资产对其债务承担责任，外资企业为其他责任形式的，外国投资者对企业的责任适用有关中国法律和法规的规定。中外合作经营企业可以组建成具有法人资格的企业，也可以组建为不具有法人资格的企业，根据《中外合作经营企业法》的规定，具备法人资格的合作企业，为有限责任公司。外国企业在中国境内的分支机构不具有法人资格，不是有限责任公司。

5.【答案】AC

【解析】根据规定，人民法院受理破产申请后发生的下列费用，为破产费用：①破产案件的诉讼费用；②管理、变价和分配债务人财产的费用；③管理人执行职务的费用、报酬和聘用工作人员的费用。

6.【答案】ABC

【解析】根据《合同法》的规定，有两种不得撤销要约的情况：①要约人确定了承诺期限或者以其他形式明示要约不可撤销；②受要约人有理由认为要约是不可撤销的，并已经为履行合同作了准备工作。所以AB正确。至于C选项，因受约人作出承诺则合同成立，所以不能撤销。

7.【答案】ABC

【解析】本题考核证券交易的规则。①上市公司的董事、监事、高级管理人员在任职期间每年转让的股份不得超过所持有本公司股份总数的25%。因此，选项A中董事张某的行为违法。②证券从业人员（包括证券公司从业人员）在任职或者法定期限内，不得持有、买卖股票。③为上市公司出具审计报告和法律意见书等文件的专业机构和人员，自接受上市公司委托之日起至上述文件公开后5日内，不得买卖该种股票。C选项中该注册会计师在审计报告公开后的第3日即转让其所持有的股票，属于法律禁止的行为。④为股票发行（如发行新股）出具审计报告的注册会计师，在股票的承销期内和期满后6个月内，不得买卖该股票，选项D已经超过了6个月，是合法的行为。

8.【答案】ABCD

【解析】本题考核票据的相关规定：①票据的金额、出票或签发日期、收款人名称不得更改，更改的票据无效；②票据和核算凭证金额以中文大写和阿拉伯数码同时记载，二者必须一致，否则票据无效。

9.【答案】ABCD

【解析】《合同法》规定了要约失效的情形：①拒绝要约的通知到达要约人；②要约人依法撤销要约；③承诺期限届满，受要约人未作出承诺；④受要约人对要约的内容作出实质性变更。

10.【答案】ABC

【解析】根据规定，通过证券交易所的交易，投资者及其一致行动人拥有权益的股份达到一个上市公司已发行股份的5%时，应在事实发生之日起3日内编制权益变动报告书，并向中国证监会、证券交易所提交书面报告，在上述期限内，不得再行买卖该上市公司的股票，因此选项ABC是正确的。

11.【答案】ABC

【解析】根据《中外合资经营企业法》的规定，下列事项由出席董事会会议的董事一致通过方可作出决议：①合营企业章程的修改；②合营企业的终止、解散；③合营企业注册资本的增加、减少；④合营企业的合并、分立。资产抵押事项是中外合作经营企业董事会或者联合管理委员会的董事或者委员一致通过的事项。

12.【答案】ABCD

【解析】根据我国《担保法》的规定，留置担保的范围包括：①主债权及利息；②违约金；③损害赔偿金；④留置物保管费用；⑤实现留置权的费用。

13.【答案】BD

【解析】根据我国《政府采购法》的有关规定，因严重自然灾害和其他不可抗力事件所实施的紧急采购和涉及国家安全和秘密的采购，不适用《政府采购法》；香港、澳门两个特别行政区的政府采购不适用《政府采购法》。

14.【答案】BD

【解析】根据《合同法》规定，①委托人应当预付处理委托事务的费用。受托人为处理委托事务垫付的必要费用，委托人应当偿还该费用及其利息。因此A选项错误。②受托人应当亲自处理委托事务。经委托人同意，受托人可以转委托。转委托经同意的，委托人可以就委托事务直接指示转委托的第三人，受托人仅就第三人的选任及其对第三人的指示承担责任。因此B选项正确。③有偿的委托合同，因受托人的过错给委托人造成损失的，委托人可以要求赔偿损失。无偿的委托合同，因受托人的故意或者重大过失给委托人造成损失的，委托人可以要求赔偿损失。此合同为无偿合同，故C选项错误。④委托人或者受托人可以随时解除委托合同。因解除合同给对方造成损失的，除不可归责于该当事人的事由以外，应当赔偿损失。因此D选项正确。

15.【答案】ACD

【解析】根据外商投资企业法的规定：①注册资本为210万美元以下的，投资总额不得超过注册资本的10/7；②注册资本在210万～500万美元之间的，投资总额不得超过注册资本的2倍；③注册资本在500万～1200万美元之间的，投资总额不得超过注册资本的2.5倍；④注册资本在1200万美元以上的，投资总额不得超过注册资本的3倍。

16.【答案】BCD

【解析】根据规定，原判决适用法律错误，依法改判。因此选项A的说法错误。

17.【答案】ABC

【解析】根据中外合作经营企业法律制度的规定，合作企业的组织形式可以是有限责任公司或合伙形式；有限责任公司的权力机构是董事会，合伙企业的权力机构是联合管理委员会；合作企业的负责人由双方商定。故ABC错误。

18.【答案】BD

【解析】投诉人对政府采购监督管理部门的投诉处理决定不服或者政府采购监督管理部门逾期未做处理的，可以依法申请行政复议或者向人民法院提起诉讼。

19.【答案】ABCD

【解析】根据《公司法》的有关规定，公司解散的原因有以下5种情形：①公司章程规定的营业期限届满或者公司章程规定的其他解散事由出现；②股东会或者股东大会决议解散；③因公司合并或者分立需要解散；④依法被吊销营业执照、责令关闭或者被撤销；⑤人民法院依法予以解散

选项C，有限责任公司股东会对公司增加或者减少注册资本、分立、合并、解散、变更公司形式或者修改公司章程作出决议，必须经代表2/3以上表决权的股东通过。（如果是股份有限公司必须经出席会议的股东所持表决权的2/3以上通过）。

选项D，公司成立后无正当理由超过6个月未开业的，或者开业后自行停业连续6个月以上的，由公司登记机关吊销其公司营业执照。

20.【答案】BCD

【解析】根据规定：①被申请破产的债务人为他人担任保证人的，保证责任不因其被宣告破产而免除，因此A项错误；②如债权人申报债权、参加破产程序受偿，即以其在破产宣告时所享有的、保证人承担的担保债额为破产债权，因此B项正确；③债权人在参加破产分配后，仍可就其未受清偿的债权向主债务人要求清偿，因此C项正确；④人民法院受理债务人破产案件后，债权人未申报债权、参加破产程序的，保证人所承担的担保义务从债权期限届满之日起终止，此后债权人应向主债务人追究民事责任，因此D项正确。

三、判断题

1.【答案】×

【解析】根据规定，合营企业在合营期限内，不得减少其注册资本，但因投资总额和生产经营规模等发生变化，确需减少注册资本的，须经审批机构核准。

2.【答案】×

【解析】企业内部组织虽无独立法律地位，但其参与企业内部的生产经营管理活动时（如实行内部承包经营等）形成经济法律关系，就具有经济法主体的地位。

3.【答案】√

【解析】依据个人独资企业法的规定，个人独资企业的投资人在申请企业设立登记时明确以家庭共有财产作为个人出资的，应当依法以家庭共有财产对企业债务承担无限责任，没有明确的，就不能以家庭共有财产对企业债务承担责任。

4.【答案】×

【解析】有限合伙人与普通合伙人不同，有限合伙人并不参与合伙企业事务

的执行，对有限合伙企业的对外交易行为，有限合伙人并无直接或者间接的控制权，有限合伙人与本合伙企业进行交易时，一般不会损害本合伙企业的利益。当然，合伙协议另有约定的除外。

5.【答案】√

【解析】根据《公司法》规定，全体股东的货币出资额不得低于有限责任公司注册资本的30%。由于该公司的货币资金的出资额超过了注册资本的30%，因此是符合规定的。

6.【答案】×

【解析】根据《公司法》的规定，有下列情形之一的，应当在2个月内召开临时股东大会：①董事人数不足法定最低人数5个或者不足公司章程规定人数的2/3时；②公司未弥补的亏损达股本总额的1/3时；③持有公司10%以上股份的股东请求时；④董事会认为必要时；⑤监事会提议召开时。

7.【答案】×

【解析】根据《合伙企业法》的规定，合伙协议应当依法由全体合伙人协商一致，以书面形式订立。合伙协议经全体合伙人签名、盖章后生效。合伙人依照合伙协议享有权利，承担责任。经全体合伙人协商一致，可以修改或者补充合伙协议。

8.【答案】×

【解析】根据规定：①在依法取得法人资格的中外合作经营企业中，外国合作者的投资一般不低于合作企业注册资本的25%；②在不具有法人资格的合作企业中，对合作各方投资条件的具体要求，由原国务院对外经济贸易主管部门确定。

9.【答案】×

【解析】破产财产在清偿破产费用和共益债务后，依照下列顺序清偿：①破产人所欠职工的工资和医疗、伤残补助、抚恤费用，所欠的应当划入职工个人账户的基本养老保险、基本医疗保险费用，以及法律、行政法规规定应当支付给职工的补偿金；②破产人欠缴的除前项规定以外的社会保险费用和破产人所欠税款；③普通破产债权。破产财产不足以清偿同一顺序的清偿要求的，按照比例分配，前一顺序的债权得到全额偿还之前，后一顺序的债权不予分配。

10.【答案】√

【解析】按照《公司法》的规定：发行公司债券额的次数没有限定，但是累计债券总额不得超过公司净资产额的40%。该公司2006年4月发行的三年期公司债券3000万元尚未到期，因此该公司此次发行公司债券额最多不得超过8000×40%－3000＝200万元。

四、简答题

1.【答案】

(1) 甲、乙签订的买卖合同中对标的物的质量要求在没有约定的情况下，双方可以协议补充；不能达成补充协议的，按照合同有关条款或交易习惯确定；如仍不能确定，按照国家标准、行业标准履行；没有国家标准、行业标准的，按照通常标准或者符合合同目的的特定标准履行。

（2）甲、乙之间的合同权利转让行为符合法律规定。《合同法》规定，债权人转让权利不需要经债务人同意，但应当通知债务人，未经通知，该转让对债务人不发生法律效力。甲将合同权利转让给丁时通知了乙，所以甲、丁之间的合同权利转让行为符合法律规定。

（3）甲将合同权利转让给丁后，丙对甲承担的质押担保责任对丁有效。《合同法》规定，债权人转让主权利时，附属于主权利的从权利也一并转让，受让人在取得债权时，也取得与债权有关的从权利。

（4）丁在汇票不获付款后，可以向乙行使追索权。行使追索权的程序是：①取得拒绝证明、退票理由书或其他合法证明；②发出追索通知。

2.【答案】

（1）华昌公司的行为属于操纵市场的违法行为。根据我国《证券法》的规定，以自己为交易对象，进行不转移所有权的自买自卖，影响证券交易价格或者证券交易量的行为属于操纵市场的行为。

（2）董事张某的行为不符合法律规定。根据我国《证券法》的规定，知悉证券交易内幕信息的知情人员，不得买入或者卖出所持有的该公司的股票，或者泄漏该信息或者建议他人买卖该证券。在本题中，华昌公司的董事张某属于知悉证券交易内幕信息的知情人员，华昌公司对建海上市公司的收购方案属于内幕信息。

（3）注册会计师赵某的行为符合法律规定。根据我国《证券法》的规定，为上市公司出具审计报告、资产评估报告或者法律意见书的专业机构和人员，自接受委托之日起至文件公布后5日内，不得买卖该股票。赵某买卖华昌公司股票的时间均不违反法律规定。

（4）华昌公司可以依法申请行政复议，或者依法直接向人民法院提起行政诉讼。根据我国《证券法》的规定，如果当事人对证券监督管理机构的行政处罚决定不服，可以依法申请行政复议，或者依法直接向人民法院提起行政诉讼。

（5）华昌公司应当向投资者承担赔偿责任，华昌公司负有责任的董事、监事、经理应当承担连带赔偿责任。根据《证券法》的规定，发行人、承销的证券公司公告招股说明书、财务会计报告、年度报告、中期报告、临时报告等文件，存在虚假记载、误导性陈述或者重大遗漏，致使投资者在证券交易中遭受损失的，发行人、证券公司应当承担赔偿责任；上述公司的负有责任的董事、监事、经理应承担连带赔偿责任。

（6）中国证监会的主张不成立。根据我国《证券法》的规定，当事人违反《证券法》的规定，应当承担民事赔偿责任和缴纳罚金、罚款，其财产不足以同时支付的，应当首先承担民事赔偿责任。

3.【答案】

（1）建设银行如对荣丰公司提起诉讼，其诉讼时效期间为2006年1月1日至2008年1月1日。根据《民法通则》的规定，诉讼时效期间从当事人知道或者应当知道权利被侵害之日起计算，普通诉讼时效期间为2年。

（2）建设银行向人民法院申请执行的时间超过了法律规定的期限。根据《民事诉讼法》的规定，对发生法律效力的判决、决定，一方拒绝履行的，对方当事人可以向人民法院申请执行，申请执行的期限从法律文书规定履行期间的最后一日起计算，双方当事人是法人的为6个月。

（3）税务机关对建设银行享有税收优先权。根据《税收征收管理法》的规定，税收优先于无担保债权。在本案中，由于建设银行对荣丰公司的债权属于无担保债权，因此税务机关在征收税款时，优先于建设银行的无担保债权。

（4）税务机关对工商银行不享有税收优先权。根据《税收征收管理法》的规定，纳税人欠缴的税款发生在纳税人以其财产设定抵押、质押或者纳税人的财产被留置之前的，税收优先于抵押权、质押权、留置权。在本案中，荣丰公司于2005年以其设备设定抵押发生在前，2007年欠缴税款发生在后，因此税务机关对工商银行不享有税收优先权。

（5）税务机关对农业银行享有税收优先权。根据《税收征收管理法》的规定，纳税人欠缴的税款发生在纳税人以其财产设定抵押、质押或者纳税人的财产被留置之前的，税收优先于抵押权、质押权、留置权。在本案中，荣丰公司2007年欠缴税款发生在其以公司债券设定质押之前，税务机关对农业银行享有税收优先权。

（6）税务机关对工商行政管理机关的罚款享有税收优先权。根据《税收征收管理法》的规定，纳税人欠缴税款，同时又被行政机关处于罚款，没收违法所得的，税收优先于罚款、没收违反所得。

（7）税务机关可以向人民法院申请撤销荣丰公司放弃到期债权的行为。根据《税收征收管理法》规定，欠缴税款的纳税人放弃到期债权、无偿转让财产、以明显不合理的低价转让财产而受让人知道该情形，对国家税收造成损害的，税务机关可以依照《合同法》的规定行使撤销权。

（8）税务机关可以向人民法院申请代位行使对金星公司的到期债权。根据《税收征收管理法》规定，欠缴税款的纳税人因怠于行使到期债权，对国家税收造成损害的，税务机关可以依照《合同法》的规定行使代位权。

（9）荣丰公司尚未履行的纳税义务不能免除。根据我国《税收征收管理法》的规定，税务机关依照规定行使代位权、撤销权后，不免除欠缴税款的纳税人尚未履行的纳税义务和应承担的法律责任。

五、综合题

【答案】

（1）首次出资总额不符合规定。根据公司法的有关规定，有限责任公司全体股东的首次出资额不得低于注册资本的 20%，也不得低于法定的注册资本最低限额。在本题中，三个股东的首次出资额为 110 万元，未达到注册资本的 20%。

(2) 货币出资总额符合规定。根据公司法的有关规定，全体股东的货币出资金额不得低于有限责任公司注册资本的 30%。在本题中，三个股东的货币出资额为 340 万元，超过了注册资本的 30%。

(3) 张某以计算机软件出资符合规定。根据公司法的有关规定，股东可以用货币出资，也可以用实物、知识产权、土地使用权等可以用货币估价并可以依法转让的非货币财产作价出资。在本题中，张某以知识产权（计算机软件）出资符合规定。

李某以特许经营权出资不符合规定。根据规定，股东不得以劳务、信用、自然人姓名、商誉、特许经营权或者设定担保的财产等作价出资。

(4) 张某、李某的出资期限符合规定，王某的出资期限不符合规定。根据公司法的有关规定，有限责任公司全体股东的首次出资额不得低于注册资本的 20%，其余部分由股东自公司成立之日起两年内缴足。在本题中，王某的出资期限超过了两年。

(5) 董事长、副董事长的产生方式符合规定。根据公司法的有关规定，有限责任公司董事长、副董事长的产生办法由公司章程规定。

(6) 法定代表人由经理担任符合规定。根据公司法的有关规定，公司法定代表人依照公司章程的规定，由董事长、执行董事或者经理担任。

(7) 首次股东会由王某召集和主持。根据公司法的有关规定，有限责任公司的首次股东会由出资最多的股东召集和主持。

(8) 公司章程规定的出资各方在公司股东会会议上行使表决权的比例符合规定。根据公司法的有关规定，有限责任公司股东会会议由股东按照出资比例行使表决权，但公司章程另有规定的除外。

(9) 股东会的通知时间符合规定。根据公司法的有关规定，召开股东会会议，应当于会议召开 15 日以前通知全体股东，但公司章程另有规定或者全体股东另有约定的除外。

(10) 公司章程规定增加注册资本时，不按照出资比例优先认缴出资不违反公司法的规定。根据规定，一般情况下，公司新增资本时，股东有权优先按照实缴的出资比例认缴出资。但是，全体股东可以事先约定不按照出资比例优先认缴出资。

(11) 公司章程规定的出资各方分红比例符合规定。根据公司法的有关规定，一般情况下，股东按照实缴的出资比例分取红利，但是，全体股东可以事先约定不按照出资比例分取红利。

(12) 公司章程规定不设监事会符合规定。根据公司法的有关规定，股东人数较少或者规模较小的有限责任公司，可以设 1～2 名监事，不设立监事会。